BASTEI
LÜBBE

Von Savannah Smythe sind bei Bastei Lübbe Taschenbücher bisher erschienen:

15 054 Der Verführer
15 245 Die Widerspenstige
15 337 Die Taxifahrerin
15 559 Heiße Gerüchte

Savannah Smythe

Die Künstlerin

Erotischer Roman

Aus dem Englischen von
Inge Fauth

BASTEI
LÜBBE

BASTEI LÜBBE TASCHENBUCH
Band 15 653

1. Auflage: März 2007

Vollständige Taschenbuchausgabe

Bastei Lübbe Taschenbücher in der Verlagsgruppe Lübbe

Deutsche Erstausgabe

Titel der Originalausgabe: Cream of the Crop
Published by Arrangement with Virgin Books Ltd., London, UK
Für die deutschsprachige Ausgabe:

Dieses Werk wurde vermittelt durch die
Literarische Agentur Thomas Schlück GmbH,
30827 Garbsen
Titelillustration: Tanja Østlyngen
Umschlaggestaltung: Photononstop / Mauritius Images
Satz: SatzKonzept, Düsseldorf
Druck und Verarbeitung: Nørhaven Paperback
Printed in Denmark
ISBN: 978-3-404-15653-5

Sie finden uns im Internet unter
www.luebbe.de

Der Preis dieses Bandes versteht sich einschließlich
der gesetzlichen Mehrwertsteuer.

Erstes Kapitel

Carla vergewisserte sich, dass der Boss ihr den Rücken zugewandt hatte, dann schaufelte sie noch zwei weitere Würste auf einen Teller, der bereits mit Schinken, Waffeln, Rühreiern und geräucherten Bohnen überhäuft war. Die Aktion ›Frühstück den ganzen Tag‹ war ein Schnäppchen für zwei Dollar, deshalb kam ihr obdachloser Freund jeden Tag vorbei. Carla wusste, dass seine Mahlzeit bis zum nächsten Tag vorhalten musste.

Sie stellte den Teller vor ihn hin. »Für dich, mein Schatz. Guten Appetit.«

»Danke, Engel.« Der Mann sah die beiden Extrawürste, sagte aber nichts dazu. Er wusste so gut wie sie, dass sie ihren Job vergessen konnte, falls Mikey wüsste, was sie getan hatte. Sie schenkte ihm Kaffee nach und ging hinter die Theke zurück. Ihr war bewusst, dass er ihre üppige Figur in der blau-weiß gestreiften Uniform betrachtete. Lass ihn gucken, dachte sie. Das ist wahrscheinlich der einzige Spaß, den er heute haben wird.

»He«, sagte Mikey, »sag deinem Tramp, dass er sich waschen soll, sonst will ich ihn hier nicht mehr sehen. Er stinkt. Wir verlieren Gäste.«

»Unsinn«, knurrte Carla so leise, dass er es nicht hören konnte. Die üblichen Gäste von Mikeys Diner waren Feuerwehrleute, Verkäufer, Müllkutscher und andere Menschen am unteren Ende der Lohnskala, die wussten, was sich in den Hinterstraßen der Downtown Manhattans abspielte. Mikey schien der Einzige zu sein, der ein Problem mit Obdachlosen hatte, aber wenn sie ihm das sagte, würde er sie rauswerfen.

Carla blickte hinüber zu Flynn. Es war schwer, sein Alter zu schätzen. Seine dunklen Haare waren lang und strähnig, mit Silberfäden durchzogen. Einmal die Woche konnte er sich im YMCA rasieren. Seine Augen waren grau und wach. Er trug immer denselben langen schwarzen Regenmantel, ein früher mal weiß gewesenes Hemd und eine schwarze Hose. Vor vielen Jahren mussten seine Klamotten gut und teuer gewesen sein. Obwohl sie sich angefreundet hatten, hatte sie nie gefragt, woher er kam, und er hatte nie etwas gesagt.

»He, Erde an Carla! Hast du gehört, was ich gesagt habe?« Mikeys Sarkasmus hatte nicht viel mit Humor zu tun.

»Ich habe alles verstanden, aber ich lasse ihn zuerst in Ruhe frühstücken.«

Sie floh vor ihm zu neuen Gästen, bevor er sie maßregeln konnte, und stieß den Zettel mit der Bestellung auf den Haken, wo der verschwitzte Assistent ihn finden würde.

Ihr Tag hatte nicht gut begonnen. Ihre Periode stand bevor, und es fühlte sich so an, als ob die sieben Zwerge ein Loch durch ihr Becken bohren wollten. Am Morgen hatte Mikey sie damit begrüßt, dass Melanie sich krank gemeldet hatte, deshalb musste sie die Tische betreuen, statt in der Küche zu stehen. Sein Neffe hatte ihren angestammten Platz an den heißen Platten eingenommen. Einen Teller hatte er schon auf den Boden fallen lassen. Es war absolut nicht ihre Schuld, aber sie war doch so nahe dabei gewesen, dass Mikey es für angebracht hielt, sie anzuschreien. Jetzt hatte er sie beauftragt, einem Gast auszurichten, er wäre nicht mehr willkommen, wenn er sich nicht häufiger wusch. Puh, sie wäre jetzt lieber in Philadelphia.

Flynn hatte zwei Drittel seines Frühstücks schon geschafft. Er war immer sehr hungrig, wenn er kam, aber er schlang sein Essen nie hinunter. Überhaupt hatte er gute Manieren; kein Schlürfen, kein Schmatzen und keine Essensreste neben dem Teller. Carla schob eine dunkle Strähne ihrer Haare zurück in den Pferdeschwanz und lächelte verlegen, als sie auf seinen Tisch zuging.

»Der Boss ist heute ein bisschen angefressen. Er meinte, du solltest ein Bad nehmen, bevor du das nächste Mal zu uns kommst. Ist das okay?« Sie hob entschuldigend die Schultern.

Die Gabel auf dem Weg zum Mund verharrte. Seine Fingernägel waren brüchig und verdreckt. »Sonst gibt's für mich nichts mehr zu essen?«

»Ja, so ungefähr.« Sie ging rasch hinter die Theke, schrieb die Rechnung und legte sie auf seinen Tisch. Er kramte in seiner Tasche und zog ein ausgefranstes Portemonnaie heraus, dann legte er zwei zerfledderte Dollarscheine auf den Tisch.

»Pass gut auf dich auf«, sagte sie und nahm die Scheine an sich. Als sie das Geld in die Kasse gelegt hatte, blickte sie auf und sah, dass er gegangen war. Sie bereitete seinen Tisch für die nächsten Gäste vor und fand sein übliches Trinkgeld, einen Quarter. Sie hatte längst aufgehört, die Münze zurückgeben zu wollen. Dann sah sie, dass er eine Nachricht auf die Serviette geschrieben hatte. »Dein Boss ist ein Arsch, aber du bist ein Engel.«

Sie war an seine Nachrichten gewöhnt, auch wenn er sie nicht täglich hinterließ, aber immer, wenn sie einen schlechten Tag hatte. Lächelnd steckte sie die Serviette in ihre Tasche und schaute auf die Uhr an der Wand. Noch zwei Stunden. Dies war ihre gute Woche vom frühen Frühstück bis nachmittags um vier. Der Haken war, dass es auch die Zeit war, in der die Arschlöcher kamen, laut, frech und voller Hast.

Vier von ihnen saßen jetzt an einem Tisch und schlugen sich ausnahmsweise mal die Bäuche voll, weil sie Mikeys Angebot ›Wurst aus eigener Herstellung, Püree und Kaffee‹ zum Preis eines Espressos irgendwo Uptown nicht widerstehen konnten. Die Kerle konnten sich nicht entscheiden und fanden es lustig, dass Carla die Bestellung immer wieder durchstreichen musste; Spiegeleier, leicht angebraten, nein, von beiden Seiten, ach, verdammt, überhaupt keine Eier, dafür die doppelte Portion Ahornsirup. O Mann, als ob ich nichts Besseres zu tun hätte.

»He, Carly, mehr Kaffee, aber pronto!«

Zähneknirschend ging sie zur Kaffeemaschine und füllte eine weitere Kanne. Diese Leute kannten sie nicht, und sie hatten nicht das Recht, sie mit irgendwelchen Kosenamen anzusprechen. Am liebsten hätte sie dem unhöflichen Schreihals den heißen Kaffee über den Schoß geschüttet, aber sie brauchte den Job und keinen Schadensersatzprozess, den irgendein Banker anstrengte, um fünf Millionen von ihr zu erhalten.

Aber dann sah sie, dass die Stimme zu einem Feuerwehrmann gehörte, der gerade hereingekommen war und sich über die Theke lehnte.

»Hi, Luke. Willst du den Kaffee im Becher oder auf der Hose?«

»Schlimmer Tag?«

»Es gab schon bessere. Trinkst du den Kaffee hier?«

»Nein, ich nehme ihn mit. Carly ...«

Sie kannte seine Trauermiene, das Betteln in seinen großen braunen Augen. »Sag nichts. Trigger ist wieder von der Leiter gefallen.«

»Richtig. Kannst du heute Abend für uns kochen?«

Sie seufzte und drückte den Plastikdeckel auf den dampfenden Kaffee. Vor einem Jahr, als sie dringend Geld benötigte, hatte sie zugesagt, für die Jungs der Feuerwache am Gramercy Park zu kochen, eine Art ›Heilungsessen‹ für Trigger. Seither schien Trigger Unfälle geradezu anzuziehen. Sie fühlte sich geschmeichelt, aber an diesem Abend hatte sie sich auf eine entspannte Zeit mit ihrer Wärmflasche gefreut.

»Könnt ihr Jungs euch nicht mal mit einer Pizza begnügen?«, fragte sie.

Luke sah sie bekümmert an. »Wir haben doch das ganze Zeug schon eingekauft. Rippchen, Pommes, Maiskolben. Unser Baby feiert Geburtstag.« Er sah sie bettelnd an.

»Ach, hör schon auf. Du weißt, dass ich komme.«

Er küsste sie auf die Wange und ging rückwärts und grinsend aus der Tür.

Nun ja, dachte sie, es gibt Schlimmeres für ein Mädchen, als mit zwölf hungrigen Feuerwehrmännern den Abend zu verbringen.

Sie gaben ein auffälliges Paar ab. Die schlanke Frau hatte tizianrote Locken, die ihr über die Schultern fielen. Sie trug ein maßgeschneidertes Kostüm, und die Strümpfe schienen miteinander zu flüstern, als sie selbstsicher auf wahnsinnig hohen Absätzen schritt.

Der Mann neben ihr war auch schlank und groß; der lange Mantel aus Nappaleder wehte hinter ihm her und passte zur pergamentenen Farbe seiner Haut. Abgesehen vom Mantel präsentierte er sich in Manhattan-Schwarz. Die maßgefertigten Schuhe mit den harten Metallen an Spitze und Absatz klackten auf dem Asphalt. Wer ihnen entgegenkam, machte bereitwillig Platz.

»Du glaubst also wirklich, dass diese Frau das hat, was es bringt?«, fragte Ruth und wich geschickt einem Betrunkenen aus, der vor ihr hin und her torkelte.

»Verdammt, woher soll ich das wissen? Ich bin neugierig, das ist alles.«

Alex Crewes Verhalten lud keine weiteren Fragen ein, während sie die Hester Street hinuntergingen, auf das winzige Apartment zu, in dem Carla Vicenzi wohnte. Sie bediente in einem Diner auf der anderen Seite der Houston, aber ihr Freund war da und würde ihnen die Tür öffnen.

Alex war von Lee Simpsons Anruf verblüfft gewesen,

allein schon wegen der Dreistigkeit. Ruth war noch verblüffter gewesen, als Alex spontan beschlossen hatte, sie in ihrer Wohnung zu besuchen. Ruth hätte lieber ein Taxi genommen, aber Alex bestand darauf, überall in der Stadt zu Fuß zu gehen. Da er seine Assistentin gut bezahlte, hatte sie gelernt, mit ihm Schritt zu halten, sogar auf den hohen Absätzen, die sie heute trug.

Der Aufzug funktionierte nicht, also mussten sie die Treppen steigen bis zu Carlas Apartment im fünften Stock. Alex zog eine Grimasse, als er die schlammgrüne Farbe des Treppenhauses sah und den Gestank gebratenen Essens roch, aber etwas anderes hatte er auch nicht erwartet. Arme Künstler wohnten gewöhnlich nicht in schmucken Ziegelsteinhäusern in Greenwich Village.

Lee wartete in der offenen Tür, als sie die letzte Treppe geschafft hatten. Alex nahm die Schildpattbrille ab und starrte den Mann an, während Ruth sie einander vorstellte. Lee schluckte schwer unter Alex' stählernem Blick. Sein Posieren bei Ruths Anblick verschwand von einer Sekunde zur nächsten.

Alex ging sofort auf das erste Bild zu, das an der Wand stand. Er setzte die Brille wieder auf, um es genauer betrachten zu können. Das Bild stellte eine üppige Nackte in einer entspannten Situation dar, und darunter stand: ›Wunscherfüllung, CV 2004‹.

»Sie macht auch Karikaturen«, ließ Lee wissen. »Sie ist oft im Central Park. Die Touristen sind wirklich heiß auf …«

Alex hob eine Hand, um den Wortfluss zu stoppen. Lee brach abrupt ab und sah angespannt zu, wie Alex jedes Bild ausgiebig betrachtete.

Carla hatte eine ganz bestimmte Einstellung zu ihrer Arbeit, das war an der Schönheit in Acryl mit den Kollagen betonten Lippen und an der übergroßen Designer Handtasche zu sehen. Die Frau führte bierbäuchige Schweine und Ochsenfrösche an der Leine. Einige von ihnen trugen Gesichtszüge von Wall Street Bankern, von denen Alex den einen oder anderen erkannte. Er strich mit einem Finger um die volle Brust der Frau herum, dann wandte er sich dem nächsten Bild zu.

Ruth unterdrückte ein Gähnen und sah sich hochmütig im kleinen Apartment um. Die Küche bestand nur aus einer Zeile, vom Rest des Raums durch eine ein Meter fünfzig lange Frühstücksbar getrennt. Überall standen Töpfe mit Pinseln herum, Flaschen mit Terpentin, Tuben mit Farben, bunt besprenkelte Paletten, Stifte und Schwämme. Eine Wand wurde von einem Bücherregal eingenommen, und Ruth sah – neben vielen anderen – Bücher über Georgia O'Keefe, Rodin und Tamara de Lempicka. An vier blauen Kleiderhaken hingen verschiedene Klamotten, aber Designerware war das nicht.

Es sah so aus, dass sie nur fünf Paar Schuhe besaß; abgelatschte Turnschuhe, mit denen man sich in keinem Fitness Club der Stadt sehen lassen konnte, ausgetretene Birkenstocks und Winterstiefel. Ein Schuhkarton – ohne Markenbezeichnung – enthielt wahrscheinlich das einzige Paar anständige Schuhe. Ganz offensichtlich hatte Carla kein Geld, im Gegensatz zu ihrem Freund, der von Kopf bis Fuß in Hilfiger, Diesel und Nike steckte. Ruth fragte sich, was sie in ihm oder – wichtiger noch – was er in ihr sah.

»Wo schläft sie?«, fragte Ruth. In einer Ecke stand ein Futon, zusammengeklappt, weil offenbar der Platz auf dem Boden für eine Decke gebraucht wurde, wenn sie mit einem neuen Bild begann.

»Sie schläft darauf, so wie es jetzt ist«, erklärte Lee. »Wenn sie malt, ist sie immer ein bisschen verrückt.«

»In so einer Bude würde jeder ein bisschen verrückt werden«, murmelte Ruth. Obwohl genug Licht hereinfiel, würde Carla bald nicht mehr malen können – das Apartment war jetzt schon von ihren Bildern zugestellt.

Alex hatte ein gerahmtes Foto von Carla in die Hand genommen. Auf dem Foto kuschelte sie sich an Lee. Sie war eine auffällige Frau mit einem kräftigen Kinn und vollem Mund, beides Hinweise darauf, dass sie nicht leicht zu nehmen war. Sie trug ein Wickeltop, so tief ausgeschnitten, dass Jennifer Lopez errötet wäre. Es gab keinen Zweifel, dass Miss Vicenzi ganz Frau war und keine Scheu hatte, das auch zu zeigen.

Ruth war nicht sicher, ob es ihr gefiel, wie Alex das Foto anstarrte. Sie sah ein widerliches Glitzern in seinen Augen.

Er stellte das Bild wieder an seinen Platz. »Welche anderen Techniken wendet sie an?«

»Wie bitte?« Lee sah ihn verständnislos an.

Alex wiederholte die Frage nicht. Er hatte keine Lust, seine Zeit mit jemandem zu verschwenden, der von seinem Gewerbe absolut nichts verstand. Auf der anderen Seite hatte Lee erkannt, dass sie Potenzial hatte, also konnte er nicht dumm sein. Alex griff in seine Tasche und zog eine schlanke Zigarettenspitze heraus.

»Eh, nein, bitte, tun Sie das nicht. Sonst wird sie wissen, dass jemand hier war.«

Alex sah Ruth fragend an.

»Lee wollte ihr nichts sagen, bevor du nicht mit den Bedingungen einverstanden bist«, erklärte sie.

»Ich soll mit ihren Bedingungen einverstanden sein?«, fragte Alex langsam, Wort für Wort, und sah Lee stirnrunzelnd an.

»Nun, sie kann ziemlich schwierig sein«, sagte Lee, auch wenn er zusammenzuckte, als er die Bosheit in Alex' Stimme hörte. Dann schien er zu bereuen, dass er überhaupt etwas gesagt hatte. »Nun ja, Sie wissen ja, wie das mit Frauen ist ...«

»Weiß ich das?« Alex steckte die Zigarettenspitze wieder ein und lächelte den Mann an, der in seinen Nikes zitterte. »Gehen wir zum Essen.«

Es dauerte bis zum Kaffee, ehe Alex endlich auf das Thema kam, das Lee am meisten interessierte – vor allem Geld. Zum Glück hielt Alex nichts von Nachtisch, sonst wäre Lee noch länger auf die Folter gespannt worden. Er hatte versucht, ganz locker in dem ultramodernen Restaurant zu sitzen, das Alex ausgesucht hatte, aber davon ließ Ruth sich nicht täuschen: Lee fühlte sich so unwohl wie ein Eskimo in Florida.

Alex hielt die kleine Feuerzeugflamme an das Ende einer Havanna und ignorierte die NO SMOKING Hinweise, die überall im Lokal hingen.

»Wie viel kannst du dir leisten?«, fragte er Lee unvermittelt. Er kannte die Antwort schon, aber er genoss es, das Winden des anderen Mannes zu sehen.

»Nun, um die Wahrheit zu sagen, Mr. Crewe ...«

»Ich heiße Alex, verdammt. Hör auf mit dem Arsch leckenden Mister-Scheiß.«

»Ja, gut ... eh. Also, um die Wahrheit zu sagen, Mister ... eh ... Alex. Ich weiß, dass meine Süße Talent hat, und sie hat den Durchbruch verdient. Aber sie kann sich absolut nichts leisten.«

Alex nickte. »Nicht viel Geld zu verdienen mit dem Schrubben von Spermaspuren auf Autopolstern, was?«

Er sah das Aufblitzen von Schuld in Lees Augen. Alex wusste von einigen der krummen Geschäfte seines Gegenübers; einige waren ganz gut gelaufen, die meisten aber nicht. Reich werden konnte er mit solchen Lappalien nicht, obwohl Lee immer noch davon träumte, dass ihm die Bucks eines Tages in den Schoß fallen würden. Vielleicht war das ja schon geschehen – in der properen Gestalt von Carla Vicenzi. Alex hob seine Espressotasse und sah Lee über den Rand hinweg an.

»Hast du eine Vorstellung davon, wie viele Künstler es in dieser Stadt gibt? Weißt du, wie viele Schwänze sie lutschen müssen, bevor jemand auf sie aufmerksam wird? Und hast du eine Ahnung, wie viel es kostet, um auch nur ein Talent bekannt zu machen, es den richtigen Leuten zu präsentieren, es zu vermarkten und zu bewerben, ganz zu schweigen von den Promis, die man ebenso ankarren muss wie die Galeristen, die sich nie etwas ansehen, was noch nicht ausgestellt war? Ist sie bereit, die Rückschläge einzustecken und den Leuten zu begegnen, die ihr sagen werden, dass ihre Arbeiten Scheiße sind, falls sie sich nicht verkaufen, und dass sie lieber wieder kellnern soll?«

Lee sah ihn blinzelnd an. »Heißt das ...?«

»Fünftausend Dollar, dann bringe ich sie vier Wochen lang in den Club«, sagte Alex ruhig. »Sie nimmt im Herbst an einer Ausstellung in Manhattan teil, aber nur, wenn sie Glück hat und sich gut präsentiert.« Er lächelte grimmig, als Lee ihn verdutzt anschaute. »Ja oder nein, Lee. Ich habe Beziehungen, die das Mädchen morgen schon groß herausbringen können, aber ich glaube, dass sie viel Raum braucht, um ihr ganzes Potenzial auszuspielen. Deine Investition wäre also gut angelegtes Geld. Also, was sagst du?«

Er wusste, dass Lee fünftausend Dollar aufbringen konnte. Sie würden ihn schmerzen, aber er hatte das Geld. Normalerweise gab sich Alex sonst nicht mit solchen Peanuts ab, aber irgendwas an Carla rührte ihn, und er wäre bereit gewesen, sie auch ohne Kostenbeteiligung zu fördern.

Lee riss den Mund weit auf, versuchte dann, wieder intelligent auszusehen, was ihm aber misslang. »Großartig. Wann kann sie kommen?«

»Sage ihr, sie soll ihren Job kündigen. Ich warte am Samstag in drei Wochen auf sie.« Er nickte Ruth zu, die den Kellner anwies, frischen Kaffee zu bringen. »Wir sprechen uns später noch mal. Ich melde mich. Jetzt haben meine Assistentin und ich noch einiges zu bereden.«

Es dauerte einen Moment, bis Lee begriff, dass er entlassen

war. Alex sah ihn kühl an, als wollte er sagen: ›Du bist ja immer noch da.‹

»Oh … ja, okay. Danke, Alex. Glaube mir, du wirst es nicht …«

»… bereuen? Ja, ich weiß.«

Ruth begleitete Lee zur Tür. Auf der Straße sah sie ihn lächelnd an und strich mit einer Hand über seinen Schritt.

»Gut gemacht«, schnurrte sie. »Wenn du deine Karten richtig spielst, lohnt sich das Geschäft für dich.« Sie drückte sanft zu, und er reagierte sofort und wurde hart. Im nächsten Moment war sie zurück im Restaurant verschwunden.

Es hatte zu regnen begonnen, deshalb hielt Ruth ein Taxi an, bevor Alex sein Okay geben konnte. Sie würde ihre teuren Pumps nicht ruinieren, nur weil er etwas für seine Fitness tun wollte. Er sagte nichts, als sie einstiegen und sie den Fahrer anwies, sie zurück nach Battery Park City zu bringen.

»Das passt so gar nicht zu dir«, begann sie und wusste, dass sie sich weit aus dem Fenster lehnte. »Ich meine, dass du sie so einfach akzeptierst.«

»Du kennst mich nicht gut genug, um so etwas zu sagen.«

»O doch«, widersprach sie und rutschte näher an ihn heran. Der Rock rutschte hoch genug, dass er den Spitzensaum ihrer Strümpfe sehen konnte. »Ich weiß, was dir gefällt und was du verabscheust, und ich weiß auch, wie viel Schmerz du aushältst.« Sie ließ eine Hand zwischen seine Schenkel schlüpfen und schob sie leicht nach oben, bis sie seine Hoden erreichte. Gewöhnlich genügte dieser sanfte Druck, dass er unwillkürlich die Beine spreizte, aber diesmal nicht.

»Na, komm schon«, lockte sie. »Was ist denn heute los mit dir?«

Alex schob ihre Hand zurück und sagte dem Fahrer, er sollte rechts heranfahren.

»Du kennst mich nicht«, sagte er wieder zu Ruth und zog ihren Rock nach unten. »Wir sehen uns später.«

»Wohin gehst du?«

»Spazieren. Ich erwarte dich um fünf Uhr in der Wohnung. Wir müssen meine Termine der nächsten zwei Wochen festlegen.«

Sie presste ihre Lippen zusammen. Sie hasste es, wenn er Geheimnisse vor ihr hatte. Das erschwerte ihren Job noch zusätzlich.

»Schalte dein Handy nicht aus«, bat sie, aber sie wusste, dass er es trotzdem tun würde, wenn auch nur, um sie zu ärgern.

Sobald er die Taxitür hinter sich zugeschlagen hatte, ging Alex zurück zur Kreuzung von First und Houston.

Mikey's Diner lag in einem interessanten Teil der Stadt, wenn er auch bisher nie einen Grund gefunden hatte, diese Gegend kennen zu lernen. Er ging auf das Lokal zu und fand, dass es noch ein bisschen mehr heruntergekommen aussah als bei seinem letzten Besuch. Die Neonlampe im ›M‹ war erloschen, deshalb leuchtete nur noch ›ikey's Diner‹ auf, doch die Fenster sahen sauber aus, und entlang der Mauern lag auch kein Müll.

Er ging hinein und rutschte in eine Rauchernische. Sekunden später stand ein Mädchen neben ihm. Das Namensschild auf der Brust der weißen Bluse verriet ihren Namen: Suzy. Er bestellte Milchkaffee und eine dänische Zimtpastete.

An der Herdplatte stand eine andere Frau, deren lange Strähnen der engen weißen Mütze entschlüpften. Alex erkannte sie sofort. Sie brach Eier über der Platte und wendete Speck und Würstchen, während der Besitzer, ein kleiner dicker Mann, kleiner als sie, seine Anweisungen bellte. Trotz seiner bissigen Bemerkungen blieb sie ganz ruhig; sie reagierte sich ab, indem sie ganz still vor sich hin schimpfte.

Ein Feuerwehrmann kam herein. Der Regen tropfte von seiner gelben Ölhaut.

»He, Carla!«, rief er.

»Was ist?«

Diesmal ordnete er ihren New Jersey Akzent der Umgebung von Newark zu. Vorher war er sich nicht sicher gewesen, aber in dem ›Was ist?‹ lag so viel Heftigkeit, dass allen klar wurde, sie wollte nicht gestört werden.

»Ich bin's, Jimmy«, sagte der dicke Feuerwehrmann, und Carla verließ sofort ihre Röstis, kam hinter der Theke hervor und wischte ihre Hände an der dunkelblauen Schürze ab. Alex war von ihrem breiten Lächeln verzaubert, sie schien sich ehrlich über ihren Besucher zu freuen.

»He, Jimmy, was läuft, Mann?« Sie umarmten sich. Ihre Stimme klang verraucht und warm. Alex war bewusst, dass er die Frau begehrlich anstarrte, aber er konnte es nicht abstellen. Diese festen vollen Brüste, der herrlich gerundete Po, die Art, wie sie ihren Körper an den Feuerwehrmann schmiegte, all das verursachte Aufstände in ihm, die er seit mindestens acht Jahren nicht mehr gespürt hatte.

Nein. Er konnte sich überhaupt nicht erinnern, jemals so hungrig auf eine Frau gewesen zu sein. Das war ihm auch schon widerfahren, als er das Diner zum ersten Mal besucht hatte, kurz nachdem Lee Kontakt mit ihm aufgenommen hatte. Die Tatsache, dass es jetzt erneut passierte, bestärkte ihn in seiner Entscheidung, sie aufzunehmen. Selbst wenn sie eine lausige Künstlerin gewesen wäre, hätte er es getan.

»War Luke schon hier? Trigger …«

»… ist von der Leiter gefallen. Bist du sicher, dass du nicht nachgeholfen hast?«

»Also wirklich, Carla!«

»Beruhige dich, ich komme ja schon.«

»Das wird mir auch passieren, wenn du so weitermachst«, sagte er grinsend und rieb seinen Schoß gegen ihren. Sie gab ihm einen Klaps auf den Hintern, löste sich von ihm und schenkte ihm Kaffee ein.

»Benimm dich. Du weißt, dass ich schon einen Freund habe.«

»Ach, ja? Und wo ist dein Ring?«

Sie lachte kehlig. »Hältst du mich für so dumm?« Als sie das sagte, fiel ihr Blick auf Alex. Er hatte keine Ahnung, was sie in seinem Gesicht lesen konnte, aber das Lächeln war noch da, nachdem sie ihn von oben bis unten gemustert hatte. Dann wandte sie sich wieder dem Feuerwehrmann zu.

Sie drückte den Deckel auf den Pappbecher mit Kaffee und reichte ihn dem Gast. »Wir sehen uns um sechs heute Abend«, rief sie ihm nach, blickte noch einmal kurz zu Alex und ging in die Küche. Alex spürte ein Herzklopfen, und das rührte noch nicht von dem hohen Koffeingehalt des Milchkaffees, an dem er gerade mal genippt hatte.

»Kann ich Ihnen noch etwas bringen?«

Suzy sah neugierig zu ihm herüber, die Kaffeekanne in der Hand. Ihm wurde bewusst, dass er schon zu lange hier saß. Jemand könnte sich an seinen letzten Besuch erinnern, und es war noch zu früh, um auf schwierige Fragen zu antworten.

»Nein, ich möchte zahlen.«

Er sah Carla in einem langen Mantel über der Schürze aus der Küche kommen. Ein junger Mann hatte ihren Platz an den Platten eingenommen. Alex sah zu, wie sie Kaffee in zwei Becher laufen ließ, dann nahm sie zwei Muffins und ließ sie in den Manteltaschen verschwinden.

Im nächsten Moment war sie durch die Drehtür verschwunden. Sie überquerte die Straße und ging auf einen Penner zu, der sich aus dem Regen in einen Eingang gerettet hatte. Sie reichte ihm einen Kaffeebecher und einen Muffin. Da der Typ die Kapuze hochgezogen hatte, konnte Alex sein Gesicht nicht erkennen. Carla legte eine Hand auf sein Knie und rieb gemächlich auf und ab, während sie mit ihm redete.

Alex zahlte und ging. Er durchbrach seine gewöhnliche Routine, hielt ein Taxi an und ließ sich in sein Apartment auf der Madison fahren, obwohl der Regen aufgehört hatte und die Luft kühl und frisch war. Er wollte nichts anderes, als in der Dunkelheit zu liegen und seinen Phantasien nachzuhängen.

Er stellte sich Carlas leicht heiseres Lachen vor, das aus ihrem breiten, volllippigen Mund klang, während sie ihren Arm um ihn legte und ihn fester an ihren schmiegsamen Körper drückte. Auf seinem großen Bett konnte Alex ihr Bild durch die geschlossenen Augen sehen, das wie ein Hologramm gegen die weiße Wand geworfen wurde.

Seine Finger glitten zwischen die eleganten Knöpfe seines cremefarbenen Seidenhemds, er öffnete sie und stellte sich vor, dass sie ihm dabei half und auch seine Krawatte behutsam abstreifte, bevor sie seine nussbraunen Warzen in den Mund nahm und mit der nassen Zunge umspielte.

Er hatte kein Interesse zu sehen, wie er sich berührte, deshalb hielt er die Augen geschlossen und stellte sich vor, dass sie seine Hand führte und jetzt den Reißverschluss seiner feinen dunklen Kaschmirhose aufzog.

»Oh, Mann«, krächzte er und fühlte, wie hart er war. Er hielt sich zugute, dass er ein erfahrener Liebhaber war, aber die Erektion, die er jetzt in der Hand hielt, war ungeheuerlich. Das war nicht nur die natürliche Reaktion, die jeder Mann spüren würde, wenn er schönen spitzen Brüsten und einem einladenden Lächeln ausgesetzt war.

In letzter Zeit hatte er festgestellt, dass er nicht mehr so sehr auf knackigen Smorgasbord stand; er neigte mehr zu reifen Frauen. Er begriff auch, was Lee gemeint hatte, Carla könnte schwierig sein. Er hatte es in ihren Augen gesehen. Man hätte den Blick auch als Missachtung deuten können.

Wie verächtlich würde sie ihn mustern, wenn sie ihn jetzt sehen könnte? Wenn sie wüsste, dass er auf seinem Bett lag, den Schwanz in der Hand, während er noch einmal erlebte, wie er sie schmachtend angestarrt hatte, als sie sich an ihrem Feuerwehrfreund gerieben hatte?

Alex begann, sein holographisches Bild zu entkleiden; er zog die Schürze über ihren Kopf, knöpfte die weiße Bluse auf, die sich (wenn auch nur in seinen Gedanken) über den Knöpfen spannte. Dies war schließlich seine Phantasie. Sie bückte sich, als sie aus ihrer Hose stieg, und dabei schwangen ihm ihre Brüste entgegen, die in einem winzigen weißen Spitzen-BH steckten.

Als sie sich wieder aufrichtete und die schwarzen Haare über die Schultern schüttelte, erhoben sich die Brüste stolz. Sie schob die Hände in den Slip, der kaum mehr war als ein kleines Dreieck aus weißer Seide, in der Mitte zusammengerafft und in ihre Spalte gedrückt.

Alex ließ seine Erektion los, denn wenn er zu schnell kam, hatte er seine Phantasie unterbrochen. Seine Traum-Carla grätschte über ihm und beugte sich vor, wobei ihre Brüste wie Wolken über seinen Brustkorb huschten.

Beinahe glaubte er, ihr schweres Parfum riechen zu können, auch den Duft ihrer erregten Pussy, und er fühlte die Wärme ihres Atems auf seiner Wange, als sie flüsterte: ›Kann ich deine Königin sein?‹

›Mach's mir‹, befahl er heiser.

Sie drehte sich um, sodass er nur ihren Rücken und den weißen Stoffstreifen, der sich zwischen den honigfarbenen Backen verlor, sehen konnte. Ihre Pussy wurde vom Satin fest umschlossen, nur ein feuchter Fleck verriet ihre Erregung. Sie zog den Slip auf eine Seite, damit er direkt in ihren dunklen samtenen Tunnel blicken konnte.

Er glitzerte von der Feuchtigkeit, so mysteriös und verlockend, dass er mit der Zunge eindringen und von diesem Teich trinken konnte. In seiner Phantasie hörte er ihren leisen Schrei, als er sie auf sein Gesicht zog.

Alex' Hand glitt flüssig an seinem Schaft auf und ab, dann wurde er immer schneller, bis er einen lauten Schrei ausstieß. Warm schoss es aus ihm heraus über Brust und Bauch. Allmählich ebbte die Lust ab, und dann verschwand sie ganz, als sich sein Hologramm auflöste wie eine Seifenblase.

Eine Stunde später fand Ruth ihn noch in dieser Haltung vor; er starrte immer noch zur Decke, und der Samen auf seinem Körper war fast getrocknet.

Er wollte ihr immer noch nicht sagen, wo er gewesen war.

Zweites Kapitel

Als Carla an diesem Nachmittag nach Hause kam, fand sie eine Nachricht von Lee vor. Er hörte sich aufgeregt an, aber als sie ihn zurückrufen wollte, um ihm zu sagen, dass sie sich an diesem Abend nicht sehen konnten, hatte er sein Handy nicht eingeschaltet, deshalb hinterließ sie eine Nachricht, dass sie ihn später anrufen würde.

Sie bereitete sich eine Tasse englischen Tees zu und ruhte sich eine glückliche Stunde lang aus, während sie in einem Buch über Jasper Johns blätterte, das sie auf dem Nachhauseweg auf dem Trödel erworben hatte. Sie mampfte Doritos und genoss einen Obstsalat, den sie in dem koreanischen Deli im Vorbeigehen mitgenommen hatte. Als sie glaubte, genug Energie getankt zu haben, hievte sie sich aus dem Stuhl und ging unter die Dusche. Es war halb sechs, und sie musste um sechs auf der Feuerwache 51 sein, um Rippchen für zwölf von New Yorks Feinsten zuzubereiten.

Im Taxi fiel ihr Lee wieder ein. Er hatte ihr das Handy zu ihrem letzten Geburtstag geschenkt, aber sie konnte ihn immer noch nicht erreichen. Sie hinterließ die Nachricht, dass sie erst spät zu Hause sein würde, sagte ihm aber nicht, wo und mit wem sie den Abend verbrachte. Seine Besitzansprüche waren in letzter Zeit nicht mehr so krass wie früher, und sie hätte es ihm ruhig sagen können, denn sie hatte nicht vor, an diesem Abend über die Stränge zu schlagen.

Drei Jungs waren da, denn ihre Schicht hatte gerade begonnen. Der Rest war zu einem Lagerhausbrand in Brooklyn gerufen worden. Die jungen Männer begrüßten sie herzlich. Einen von ihnen kannte sie nicht.

»He, Danny, begrüße deine Ersatzmama«, rief einer und stieß den jungen Mann auf sie zu. »Heute ist sein Geburtstag. Den ganzen Tag schon einundzwanzig, und er ist immer noch nicht flachgelegt worden.«

»Dafür ist doch noch Zeit«, rief der andere Mann. Danny wurde puterrot.

»Hi, Danny«, sagte Carla locker und ließ den Mantel von den Schultern gleiten. Sie sah, wie er auf ihre Brüste starrte. »Springen sie hart mit dir um?«

»Ja, Ma'am«, sagte er höflich, »aber ich werde mit ihnen fertig.«

Darauf wette ich, dachte Carla. Sein enges schwarzes T-Shirt wölbte sich über den dicken Muskeln seiner Bizeps und spannte sich über Brustkorb und Schultern. Er hatte eine kaffeefarbene Haut, und seine Haare waren so kurz geschnitten wie bei den Jungs der Marine.

»Eins will ich dir gleich sagen: Ich heiße Carla, und ich bin niemandes Mutter, auch nicht für die beiden großen Babys da hinten.« Sie sah die grinsenden Wehrleute mit leicht geneigtem Kopf an. »Habt ihr das verstanden?«

Dannys prägnantes, attraktives Gesicht war immer noch leicht gerötet, wodurch seine Kaffeehaut einen leichten Schimmer erhielt. Er schluckte und nickte.

Während die Männer ihr Gerät und die Trucks überprüften, die Stiefel blitzblank putzten und ihre Uniform säuberten, marinierte Carla die Rippchen in ihrer eigenen speziellen Sauce und bereitete Mais und Kartoffeln in den großen Pfannen vor. Bei den Jungs gab es zwei Prioritäten: Einfach musste das Essen sein und gehäuft.

Danny deckte den langen breiten Tisch, und bald duftete es in der Wache nach gekochten Rippchen und Pommes in Olivenöl, Salz und Cayenne Pfeffer. Carla kaufte noch vier große Kuchen, dazu Gelee und stellte mit Sahne und Obst noch einen Nachtisch her, den sie mit Kerzen versah und anschließend in den Kühlschrank stellte. Sie grinste vor sich hin. Wenn schon keiner meine Kunst liebt, dachte sie, bringe ich wenigstens ein gescheites Essen zustande.

Die anderen Männer kamen von ihrem Einsatz zurück, verdreckt und ausgehungert. Das Essen wurde gereicht, der Kaffee wurde serviert, und alle Geburtstagslieder wurden gesungen. Es waren nicht die Lieder, die sie zuletzt auf der Party ihres sechsjährigen Vetters gehört hatte.

Um den Abwasch brauchte sie sich nicht zu kümmern. Die Männer stellten alles in den großen Geschirrspüler, dann gingen alle, die im Einsatz gewesen waren, unter die Dusche. Carla hatte bemerkt, dass Danny sie den ganzen Abend angesehen hatte.

Sie ging nach oben, um ihre Tasche zu holen, und begegnete den Männern, die aus der Dusche kamen und nun das Fahrzeug neu versorgen mussten, mit dem sie im Einsatz gewesen waren. Die Tür zur Umkleide stand offen, und Carla konnte Danny vor dem Spiegel stehen sehen, die Hose bis zu den Schenkeln nach unten gezogen.

Seine Gesäßbacken waren fest wie bei Michelangelos *David*; er war größer als Lee. Als er seine schwarzen Calvin Kleins noch ein bisschen weiter nach unten schob, fiel ein Monster heraus, das im rechten Winkel von seinem Körper abstand. Wow, dachte sie und musste den Mund fest verschließen, damit ihr Überraschungslaut nicht hinausschlüpfte.

Er sah zur Tür, aber es gelang ihr, sich rasch genug wegzuducken. Als sie sich wieder traute, durch die Türöffnung zu blicken, stand er immer noch vor dem Spiegel und strich liebevoll seinen Schwanz. Ganz offensichtlich war er stolz darauf. Als er die volle Härte erreicht hatte, zog er seine Jeans wieder hoch, verstaute das Paket, brachte es in eine senkrechte Stellung und überprüfte im Spiegel, welche Wirkung die unübersehbare Schwellung auf den Betrachter haben musste.

Carla leckte sich unbewusst die Lippen. Als Danny sich abwandte, konnte sie die Beule in seiner Hose sehen.

»Und was machst du da, junge Lady?«

Sie drehte sich um und sah Luke, ihren Freund aus dem Diner. Er stand grinsend hinter ihr.

»Nicht so laut, sonst kann er dich hören«, flüsterte sie eindringlich.

»Ach, du willst nicht, dass Danny erfährt, wie du ihm auflauerst?«, fuhr Luke mit lauter Stimme fort.

Carlas Gesicht wurde heiß und rot. Sie versuchte, an ihm vorbeizuschlüpfen, aber er hielt sie fest. Danny tauchte in der Türöffnung auf; ihm war es noch nicht gelungen, den Reißverschluss über die Schwellung in der Hose zu ziehen.

»Was ist denn los?«

»Du hast einen Fan«, sagte Luke, dessen Grinsen breiter wurde, je mehr Carlas Verlegenheit wuchs. Sie versuchte sich mit einer Trotzreaktion zu retten.

»Ich habe einen Mann«, sagte sie, »aber das heißt nicht, dass mir ab und zu das Hinschauen nicht auch Spaß macht.«

»Ich schaue auch gern hin«, sagte Danny, legte eine Hand unter ihre Brust und drückte sanft zu. Luke nahm die andere Brust in seine Hand. Seine Augen wurden groß, als er merkte, wie sich ihr Nippel unter seinem Daumen versteifte.

»He, Leute, hört auf«, protestierte sie schwach, aber es hatte keinen Zweck. Sie war viel zu erregt, um geradeaus denken zu können, und außerdem wurden die Möglichkeiten, die sie sich im Schutz der Nacht erträumt hatte, nun bald Realität.

»Nun, da du heute Geburtstag hast ...«

»Kann es nicht auch mein Geburtstag sein?«, fragte Luke atemlos. »Du siehst so heiß aus, wenn du an deinen Platten im Diner stehst. Mir klappt jedes Mal das Messer auf, wenn ich deinen süßen Arsch vor mir sehe.«

»Gut zu wissen«, sagte sie und seufzte. Ja, warum eigentlich nicht? Solche Gelegenheiten ergaben sich nicht alle Tage.

Sie rührte sich nicht, als Danny langsam ihr T-Shirt nach oben schob. Der hübsche Spitzen-BH konnte die vollen Brüste kaum bändigen. Die Nippel drückten sich durch.

Danny nahm eine erigierte Warze in den Mund und lutschte daran. Carla fühlte ein intensives Pochen, das ihren ganzen Körper erfasste, und ihre Klitoris wachte auf und rieb gegen die Naht ihrer Jeans.

In stummem Einverständnis führten sie Carla zur Rückseite des großen Einsatzwagens, wo niemand sie sehen konnte. Ihre Brüste und ihr Po wurden gedrückt, gestreichelt und geknetet. Luke spürte eine Erregung, die er kaum noch beherrschen konnte, aber ihm genügte es, neben Geburtstagskind Danny die zweite Geige zu spielen.

Seine Scheu war verflogen, als hätte ihre Lust ihm die Macht gegeben, endlich das mit ihr zu treiben, was er sich den ganzen Abend schon gewünscht hatte. Gemeinsam öffneten sie Carlas Jeans und zogen sie aus.

Mit ihren kurzen weißen Söckchen stand sie mit dem Rücken zum kalten Truck, als Danny sich vor sie kniete und sein Gesicht gegen ihr Dreieck drückte. Er leckte über die Innenseiten ihrer Schenkel, bis sie sich weiter für ihn öffnete.

Luke war gebannt von dem Anblick; er zog den Reißverschluss seiner Hose auf und führte Carlas Hand zu seiner schmerzenden Erektion. Ihre Finger schmiegten sich um den harten, seidigen Stab, und er presste sich an sie und küsste sie, womit er die kleinen heißen Schreie erstickte, die ihre Antwort auf Dannys Bemühungen waren.

Dannys Zunge wischte an ihren Labien entlang und konzentrierte sich dann auf die Klitoris, und schon beim geringsten Druck der Zunge spürte Carla die Wellen der Lust, die ihren Körper durchschüttelten. Sie konnte sich kaum noch auf den Beinen halten und musste sich an Lukes Schaft und mit der anderen Hand an seiner Schulter festklammern. Ihr Körper geriet völlig außer Kontrolle.

Danny stand auf, hob ihre Beine an und drang tief in ihre nasse Öffnung ein. Während er mit gemessenen, selbstsicheren Stößen in sie hinein pumpte, drückte sie Lukes Schaft und beobachtete ihre Spiegelbilder im glänzenden Lack des nebenan stehenden Feuerwehrwagens. In einiger Entfernung hörte sie schwere Stiefelschritte, die sich der Treppe näherten. Offenbar wollte die nächste Gruppe unter die Dusche.

Schritte und Stimmen verstummten, als sie mit der Szene konfrontiert wurden, die sich ihnen bot.

Sie sahen, wie Danny sie langsam und sinnlich nahm und Carla mit jedem Stoß gegen den Truck presste. Es dauerte nur noch wenige Stöße, bis er sein Ziel erreichte. Er stieß einen hemmungslosen Schrei aus und sprühte tief in sie hinein, bevor er gegen sie sackte.

»Happy Birthday«, flüsterte sie. Er lachte verlegen und bemerkte jetzt erst sein Publikum. Er zog sich aus ihr zurück, ließ ihre Beine langsam zu Boden und mied den Blick auf seine Kameraden.

Als Lee sie am nächsten Abend anrief, verabredeten sie einen Besuch in einem indischen Restaurant. Lee schluckte Kobrabier zu seinen Langusten und gab vor, beides zu genießen. Sie hatte sich vorgenommen, ihm heute Abend zu sagen, dass sie nur noch gut Freund mit ihm sein wollte, mehr nicht. Aber er schien sehr nervös zu sein, deshalb hielt sie sich zurück.

Lee war immer in irgendwelche Händel verstrickt, die sich nie auszahlten. Er hatte einen Mann in New Jersey, der darauf wartete, kleine britische Autos importieren zu können, bei denen die Gewinnspanne lächerlich hoch sein sollte. Ein anderer Typ hatte zwei verkommene Apartments im East Village gekauft. Sie würden im Geld schwimmen, wenn sie die Zimmer renoviert und mit horrendem Profit verkauft hatten.

Seinen Lebensunterhalt verdiente er mit einem kleinen Geschäft in Hoboken; er wartete und reinigte die langen Stretchlimousinen, mit denen sich Möchtegernpromis, verwöhnte Millionärssöhnchen und betrunkene Partygäste durch die Stadt fahren ließen. Wie sehr Carla sich auch über ihren Job beschweren konnte, sie war wenigstens nicht dem Anblick der verschiedensten Körperflüssigkeiten ausgesetzt, mit denen Lee an einem schlechten Arbeitstag zu tun hatte.

Sie mochte ihn, weil er unkompliziert und anspruchslos war. Er nannte sie ›Honey‹ und war ein begeisterungsfähiger Liebhaber. Er hatte Muskeln so dick wie Baseballs und Hände wie Schaufeln, und er hatte sie immer gut behandelt. Er war auch großzügig, zu großzügig für ihren Geschmack. Sie hatte lernen müssen, ihm nicht von Dingen vorzuschwärmen, die sie gern hätte, sich aber nicht leisten konnte, sonst würde er am anderen Tag damit antanzen.

Aber Liebe? Nein. Ein gehaltvolles Gespräch war nicht Lees Ding. Und er war hoffnungslos chauvinistisch. Sein Traum war es, eine Frau zu Hause zu haben, die ihm das Abendessen vorsetzte und seine Socken stopfte, und Carla hatte den Verdacht, dass er sie für diese Aufgabe heranziehen wollte. Falls das der Fall war, würde er sich eine Abfuhr einhandeln. Sie hatte nicht die Absicht, sich von ihm den Bauch mit Babys füllen zu lassen. Ein schrecklicher Gedanke durchfuhr sie – war er deshalb so nervös, weil er ihr einen Antrag machen wollte?

Der Gedanke lähmte sie noch auf dem Weg zu seinem Apartment.

»Wirst du mir jetzt sagen, welche Laus dir über die Leber gelaufen ist?«, fragte sie, als sie ihre Schuhe abstreifte.

Er zögerte, als müsste er sich jedes Wort genau überlegen. Sie hielt den Atem an. Alles, nur das nicht, bitte.

»Was wäre, wenn ich dir sage, dass jemand an deiner Arbeit interessiert ist?«

Also, damit hatte sie nun wirklich nicht gerechnet. Bisher hatte Lee ihre Malerei kaum ernst genommen. Für ihn war sie ein Hobby, dem man an einem verregneten Wochenende nachgehen konnte, am liebsten, wenn er nicht da war.

»Wer ist interessiert?«

»Er heißt Alex Crewe. Er sagt, du hast Potenzial, aber er sagt auch, dass dein Portfolio nicht groß genug ist.«

Sie hatte Lee noch nie so ein großes Wort wie ›Portfolio‹ aussprechen hören.

»Hast du ihm gesagt, dass ich keins habe?«

Er ignorierte die Frage. »Er gehört dem Syndikat an, das die Heathcliffe Sanctuary in Connecticut besitzt, und er hat dir dort einen Platz angeboten. Du kannst dich jetzt auf mehr Bilder konzentrieren, und dann wirst du ausgestellt! Honey, du wirst in der Öffentlichkeit gezeigt!«

»Aber ...«

Er gab ihr einen schmatzenden Kuss auf die Lippen. »Ich wusste, du würdest dich freuen. Das ist ein verfrühtes Geburtstagsgeschenk für dich. Du solltest den Mann kennen lernen. Er ist ein bisschen unheimlich, aber er liebt deine Arbeit ...«

»He, warte mal einen Moment. Woher kennt er meine Arbeiten?«

Lee hob die Schultern und sah verlegen drein, und sie wusste sofort Bescheid. Der Mann war in ihrem Apartment gewesen. Jemand hatte eine Entscheidung über sie getroffen, und sie war nicht einmal gefragt worden.

»Du hast einen Fremden in meine Wohnung gelassen, ohne mich vorher zu fragen? Das ist nicht in Ordnung, und das weißt du auch!«

»Ach, Teufel, was soll das? Der Mann hat all die richtigen Kontakte, und er hat einen vernünftigen Preis genannt. Freu dich drauf.«

»Wie viel will er haben?«

»Fünftausend, aber welche Rolle spielt das?«

»Du kannst dir das auch nicht leisten.«

»Und wie ich mir das leisten kann!«

Sie wusste, dass sie ihn beleidigt hatte, aber sie war zu wütend, und außerdem hatte sie noch Gewissensbisse wegen der vergangenen Nacht. »Das ist ein verrückter Betrag, um ihn für den Geburtstag einer Frau zu verjubeln, selbst wenn du es dir erlauben könntest. Aber ich lasse das nicht zu.« Sie bückte sich nach ihren Schuhen.

»Carly, warte.« Er stand auf und folgte ihr durchs Zimmer, während sie ihn beschimpfte.

»Du verschwendest dein Geld, Lee. Ich habe nicht mehr Talent als die Maler rund um den Central Park, und das bedeutet, dass er entweder blind oder ein Scharlatan ist.«

Er sprang vor sie und blockierte die Tür.

»Du siehst ihn falsch! Er ist Millionär. Falls er sich getäuscht hat, bedeutet ihm das nichts. Und was hast du schon zu verlieren?«

»Großartig! Wie soll ich mich denn fühlen, wenn ich versagt habe? Er hat seine Millionen wahrscheinlich mit Dummköpfen wie dir gemacht. Ich habe dich gewarnt, du sollst mich aus deinen Geschäften heraushalten. Aber genau das hast du nicht getan. Vielen Dank.«

Sie schob ihn aus dem Weg und ging.

Drittes Kapitel

Alex präsidierte am Kopfende des Konferenztischs, sechzig Stockwerke über dem Battery Park, und dachte: Nicht schlecht für den Sohn eines Glasgower Bauarbeiters. Das neue Büro von Crewe Equities, ein modernistisches Meisterstück in Stahl, Glas und Granit, war ein Riesenschritt weiter als der bescheidene Beginn vor zwei Jahrzehnten in Queens.

Der Tisch war so lang wie ein Supertanker und hatte in jüngster Zeit viele hitzige Debatten mit den Aktionären erlebt, aber diesmal war die Gruppe am Tisch viel kleiner, neben Alex und seinem Berater und Anwalt Todd saßen nur noch die drei verbliebenen Direktoren der Exportfirma da, die Alex kaufen wollte.

Das Grundstück, auf dem das Lagerhaus der Firma stand, war reif für eine völlige Neugestaltung, fand Alex. Die Firma selbst lag in den letzten Zügen, aber trotzdem wunderte es Alex, dass bisher niemand das Potenzial von Grund und Boden wahrgenommen hatte.

Todd jedenfalls hatte seine Hausaufgaben gemacht, und danach hatte Alex in den vergangenen sechs Monaten Aktien der Ocean Exports erworben. Jetzt gab es nur noch ein schwaches Glied, das gebrochen werden musste, ehe Alex die Kontrolle übernehmen konnte, und dieses schwache Glied saß schwitzend auf dem hinteren Platz am Tisch und starrte auf Ruths Brüste. Er hatte ein teures Edelhurenhobby, das ihn in private Schulden gestürzt hatte, aber als Alex ihm angeboten hatte, seine Anteile an der Firma zu kaufen, hatte er sich geweigert – aus Loyalität zu seinem Boss. Alex wusste, dass es nur eine Frage der Zeit war.

Der Mann spürte Alex' Blick auf sich und sah aus, als wollte er sich übergeben. »Warum tun Sie das?«, fragte er schließlich, entnervt von Alex' versteinertem Schweigen.

»Zwei Worte, Mr. Perez. Kommerzielles Überleben. Auf Sie trifft das nicht mehr zu.« Alex sah, dass Todd verärgert seinen Füller hinwarf. Er hasste Alex' brutale Wahrheiten. »Warum das Unvermeidliche in die Länge ziehen?«, fuhr Alex fort. »Der Preis, den ich Ihnen anbiete, ist mehr als großzügig. Ihre Aktionäre wissen, dass Ihre Firma die nächsten achtzehn Monate nicht überlebt. Deshalb waren sie bereit zu verkaufen.« Er schenkte sich Mineralwasser nach und lächelte Perez an. »Es liegt in Ihrem eigenen Interesse.«

»Das hört sich nach einer verdammten Drohung an!«

»Ich kann auch darauf warten, dass Sie Insolvenz anmelden müssen, aber das wäre doch zu schade. Sie wollen doch Ihren Enkeln noch etwas hinterlassen, oder?«

Der alte Mann hielt sich verkrampft am Tischrand fest. Seit Urzeiten war er der Chef von Ocean Exports, aber er wusste, dass er das nicht mehr viel länger sein würde. Er hatte eine graue Haut und atmete flach. Schwaches Herz, konstatierte Alex, der auch vom Stress der letzten Wochen gezeichnet war. Falls der alte Perez den Löffel abgab, wären viele Probleme mit einem Schlag gelöst, aber nicht, wenn er seinen Geist auf dem Teppich von Crewe Equities aufgab.

Er warf einen Blick auf Ruth. Ihre weiße Bluse, die sich über dem Busen spannte, lenkte ihn ebenso ab wie die drei Direktoren. Ruth fuhr sich mit der Zungenspitze über die Lippen.

»Alex, können Sie das akzeptieren?«

Er blinzelte und runzelte die Stirn. Er hatte keine Ahnung, was Todd gesagt hatte, aber er nickte kaum merklich. Perez sprang aus seinem Sessel, als hätte er auf heißen Kohlen gesessen.

»Ich weiß nicht, wie Sie nachts schlafen können«, sagte er kalt.

»Ich schlafe nicht«, antwortete Crewe und erhob sich umständlich. »Ruth wird Sie zur Tür bringen.«

Ruth ging mit den drei Männern hinaus, und Alex setzte sich wieder hin. Todd sah besorgt drein. Es war ein Blick, den Alex bei jemandem hasste, den er fürstlich entlohnte, um seine schmutzige Arbeit zu erledigen.

»Was ist los, Todd?«

»Dieser Handel liegt mir schwer im Magen.«

Alex zückte sein Platinfeuerzeug und hielt die Flamme an das Ende einer halb gerauchten Havanna. »Wenn Sie ein Gewissen entwickeln, dann bringen Sie es woanders hin. Ich habe keine Verwendung dafür.«

»Denken Sie darüber nach. Der Capelli Clan besitzt praktisch jedes Dock am East River. Glauben Sie, diese Brüder lassen Sie irgendwas bauen, woran sie nicht beteiligt sind?«

Alex fuhr mit der Zigarrenhand unruhig durch die Luft. »Das wird nicht mein Problem sein. Ich habe Käufer von hier bis Hongkong für ein solches Grundstück. Sie werden die Drohungen von ein paar kleinen Gangstern nicht ernst nehmen. Oder gibt es da noch etwas, von dem ich nichts weiß?«

Todd schluckte hart. »Nein. Das Grundstück ist der größte Batzen in der Bilanz der Firma. Ich überlege nur, ob es ratsam ist, sich mit dem Mob anzulegen. Andere könnten das professionellen Selbstmord nennen. Jedenfalls darf davon nichts verlauten, solange unser Handel nicht in trockenen Tüchern ist.«

»Dann liegt es an Ihnen und dem Presseteam, dass nichts durchsickert.« Alex starrte ihn intensiv an. »Und verlieren Sie die Perspektive nicht. Capelli ist ein kleiner Kriecher. Ich bin zu groß für ihn, und das weiß er auch.«

»Was ist, wenn er sich mit unserem Maulwurf zusammensetzt?«

Alex blickte über ihn hinweg auf die in gemeißeltem Stahl gefertigte Weltuhr an der Wand. Sie zeigte die Tages- und

Nachtstunden auf der ganzen Welt. Ein sehr teures Spielzeug, aber er konnte es sich leisten, weil er so hart arbeitete. Und nun gab es einen habgierigen kleinen Scheißer, der seine Konkurrenz mit Informationen fütterte. Alex hatte schon zwei demütigende Niederlagen einstecken müssen, weil andere ihn in letzter Minute überboten hatten. Die großen Firmen, höchst verärgert über seinen sagenhaften Aufstieg in den letzten Jahren, rieben sich vor Schadenfreude die Hände. Einige von Alex' Kunden, die zu Crewe Equities gegangen waren, weil sie seine Fähigkeit schätzten, aus sterbenden Firmen profitable Unternehmen zu schnitzen, wurden langsam nervös.

Es klopfte laut an die Tür, und Ruth trat ein. Todd wartete darauf, dass Alex sie wegschickte, aber dann wurde ihm klar, dass er es war, der das Feld räumen sollte.

»Sie müssen den Menschen finden, der mir das antut«, sagte Alex.

Todd nickte und ging widerwillig.

Ruth vergewisserte sich, dass die Tür verschlossen war, dann ging sie auf Alex zu und knöpfte im Gehen ihre Bluse auf.

»Er sah nicht allzu glücklich aus«, sagte sie. »Ich hoffe, du warst nicht zu hart zu ihm.«

»Nicht halb so hart, wie ich zu dir sein werde.« Alex lehnte sich in seinem Sessel zurück. Die Schwellung in seiner Anzughose war nicht zu übersehen. Ruth liebte das Gefühl, eine solche Macht über ihn zu haben.

»Auf deine Knie«, befahl er mit rauer Stimme und spreizte die Schenkel so weit, dass sie dazwischen Platz fand. Nach den anstrengenden Stunden, die hinter ihm lagen, brauchte er eine rasche Erleichterung.

Ruth gehorchte und zog seinen Reißverschluss auf. Sein Schaft sprang an die kühle Luft. Alex stieß einen Freudenschrei aus, als sie den Mund über seine burgundrote Eichel stülpte und langsam zu saugen begann. Er ließ sich im Sessel noch weiter nach unten rutschen, während sie ihre geschickte Routine durchzog.

Ohne sich groß zu bemühen, holten seine Gedanken das Bild einer anderen Frau heran, sie war kleiner, hatte einen runden Po und größere Brüste. Sie war mit Stahl und weichem Leder gefesselt und konnte sich nicht bewegen, während er ihre Nippel mit flüssigem Latex bemalte. Der Pinsel stimulierte die Warzen zu harten Spitzen. Wenn das Gummi trocknete, würde es schrumpfen und sich zusammenziehen, dadurch wurden die Nippel wie in einer Kapsel eingeschlossen. Die Frau würde gewaltig erregt sein und so nass werden, dass sie …

Sein Orgasmus kam einer Explosion gleich. Das Bild von Carla Vicenzi stand so lebhaft vor ihm, dass er sie beinahe riechen konnte. Ein leiser Protestschrei erinnerte ihn daran, dass es Ruths Kopf war, den er in Händen hielt, er hatte seine Finger in ihre Haare versenkt und seinen Stab rücksichtslos in ihren Mund getrieben. Ein paar kostbare Sekunden lang hatte sie nicht einmal existiert.

Sie starrte ihn wütend an. Ihr Lippenstift war über das ganze Gesicht verschmiert. Er hielt ihre zornigen Worte mit einer ungeduldigen Geste hin.

»Lege dich auf den Tisch; ich werde mich um dich kümmern, dann verzeihst du mir schnell.«

Bis zu einem gewissen Grad hatte er Recht, wusste sie, aber er wusste auch, dass sie einen Weg finden würde, ihn zu bestrafen. Der Gedanke ließ ihn lächeln. Es gab schlimmere Formen der Unterhaltung, als Ruth bei ihren Machtspielchen zuzuschauen. Sie glaubte immer noch, sie gewinnen zu können.

Zehn Minuten später war sie wieder angezogen und präsentierte sich als makellose, unentbehrliche Assistentin. Nach der Korrespondenz sagte er ihr, sie sollte für den nächsten Mittwochabend einen Tisch bei Christophes buchen. Er wollte mit den Direktoren einer anderen Firma, die ihn ebenfalls interessierte, auf Tuchfühlung gehen.

Sie sah in ihrem Notebook nach, das sie immer dabei hatte. Dort war Alex' Leben dokumentiert und organisiert bis hinunter zu den Details, was er zum Frühstück haben wollte. Jetzt klickte sie auf den Kalender, bis sie den Mittwoch gefunden hatte.

»Mittwoch ist nicht gut. Du hast Tanya zu ihrem Geburtstag ins Le Cirque eingeladen.«

»Mist.« Alex trommelte mit den Fingerspitzen auf den Tisch und verfluchte sein kompliziertes Sexleben. »Das muss ich absagen. Sie wird darüber hinwegkommen. Habe ich ihr schon ein Geschenk gekauft?«

Ruth schaute in der Rubrik ›Tanya Grosnovsky, Model‹ nach. Es gab drei weitere Rubriken dieser Art, eine zu Valerie Clarke, Violinistin, eine andere zu Petrina Lyriaco, aufstrebende Opernsängerin, und schließlich eine zu Janice Flanigan-Crewe, seine Exfrau. Mit der Ausnahme von Janice schlief er mit allen, obwohl die offizielle Bezeichnung für die Medien lautete, dass sie ›gute Freunde‹ waren.

»Noch nicht.«

»Dann geh zu Tiffany's und kaufe ihr irgendwelche Diamanten, irgendwas Vulgäres, das passt zu ihr.«

Ruth klickte zweimal. »Das hast du ihr schon zum ersten Konzert im letzten Oktober geschenkt und noch einmal zu Weihnachten. Vielleicht ein Zobel?«

»Gute Idee. Und ruf sie an, ja?« Er sah in ihr Gesicht. »Okay, ich werde es selbst tun.«

»Welche Preisklasse? Das letzte Mal hast du zehn für sie ausgegeben.«

»Ist das alles? Wie alt wird sie überhaupt?«

»Zweiundzwanzig.«

»Dann stocken wir das auf fünfzehn auf. Sie ist nämlich habgierig.« Er betrachtete seine Fingernägel. Die Häutchen bildeten sich schon wieder neu, dabei hatte er erst vor zwei Tagen die Maniküre da gehabt.

»Was ist mit Valerie?«, fragte Ruth. »Du hast dich lange nicht mehr um sie gekümmert. Soll ich eine Fahrt zu Martha's Vineyard organisieren?«

Alex schüttelte den Kopf. »Zu langweilig. Du kennst sie doch.« Er starrte mürrisch aus dem Fenster. Was für eine Frau war Carla? Dreißig Jahre alt und lebte auf einem Zimmer. Aber wenn du ihr zwanzigtausend Dollar geben würdest, hält sie dich für durchgeknallt und wirft dir das Geld vor die Füße. Genau wie sie Lees Geschenk nicht angenommen hatte.

Lees aufgeregter Anruf an diesem Morgen hatte ihn amüsiert. Wie erfrischend musste es sein, zur Abwechslung mal so eine Frau zu haben.

»Ich könnte vielleicht Sitze in der ersten Reihe bei der McQueen Show in Paris organisieren«, sagte Ruth.

Die Vorstellung, direkt vor schmollenden magersüchtigen Models zu sitzen, die untragbare Kleider vorzeigten, imponierte ihm nicht wirklich, aber wenn er die Russin bei Laune hielt, verlief sein Leben viel angenehmer.

Eine halbe Stunde später teilte er Ruth mit, dass er an die frische Luft wollte. Sie hasste es, nicht zu wissen, wohin er ging, aber manchmal musste er einfach der gekühlten Ruhe seines Büros entfliehen.

Die Luft war frisch und kalt und voller Schadstoffe, aber das scherte Alex nicht. Er wandte sich dem Battery Park zu und ging in Gedanken die Eckpunkte seines Vortrags in der nächsten Woche durch. ›Nichts ist so erfolgreich wie der Exzess‹ war die Überschrift seines Vortrags vor ein paar Journalisten. Öffentliches Reden war eigentlich nicht sein Ding, aber gelegentlich musste er sich dazu überwinden.

Ein paar Schritte vom Bürogebäude entfernt traf ihn etwas auf der Brust. Er sah an sich hinab; ein schleimiges gelbes und durchsichtiges Zeug. Jemand hatte mit einem rohen Ei auf ihn geworfen.

Der Täter stand da und lachte. Alex fühlte, wie sein Puls sich verdoppelte. Andrew Flanigan. Seit seiner Entlassung aus dem Gefängnis vor einem Jahr hatte er sich schon einige Male in unangenehme Erinnerung gebracht, indem er Alex' Auto mit Kratzern beschädigt oder einen Haufen Hundekot im Büro abgegeben hatte, aber es war das erste Mal, dass sie sich nach Jahren gegenüberstanden.

Alex ging ihm entgegen und wischte das Ei von seiner Kaschmirjacke.

»Wenn du dich rächen willst, hast du jetzt die Chance«, sagte Flanigan fröhlich.

»Ich schätze mal, dass die fünf Jahre in San Quentin dich zu einem richtigen Arschloch gemacht haben.«

»Nun, dann habe ich wenigstens dafür arbeiten müssen. Aber du, mein Freund, bist immer schon eins gewesen.«

Alex lachte leise und schüttelte den Kopf. Dann wandte er sich ab, wirbelte auf dem Absatz blitzschnell herum und knallte seine Faust in das Gesicht des anderen Mannes.

Aber Flanigan war einen Schritt zurückgewichen, denn er hatte Crewes Reaktion erwartet. Er lachte noch lauter, als Alex durch die Wucht seines ins Leere gehenden Schlags nach vorn gerissen wurde.

»Du bringst es nicht mehr«, höhnte Flanigan. Crewe, blind vor Wut, wollte sich wieder auf ihn stürzen.

Plötzlich bildeten zwei ganz in Schwarz gekleidete Sicherheitsleute eine feste Muskelwand vor ihm, die ihn davor bewahrte, größeren Schaden anzurichten. Ein langer silbergrauer Mercedes hielt am Straßenrand, und Alex Crewe wurde sanft aber bestimmt in den Fond geschoben – aber nicht, bevor eine Kamera in sein Gesicht blitzte.

Wütend zeigte er dem Fotografen den Mittelfinger, und genau in dem Moment blitzte es wieder. Der Fotograf wurde aus dem Weg geschoben, und Alex fand sich gefangen im grauen Leder und hinter verdunkelten Scheiben.

»Ihr seid alle gefeuert«, sagte er heiser, als das lange Fahrzeug anfuhr. Flanigan war in der Menge verschwunden, ein Gespenst aus der Vergangenheit. »Wieso konnte die Presse so schnell da sein?«

»Tut uns leid, Mr. Crewe«, sagte einer der Männer nervös. »Sie lungerten schon vorher hier herum, aber wir dachten, sie hätten sich verdrückt.«

»Ich zahle euch nicht fürs Denken«, zischte Alex ihn an.

Nachdem er die Sicherheitsleute zurück ins Büro geschickt hatte, blieb er im Auto und rief Petrina an, um ihre Verabredung abzusagen. Das Trostpflaster der Modenschau in Paris besänftigte sie einigermaßen.

»Aber es muss schon die erste Reihe sein«, nörgelte sie in ihrem zauberhaften Akzent, »sonst lohnt sich der ganze Aufwand nicht. Die schrecklichen britischen Magazine werden mich fotografieren und mich ein B-Starlet nennen.«

Alex ignorierte ihren Einwand und brach das Gespräch ab. Dann erinnerte er sich, dass es Tanya war, mit der er nach Paris fliegen sollte. Oder Valerie? Ach, Ruth sollte das klären.

Das Telefon klingelte. Diesmal informierte ihn Janice, seine Exfrau, dass sie ihn wegen seelischer Grausamkeit belangen wollte. Offenbar hatte sie vor ein paar Tagen Fotos von ihm in der Carnegie Hall gesehen, Tanya an seinem Arm. Mitten in ihrer Tirade brach er die Verbindung ab und wählte selbst eine Nummer, bevor es bei ihm wieder klingeln konnte.

»Ich bin's, Crewe«, sagte er, als sich eine Männerstimme gemeldet hatte. »Flanigan hat mir gerade vor meinem Büro aufgelauert. Hast du herausgefunden, wo er sich versteckt?«

»Dann hätte ich dir doch Bescheid gesagt.«

Alex starrte grimmig aus dem Mercedes und musterte die Büroangestellten, die draußen vorbeihasteten. »Hast du die Herbergen und Obdachlosenheime überprüft? Irgendwo muss er doch schlafen.«

»Entweder weiß es niemand, oder man will es mir nicht sagen«, kam die Antwort.

»Dann fange mit deiner Suche von vorn an. Biete ihnen Geld, wenn es sein muss. Und wenn das nicht reicht, musst du dich in die Unterkünfte einschleichen.«

»Das kostet eine Menge.«

»Das ist mir egal.« Alex legte auf und drückte sich in die schweren Polster. Manchmal hasste er sein Leben.

»Wohin, Sir?«, fragte der Chauffeur.

Alex überlegte einen Moment, dann sagte er es ihm.

Carla stand in dem winzigen kubanischen Laden, zwei Blocks von ihrem Apartment entfernt, und nahm eine Mango nach der anderen in die Hand. Sie waren heute im Angebot, aber die meisten hatten Dellen und die beste Zeit hinter sich, doch sie hoffte, wenigstens eine gute zu finden, weil sie gut zu ihrem Obstsalat passen würde.

Sie langte gerade nach einem viel versprechenden Exemplar, als eine männliche Hand ihr zuvorkam und die Frucht an sich nahm.

»Hey!«

»Sie sind zu sehr in Eile«, sagte er amüsiert und wog die Mango in seiner Hand.

Sie drehte sich um und sah einen dunkelhaarigen Mann vor sich stehen, sanft wie ein Gemälde von Vettriano und viel zu gut gekleidet für diesen Teil der Stadt. Hinter einer dunklen Schildpattbrille sah sie seine blauvioletten Augen.

»Sie sollten sich fragen, ob sich die Frucht schwer genug

anfühlt für ihre Größe«, sagte er. »Fühlt sie sich fest an, wenn sie sanft gegen das Fleisch drücken? Gibt sie Ihrer Berührung nach?« Er sprach leise, und alles, was er über die Mango sagte, klang sinnlich, sogar ein bisschen unanständig. »Dann müssen Sie das Aroma riechen. Es sollte stark und würzig sein.« Er atmete tief ein, dann hielt er die Mango unter ihre Nase, damit sie auch das Aroma einatmen konnte. Sie schnüffelte verlegen und ein bisschen ratlos. »Riecht es gut?«

Sie nickte. Er hob ihre Hand und legte die Mango hinein.

»Dann gehört sie Ihnen«, sagte er. Seine Finger strichen über ihr zartes Handgelenk, und noch bevor sie auch nur ein Wort hatte sagen können, war er plötzlich verschwunden. Sie schaute verdutzt auf die Mango in ihrer Hand und war versucht, sie zurückzulegen, damit sie mit den anderen verrotten konnte. Aber irgendwas war geschehen, auch wenn sie nicht wusste, was.

Ihre Klingel schrillte, als sie die Frucht gerade für ihren Obstsalat zerlegte. Sie war saftig und butterweich, genau, wie sie sein sollte, und das Bild des Mannes, der sie ihr überlassen hatte, blieb länger in ihren Gedanken, als ihr lieb war.

Das harsche Klingeln rief sie in die Wirklichkeit zurück. Wenn es Lee war, wusste sie nicht, was sie ihm sagen sollte. In dem Moment, in dem sie ihn abservieren wollte, zeigte er ihr diese Großzügigkeit. Es wäre so viel leichter, sich von ihm zu trennen, wenn er ein Bastard wäre.

Wieder schrillte die Klingel. Sie drückte den Knopf der Sprechanlage.

»Lee, bist du das?«

»Können wir reden?« Er hörte sich verzerrt an. Sie fühlte sich schuldig, weil sie so gemein zu ihm gewesen war, deshalb drückte sie auf den Knopf, der ihn einließ.

Sie hatte nur noch Zeit, einen Löffel ihres Obstsalats zu kauen, da klopfte es schon an ihre Tür. Sie zog sie auf.

»Hör zu, Baby, es tut mir leid, aber ich kann einfach nicht ... he, wer sind Sie?«

Sie wich einen Schritt zurück, als der Fremde durch die Tür trat. Es kam ihr nicht in den Sinn, ihm die Tür vor der Nase zuzuschlagen. Er sah so aus, als könnte er wie der Terminator einfach durch die Tür schreiten.

Sie starrte ihn an. Er war der Mann, der vor einer knappen Stunde ihre Mango abgetastet hatte. Na, großartig, sie hatte sich einen Psychopathen angelacht.

»Ich bin Alex Crewe.« Er hielt ihr seine schlanke manikürte Hand hin, und sie schüttelte sie abwesend. »Ich würde mich gern für die Irreführung entschuldigen, aber Sie haben sich auch nicht vergewissert, wer da vor Ihrer Tür stand, nicht wahr? In einer solchen Gegend ist das nicht sehr klug.«

Bevor sie irgendwas erwidern konnte, fuhr er fort.

»Lee hat mich angerufen. Er ist besorgt, dass Sie die Chance Ihres Lebens wegwerfen. Ich stimme ihm zu.« Er ging hinüber zu dem Akt, den sie in der vergangenen Woche fertig gestellt hatte. »Die Ähnlichkeit ist gut gelungen.«

Sie drehte das Bild hastig herum, damit er es nicht mehr sehen konnte. Ihr Gesicht brannte.

»Warum verstecken Sie es? Ich glaube, Sie haben etwas, was Sie mit anderen teilen sollten.«

Ihr gefiel es nicht, wie seine Blicke ihren Körper abtasteten, als er das sagte.

»Warum sollte ich Ihnen auch nur ein Wort glauben? Ich kenne Sie nicht.« Sie warf einen Blick auf die Visitenkarte mit der geprägten Schrift, die er ihr in die Hand gedrückt hatte. *Crewe Equities,* stand da. »Das klingt beeindruckend, aber ich habe noch nie von Ihnen gehört.«

»Warum sollten Sie auch? Bis vor zwei Wochen habe ich auch noch nicht von Ihnen gewusst.«

Er sah hinab auf ihre nackten Füße, die mit blauer Farbe beschmiert waren. Seine blitzblanken Schuhe sahen wie ein Fremdkörper auf dem mit vielen Farbtupfern übersäten Holzfußboden aus.

Sie blickte in sein Gesicht. Gute Knochenstruktur. Die Wangenknochen konnten Eis brechen. Die Nase etwas lang, fast römisch, aber durchaus in Proportionen mit dem eckigen Kinn und einem entschlossenen Mund. Ein Charmeur, entschied sie, und ein absoluter Bastard. Zweifellos außergewöhnlich gut im Bett.

Sie konnte sich nicht zurückhalten und musste ihm diese Frage stellen: »Was haben Sie da auf Ihrer Jacke?« Sie hasste Männer, die sich beim Essen nicht in Acht nahmen. Obwohl er nicht so aussah, als gehörte er dazu.

»Jemand hat mich mit einem Ei beworfen.«

Sie lachte laut auf. »Warum denn das?«

»Ich lade Sie zum Essen ein, und dabei erzähle ich es Ihnen.«

Ihr Lachen brach abrupt ab. Einen Moment lang war sie geneigt, aber auch nur deshalb, damit sie noch eine Weile länger auf seine Wangenknochen schauen konnte. Es dauerte länger, als sie für möglich gehalten hatte, bis sie sich an ihre Prinzipien erinnerte, was seelenlose Wölfe anging, die glaubten, die ganze Welt zu besitzen und jeden, der darauf lebte.

»Warum hat Crew Equities also so ein großes Interesse an mir? Ich bin doch nur ein kleines Licht«, sagte sie, um das Thema zu wechseln.

»Meine Firma beschäftigt sich mit dem Erwerb von Gegenständen, aber meine persönlichen Interessen gehen darüber weit hinaus. Heathcliffe Sanctuary ist eines dieser Interessen. Viele Menschen haben daraus einen Nutzen gezogen und ...«

»Aber zweifellos haben Sie auch einen Nutzen daraus gezogen.«

»Natürlich«, gab er unumwunden zu, »aber die meisten haben dadurch Gelegenheiten erhalten, die sie sonst nicht hätten wahrnehmen können, was an meinen Kontakten liegt.« Er griff nach einem Mangostück. Sie schob die Schüssel von ihm weg.

»Sie sind also selbst gekommen, um einen Sinneswandel bei mir zu erreichen. Ich schätze, ich sollte mich geschmeichelt fühlen.«

Er griff nach einem weiteren Stück, kaute es bedächtig und leckte den Saft von den Fingern. »Und dankbar und alles, aber das ist schon okay. Ich an Ihrer Stelle wäre das auch nicht.« Er wies auf das winzige Apartment. »Ich meine, sehen Sie doch mal, was Sie einen Monat lang entbehren müssen. Das muss Sie eine große Überwindung kosten.«

Plötzlich war sie sehr froh, dass sie seine Einladung zum Essen noch nicht akzeptiert hatte. Sie ging zur Tür und zog sie auf.

»Auf Wiedersehen, Mr. Crewe. Wenn Sie glauben, dass ich meine Arbeiten an der dicken Wand eines fetten Arschlochs hängen sehen will, dann haben Sie sich ganz gewaltig in die Finger geschnitten.«

»Muss ich daraus schließen, dass Sie mich nicht zum Abendessen begleiten?«

»Raten Sie mal.«

Er ging durch die Tür und blieb noch einmal stehen. Er drehte sich um zu Carla, und sie sah ein alarmierendes Grinsen, das sich über das ganze Gesicht verbreitete.

»Ich liebe es, wenn eine Frau mich mit schmutzigen Ausdrücken bedenkt.«

»Arschloch«, rief sie und warf die Tür hinter ihm zu.

Eine Stunde lang köchelte es in ihr. Sie war nicht in der Lage, das Gesicht des Mannes aus ihrem Kopf zu verbannen.

»Hol's raus aus dir«, knurrte sie und griff nach einem

dicken Bleistift und einem großen Zeichenblock. »Das ist der einzige Weg, ihn dir aus dem Kopf zu schlagen.«

Sie malte mit wütenden Strichen und ließ den weichen Bleistift mit leichter Hand über das Papier huschen, bis sie das Bild geschaffen hatte, das ihr der Kopf eingab. Sie schaute nicht auf das Gesamtbild, immer nur auf die Striche, die gerade aus ihr flossen, und als sie glaubte, dass es nichts mehr zu ergänzen gab, warf sie Bleistift und Block hin. Ohne noch einmal hinzusehen, bereitete sie sich einen Kaffee zu und aß einen Schokoriegel.

Erst jetzt stellte sie das Bild auf die Stafette und starrte es an, und sie spürte eine zunehmende Genugtuung.

Das Bild war halb Porträt, halb Karikatur. Sie hatte die eckigen Gesichtspartien hervorgehoben und die langen Beine übertrieben, und den Designeranzug hatte sie nur wie in einem Entwurf skizziert. Aber statt dem ausdruckslosen Gesicht eines Models hatte sie ihm die verborgene Tiefe eines Poeten in die halb geschlossenen Augen gelegt. Seine Finger waren unglaublich lang, wie auch die Zigarette, die er zwischen zwei Fingern hielt. Die Spitzen seiner Schuhe waren scharf wie eine Waffe.

In der nächsten halben Stunde bastelte sie noch weiter an ihrem Bild, sie fügte Ringe hinzu und eine mit Juwelen besetzte Armbanduhr. Sie zeichnete seine Haare länger, bis sie über den Hemdkragen fielen, und schließlich verpasste sie ihm ein Paar Flügel, aber es waren keine Engelsflügel, sondern Adlerschwingen, und sein Lächeln war auf Beute aus.

Plötzlich erinnerte sie sich. Er war der gut gekleidete Pinkel, den sie vor ein paar Tagen im Diner gesehen hatte. Er hatte sie genau mit diesem hungrigen Glanz in den Augen angesehen. Sie hatte ihn angesehen wie jeden attraktiven Mann in teuren Kleidern. Dieser Blick sagte: ›Ich weiß, dass du gut aussiehst, aber du bist trotzdem ein Arsch.‹

Schließlich legte sie den Bleistift hin und sah sich an, was sie geschaffen hatte. Irgendwie war es ihr schmeichelhafter geraten, als sie gewollt hatte, und ganz allmählich wurde ihr klar, warum.

Sie wollte, dass er das Bild sah.

Viertes Kapitel

An diesem Abend kam Lee und brachte rote Tulpen, ihre Lieblingsblumen. Sie stellte sie in einer weißen, viereckigen Vase aufs Fensterbrett, wo sie einen hübschen Kontrast zur dunklen Nacht bildeten. Sie hörte ihm zu, wie er begeistert von Alex Crewe erzählte. Nach fünf Minuten hatte sie gelernt, dass er den Bodensatz seines Vermögens durch den Verkauf von noch nicht erschlossenen Grundstücken an der kroatischen Küste gelegt hatte, lange bevor andere an diese Möglichkeit gedacht hatten. Danach hatte er sich auf den amerikanischen Markt konzentriert und marode Firmen aufgekauft. Er zerlegte sie in Einzelteile und verkaufte sie mit oft horrenden Gewinnen.

»Aber dabei verlieren Menschen ihren Arbeitsplatz«, wandte sie verächtlich ein.

»Aber so ist das Geschäft, Baby. Er kümmert sich um neue Erschließungsobjekte, um Frachtgeschäfte und ...«

Mangos, dachte Carla.

»Oh, Mann, es gibt nichts, was er nicht anpackt. Er ist verdammt clever, und er ist an dir interessiert.«

Carla legte das Buch hin, in dem sie zu lesen versucht hatte. »Und das ist gut?«

»Natürlich ist das gut! Wo liegt dein Problem?«

»Er ist ein Millionär, und du willst ihm noch mehr Geld geben. Bin ich die Einzige, die sieht, dass mit diesem Bild etwas nicht stimmt?«

»Honey, er hat Verbindungen, vergiss das nicht.«

Er konnte nichts anderes sehen, als dass Alex Crewe ein feiner Kerl war, der einer armen Künstlerin eine goldene

Chance bot, deshalb ließ sie das Thema ruhen, bevor es in einen Streit münden konnte.

Während der Arbeit am anderen Tag kam sie auf andere Gedanken. Durch das Fenster konnte sie Flynn im Eingang des Hauses gegenüber sehen. Er hatte sich in seinen langen Mantel gehüllt und zusätzlich eine von Motten zerfressene Decke um seine Schultern gelegt. Die Sonne schien, aber der kalte Wind fegte durch die Schluchten der Wolkenkratzer. In ihrer Pause kaufte sie zwei Kaffee und einen Schoko Muffin, dann zog sie Mantel und Stiefel an und überquerte die Straße.

»Darf ich dir Gesellschaft leisten?«

Flynn fand immer einen Platz, der ihn vorm Wind schützte. Der Eingang wurde nicht genutzt, aber trotzdem würde man ihn bald auffordern, den Platz zu verlassen. Sie drückte ihm den Kaffeebecher in die Hand, und er wärmte dankbar seine Hände an dem warmen Becher. Carla setzte sich neben ihn.

»Du wirst Schwierigkeiten kriegen«, sagte er und löste mit den Fingern, die in wollenen Handschuhen steckten, den Deckel vom Becher.

Carla hob die Schultern. »In meiner Pause kann ich machen, was ich will.« Sie nippte an ihrem Kaffee. »Willst du einen Muffin?«

Ohne auf seine Antwort zu warten, riss sie das Einwickelpapier ab, brach den feuchten, klebrigen Kuchen durch und reichte ihm die größere Hälfte.

»Ich muss auf meine Figur achten«, erklärte sie.

»Warum das denn? Es gibt schon so viele, die auf deine Figur achten.« Flynns blassgraue Augen blinzelten sie an.

Sie grinste. »Ich glaube, du baggerst mich gerade an, Mr. Flynn.«

Er schüttelte den Kopf. »Eine Lady wie du ist viel zu gut für einen Landstreicher wie mich.«

Sie betrachtete ihn ernst. »Warum verschwindest du nicht aus dieser gottverfluchten Stadt? Hast du nicht überall größere Chancen als hier?«

Flynn nippte nachdenklich an seinem Kaffee. »Wenn das Leben dir genug Schläge verpasst hat, willst du eine Weile nichts als Ruhe. Ich könnte zur Westküste trampen und den Rest meines Lebens bei den Docks sitzen oder am Strand. Oder ich könnte in Missouri enden und die letzte Energie verlieren, sodass ich mich nicht mehr aufraffen kann, irgendetwas anderes zu tun. Nein, ich fühle mich gut hier.«

»Vielleicht hast du auch Angst vor Veränderung«, murmelte sie. »Damit kenne ich mich nämlich aus.« Sie dachte an die Visitenkarte zu Hause auf ihrer Frühstücksbar. Ihr Leben könnte sich von Grund auf verändern, wenn sie sich auf Alex Crewe einließ. Aber nicht unbedingt zum Besseren. Was war, wenn alles schief lief? Würde sie dann auch ihr Missouri erleben?

Sie ahnte eine Veränderung bei Flynn. Er versteifte sich neben ihr wie ein Hund, der eine Gefahr wittert. Zuerst glaubte sie, dass ihre Frage ihn beleidigt hätte, aber dann blickte sie auf und sah Alex Crewe auf der anderen Straßenseite. Er betrat das Diner.

Sie sah Flynn an. Seine sonstige Lässigkeit war verschwunden, stattdessen wurde er von einer Energie erfasst, die fast schon als Rage interpretiert werden konnte.

»Kennst du ihn?«, fragte sie neugierig.

Er zog den Mantelkragen hoch. »Deine Zeit ist um.«

Ein Blick auf die Uhr sagte ihr, dass er Recht hatte. Sie stand auf und ließ ihm ihren Anteil am Muffin und den Rest ihres Kaffees zurück.

»Danke«, rief er ihr nach, als sie die Straße überquerte.

Mikey sah sie knurrend an, als sie ihren Mantel auf den Haken warf. »Zwei Minuten drüber, Carla. Du wirst nachlässig.«

Melanie wartete schon auf sie. »Der Kerl in der letzten Nische will von dir bedient werden.«

»Großartig«, murmelte Carla. Sie ging hinüber zur Nische, schlug ihren Bestellblock auf und zauberte ihr strahlendstes Lächeln aufs Gesicht.

»Mr. Crewe, was kann ich Ihnen bringen?«

»Ihr Leben ist viel aufregender als meins«, sagte Alex. Ihr Lächeln schwand.

»Hören Sie, Mister, wir führen hier keine Privatgespräche, verstehen Sie?«

»Warum das denn nicht? Also gut, ich möchte einen Milchkaffee und eine dänische Pastete haben. Und eins noch, meine Liebe, weil ich weiß, dass Sie meinen fetten Einfluss und meine Millionen hassen – ich könnte dafür sorgen, dass Sie auf der Stelle gefeuert werden. Noch einen Milchkaffee für Sie, dann kommen Sie zurück und setzen sich zu mir.«

»Das geht nicht. Er hat mich heute schon auf dem Kieker.«

Alex Crewe sah auf seine Uhr, es war eine Bulgari, mit diskreten Juwelen geschmückt. »Fein. Holen Sie Ihren Boss.«

»Ich brauche diesen Job.«

Alex ließ ein sphinxhaftes Grinsen sehen. »Tun Sie's einfach.«

Mikey stand in der Nähe, denn natürlich war er neugierig auf den gut gekleideten Gast. Er fragte ölig, ob es ein Problem gäbe.

»Überhaupt kein Problem«, sagte Alex. »Ich möchte mich nur fünf Minuten mit Carla unterhalten.« Alex zog seinen Clip mit Dollarnoten, und Mikey schluckte schwer. Carla wandte unbeeindruckt den Blick und sah, dass Flynn sie von der anderen Straßenseite beobachtete. Was nervte ihn?

»Jetzt können Sie Platz nehmen«, sagte Alex höflich, nachdem Mikey sich rasch verzogen hatte. Am Tresen bestellte er zwei Milchkaffee und zwei dänische Pasteten, »aber bitte dalli.« Carla regte sich nicht. Alex' Gesicht verzog sich, und plötzlich empfand sie so etwas wie Angst. »Setzen Sie sich, halten Sie den Mund und hören Sie mir zu.«

»Wer sind Sie wirklich? Tony Soprano?« Carla bemühte sich um Lässigkeit, als sie sich in die Nische setzte.

»Auch wenn Sie mich in die Ecke der Bösen stellen wollen – ich gehöre nicht dazu«, versicherte er ihr ernst. »Ich will nur nicht, dass Ihr Talent verkümmert, weil Sie sich den falschen Idealen verschrieben haben.« Er lehnte sich zurück, damit Mikey den Kaffee und die Pasteten abstellen konnte. Alex griff sofort nach dem Kuchen; er hatte es immer eilig.

»Und das ist alles? Sie haben kein Interesse an meinem persönlichen Wohlergehen?«

»Nun, ich würde lügen, wenn ich sagte, mein Interesse wäre absolut selbstlos. Sobald Sie berühmt sind, fällt ein wenig der Ehre auf mich zurück.«

»Sie gehen davon aus, dass ich erfolgreich sein will.«

»Himmel, nun seien Sie doch nicht so naiv!« Mit einer Geschwindigkeit, die sie erschreckte, aber auch beeindruckte, packte er ihre Handgelenke. »Jeder kämpft für sich allein; ich, Ihr Freund und sogar Sie, auch wenn Sie es sich nicht eingestehen. Es ist keine Schande, ehrgeizig zu sein.«

»Oh, hören Sie auf damit. Nachher werden Sie mir noch einreden wollen, dass Habgier ein feiner Charakterzug ist.«

»Das kann so sein, aber mangelnder Ehrgeiz ist es nie. Seien Sie ehrlich zu sich selbst und geben Sie zu, dass Sie wirklich bekannt und erfolgreich sein wollen.«

Carla sah in seine blauvioletten Augen und lachte. »Wenn ich es nicht besser wüsste, würde ich glauben, dass Sie das mehr wollen als ich.«

Der eiserne Griff um ihre Handgelenke lockerte sich. »Gut, dann kommen Sie oder lassen Sie es bleiben.«

»Ich danke Ihnen, Mr. Crewe.« Sie stand auf und ließ ihre Pastete unangerührt.

»Was haben Sie denn gegen die Pastete?«

Sie grinste ihn boshaft an. »Ich weiß doch, was in der Küche abläuft.«

Als er ging, wusste sie, dass sie ihn nicht das letzte Mal gesehen hatte.

Der Samstag war frisch und hell, deshalb ging sie zum Zeichnen in den Central Park. An diesem Tag war ihr nicht nach Karikaturen zumute; sie hatte irgendwie genug davon. Es hatte ihr eine Zeit lang Spaß gemacht, die Touristen zu karikieren, aber jetzt gab es zu viele und aggressivere Wettbewerber, mit denen sie nicht mithalten wollte.

Also zeichnete sie drauflos, fing die heller werdenden Farben der Bäume rund um Belvedere Castle ein, hielt die Eisläufer fest und die Betrunkenen, die Ratten und die Reichen mit ihren verwöhnten Schoßhündchen, und alles war schön und friedlich, bis sie einen gewaltigen Silberwolf auf sich zu rennen sah.

Nichts deutete darauf hin, dass er anhalten würde. Sie ließ ihren Zeichenblock fallen und stieg ängstlich auf eine Bank. Aber statt ebenfalls auf die Bank zu springen, hielt das große Tier an und warf sich am Fuß eines Baums auf den Bauch.

Carla verharrte auf der Bank und nahm sich vor, sich nicht eher zu rühren, bis der Hund von ihr abgelassen hatte. Seine Augen hatten das durchdringendste Blau, das sie je bei einem Tier gesehen hatte. Beim näheren Hinsehen erkannte sie, dass es kein Wolf sondern ein Alaska Husky war. Er klopfte mit dem buschigen Schweif auf den Boden, und Carla blickte sich nach dem Besitzer um.

»Verschwinde, Hund«, murmelte sie und wollte ihn verscheuchen. Das Tier reagierte, indem es sich auf den Rücken rollte und die Beine in die Luft streckte. In dieser Position sah der Husky so gefährlich aus wie ein Plüschtier, aber sie würde sich nicht von ihrem Platz rühren, bis der Besitzer kam und ihn wegführte.

Ein Mann auf silbernen und schwarzen Inlineskates kam den Pfad entlang, die Hände lässig in den Taschen seines Sweatshirts mit Kapuze. Schwarze Sweatpants, Sonnenbrille und Kopfhörer. Als er auf der Höhe ihrer Bank war, drehte er eine geschickte Pirouette, hielt an und bückte sich nach dem Stock, der vor dem Hund lag. Er warf ihn hoch in die Luft, und der Hund hetzte hinterher.

Carla stieg zitternd von der Bank. »Sie sollten das Ding an der Leine halten«, zischte sie.

»Er ist doch nur freundlich und lieb.«

Als der Mann seine Kapuze nach hinten schob, erkannte sie ihn.

»Was für eine Überraschung«, knurrte sie. »Verfolgen Sie mich?«

Alex Crewe bedachte sie mit einem merkwürdigen Blick. »Das ist meine Art zu entspannen, und außerdem befinden Sie sich in meinem Hinterhof. Das ist übrigens Inuit.« Er schnipste die Finger, als sein Hund zurückkehrte, den Stock fallen ließ und sich sofort setzte. »Gib der Lady mal die Pfote.«

Carla zuckte zusammen, als eine große behaarte Pfote auf ihrem Schoß landete. »Er hat bessere Manieren als Sie«, sagte sie und strich mit der Hand über die Pfote. Wie viele Sitzungen bei einem wahrscheinlich sündhaft teuren Hundetrainer hatte es bedurft, ihm das beizubringen?, fragte sie sich. Sie erinnerte sich jetzt, dass sie Alex schon früher im Park gesehen hatte, freilich ohne zu wissen, wer er war. Aber ihr war die elegante Gestalt auf den Skatern und in Begleitung des silbergrauen Hundes aufgefallen, und damals hatte sie sich nicht träumen lassen, mit ihm mal über ihre Zukunft zu diskutieren.

»Ich weiß nicht, wie Sie so etwas sagen können. Bei unseren bisherigen Begegnungen bin ich stets höflich aufgetreten. Ganz im Gegensatz zu Ihnen.«

»Ich habe nur kein Interesse daran, mit den Haien zu schwimmen, das ist alles.« Sie nahm ein Zigarillo aus dem Zellophan und zündete es an, wobei sie wusste, dass er sie beobachtete.

»Oh, ich verstehe. Sie haben die ganze Publicity über mich gelesen. Die Medien kleben jedem ein Etikett an. Ihnen auch. Welches würden sie Ihnen verpassen? Die Eiskönigin, glaube ich.«

»Kaum«, murmelte sie und lächelte still, als sie sich an ihre sexy Nacht bei den Feuerwehrmännern erinnerte. Was würde er über sie denken, wenn er das wüsste?

»Ich würde Ihnen auch gar kein Etikett anhängen, sie würden es doch nur abreißen«, sagte er und nahm ihr das Zigarillo aus der Hand. Sie rettete es, kurz bevor er es an seine Lippen führen wollte.

»Ich muss doch sehr bitten.«

Er ignorierte sie. »Ich schätze, Sie verachten mich, weil ich eine derbe Bestätigung des Begriffs ›neureich‹ bin. Habe ich Recht?«

»Mich überrascht, dass Sie sich selbst gegenüber so hart urteilen.«

»Wenn ich hart bin, dann nur deshalb, weil es mir gefällt.«

Sie spielte mit Inuits samtenen Ohren, auch deshalb, um Alex Crewe nicht ansehen zu müssen. Die Doppeldeutigkeit seiner Bemerkung war ihr nicht entgangen. Inuit hechelte und sah bewundernd zu seinem Herrn hoch. Die Verbundenheit zwischen Mann und Hund war nicht zu übersehen.

»Ich glaube nicht, dass Sie so hart sind, wie Sie vorgeben«, sagte sie.

Ein diskretes Zwitschern hinderte ihn an einer Replik. Er holte ein kleines Handy aus der Hosentasche und meldete sich. Er hörte zu und sah Carla unentwegt an.

»Ich habe Flanigan gefunden«, sagte die Stimme.

Carla beobachtete die Verwandlung auf Alex' Gesicht. Von einer Sekunde zur anderen ging der liebenswürdige Ausdruck in etwas Primitives über. Plötzlich dachte sie, dass ihre letzte Bemerkung falsch gewesen war.

»Wo ist er?«, fragte er. Seine Finger verkrampften sich um das kleine Gerät.

»Er ratzt in einer Unterkunft auf der Delaney. Was soll ich jetzt tun?«

Alex ging auf die andere Seite des Pfads. Seine Stimme klang tief und eindringlich, aber sie konnte nicht hören, was er sagte.

»Bring ihm eine Warnung. Wenn er sich mir, meinem Büro oder meinem Grundstück mehr als fünfzig Schritte nähert, bringe ich ihn wieder ins Gefängnis, aber diesmal mit dem Umweg übers Krankenhaus. Sieh zu, dass er dies als letzte Warnung versteht.« Er warf einen Blick auf Carla, die dabei war, lebenslange Freundschaft mit Inuit zu schließen.

»Geschäft oder Vergnügen?«, fragte sie, als er die Verbindung unterbrochen und das Handy wieder eingesteckt hatte.

»Weder noch«, antwortete er kurz. Auf ihren fragenden Blick hob er die Schultern. »Manchmal ist es ganz schön einsam um einen, wenn man ganz oben ist.«

»Sie armer Mann. Ich fühle ganz toll mit Ihnen.«

Sein schelmischer Seitenblick sagte ihr, dass sie gefährliches Territorium betreten hatte. Teufel, sie flirtete mit ihm! Wie war es dazu gekommen? Sie wollte ihn nicht ansehen und erkennen, was in seinen Augen zu lesen war. Seine Anziehungskraft war zu schmecken, und wenn sie sich in diese tiefblauen Blicke verstrickte, würde sie sich aus eigener Kraft nicht mehr befreien können. Sie bückte sich nach Zeichenblock und Tasche.

»Ich muss gehen.«

»Das ist aber schade.« Er rollte zu ihr heran, kreiste um sie herum, flüssig und anmutig. Sie hätte gern gesehen, wenn er gestürzt wäre, aber diesen Gefallen erwies er ihr nicht. »Ich hatte gehofft, ich könnte Sie eine Weile unterhalten.«

»Dafür habe ich Lee.«

»Er arbeitet heute.«

Sie presste die Lippen zusammen und antwortete nicht. Sie ging dem Ausgang entgegen, und er folgte ihr. Als sie den Zaun erreichten, der sie von der Park Avenue trennte, versperrte er ihr den Weg auf den Bürgersteig. »Können wir uns nicht mal treffen?«

Inuit hatte sie eingeholt. Alex packte ihn an den Ohren und drückte seine lange Schnauze zwischen Carlas Knie.

»He, hören Sie auf damit!« Sie schob Inuits Kopf weg.

»Mögen Sie keine Hunde?«

»Solche Freiheiten erlaube ich nur meinem Freund.«

Da war sie wieder, die flirtende Carla. Sie und ihr loses Mundwerk! Alex ergriff die Gelegenheit beim Schopf.

»Lassen Sie uns heute Abend essen gehen, vielleicht kann ich ja Ihr Freund werden.«

Sie verwünschte ihn, weil er sie zwang, ihm wieder abzusagen. Inuit schoss auf der Suche nach neuen Abenteuern durch den Park und ignorierte Alex' scharfes Pfeifen.

»Glauben Sie nicht, dass ich Ihren Ruf nicht kenne, Mr. Crewe. Bei mir können Sie nicht landen.« Lee hatte ihr auch von seinen Frauen erzählt und schien recht beeindruckt von diesen Geschichten zu sein, aber sie war es nicht. Wenn diese Frauen glücklich dabei waren, sich zu prostituieren, um ihrer Karriere auf die Sprünge zu helfen, dann mussten sie das mit sich selbst ausmachen, aber für sie war das keine Alternative.

»Ich bin nicht so schlimm, wie ich dargestellt werde«, sagte er, als könnte er ihre Gedanken lesen. »Wenn Sie mich richtig kennen lernen würden, wäre Ihnen bewusst, dass ich ein untadeliger Gentleman bin.«

»Ich lasse das mal so stehen«, sagte sie, schlüpfte durch das Tor und ließ ihn zusammen mit seinem Husky zurück.

Als Ruth in Alex' Apartment eintraf, war alles dunkel. Sie machte kein Licht, denn von draußen fiel etwas Beleuchtung herein, aber trotzdem stolperte sie über das Le Corbusier Sofa, als sie ins Wohnzimmer gehen wollte.

Eine Bewegung ließ ihr Herz schneller schlagen, aber dann erkannte sie, dass es Inuit war, der sie vom Balkon aus beobachtete. Seine Oberlippe hob sich zu einem Fletschen, aber da er hinter Glas war, fühlte sie sich in Sicherheit. Er hatte ihr schon oft genug klar gemacht, dass er sie nicht mochte.

»Grrr auch für dich, du dummer Köter«, knurrte sie. Fast geräuschlos ging sie hinauf zu Alex' Schlafzimmer. Sie zog ihren Tanga aus und legte sich den Dildo um, den er auf seinem Bett platziert hatte. Sie spannte die Lederriemen um die schlanken Hüften und näherte sich seinem Bett.

Die leise heisere Stimme von Ray Charles überdeckte ihr Annähern. Sie blieb vor Alex stehen, dessen Augen mit einem Latexband verbunden waren. Seine Handgelenke waren gefesselt, und eine Metallstange hielt seine Schenkel gespreizt. Er trug eine schwarze Unterhose, die sie ihm vorhin mit flüssigem Latex aufgemalt hatte. Die Umrisse seines Penis waren darunter deutlich zu sehen.

Nachdem sie ihn derart vorbereitet hatte, hatte sie ihm gesagt, sie würde nur ein paar Minuten weg sein, aber dann war sie über eine Stunde geblieben und hatte mit Freunden Cosmopolitans bei Dino getrunken. Sie erzählte ihnen, was für ein Arsch ihr Boss war, aber dass sie sich trotzdem gut dabei fühlte, weil sie die Kontrolle über ihn hatte.

Er gab nicht zu erkennen, ob er ihre Anwesenheit wahrnahm, während sie den Dildo einfettete. Erst als sie über seine Nippel leckte, zuckte er. Sein Stammeln wurde vom Seidenknebel erstickt. Sie fuhr mit den Fingernägeln über seine Latexhose und lutschte so lange an der nicht gepiercten Brustwarze, bis sie rot und lang hervorstand. Dann widmete sie sich dem anderen Nippel, der von einem dünnen silbernen Stäbchen durchbohrt war. Alex wand sich und wimmerte vor sich hin.

Sie drehte die Musik auf, um die anderen Geräusche zu übertönen, dann nahm sie mit einer Digitalkamera ein paar Bilder von ihm auf und lächelte die ganze Zeit. Der tumbe Bastard hatte keine Ahnung, dass er reingelegt wurde, dachte sie, als sie die Kamera wieder in ihre Tasche steckte.

Sie hob die neunschwänzige Katze auf. Die weichen dünnen Lederstreifen waren an den Enden mit kleinen Knoten versehen, die beim Aufprallen auf der Haut brennende Schmerzen verursachten. Sie entfernte seine Augenbinde und den Knebel und musste sich eine wahre Schimpfkanonade anhören.

»Wenn du dich nicht benimmst, verbinde ich dir die Augen wieder«, fuhr sie ihn an.

»Wo, zum Teufel, bist du gewesen?«

»Ich habe mich entspannt«, sagte sie und lachte heiter, während sie die Peitsche über seinen Körper schwang. Er grunzte vor Lust und Schmerz. Sie schlug wieder zu, diesmal härter. Die Lederriemen klatschten rund um seine Genitalien. Durch den aufgemalten Latex zog sich die Haut zusammen, was die Schmerzen verstärkte.

»Härter«, zischte er, und sie erfüllte ihm den Wunsch gern. Sie zog den Latex von seinem Penis und bestrafte ihn weiter, bis sein Wimmern immer lauter wurde. Seine Muskeln spannten sich, und seine Halsschlagadern traten deutlich hervor. Aber noch würde sie ihm nicht geben, was er wollte. Noch nicht.

»Gut, du bist schön geweitet«, sagte sie und führte den eingefetteten Dildo zwischen seine Backen. Sie drückte und presste, und er entspannte sich, während sie den Dildo tief in ihn hinein schob.

»Nein«, stöhnte er und wand sich, um der noch tieferen Penetration zu entkommen. »Nicht, nein, tu's nicht. Bitte, oh, verdammt ... Safe.«

Sie zog sich sofort aus ihm zurück. Das Wort ›Safe‹ hatten sie beide als ultimative Sicherheit eingebaut. Sie gab ihm einen Klaps auf den Hintern.

Alles, was sie bisher mit ihm angestellt hatte, war abgesprochen gewesen, mal abgesehen davon, dass sie ihn eine Stunde hatte warten lassen. Sie traute sich nicht, ihm mehr zuzumuten, schließlich war er ihr Boss.

»Binde mich los«, knurrte er.

Sie wusste, wann es besser war, sich nicht mit ihm anzulegen. Als sie ihn von den Fesseln befreit hatte, ging er hinaus in die Küche und holte sich Eiswasser aus dem Kühlschrank. Er hielt die Flasche an die Lippen, lehnte sich gegen den Kühlschrank und nahm es als selbstverständlich hin, dass sie sich vor ihn kniete und ihn tief in ihren Mund aufnahm.

»Ich will, dass du Lee Simpson besuchst«, sagte er, packte ihre Haare am Hinterkopf und zwang sie, ihn anzusehen. »Verführe ihn, mach alles, was du willst, aber sorge dafür, dass er meine Kreise nicht stört.«

»Oh? Und warum das?« Sie sah ihn mit großen Augen an, bevor sein Schaft wieder in ihrem Mund verschwand.

»Ich will nicht, dass sie abgelenkt wird«, stieß er hervor. »Ihre Arbeit ist wichtig für mich – er nicht.«

»Heißt das, sie hat einer Ausstellung und dem Aufenthalt im Sanctuary zugestimmt?«

»Nein, noch nicht, aber bald.« Er griff mit den Fingern wieder in ihre Haare und stieß ihren Kopf zurück. »Ich will, dass du dich auch ein wenig um sie kümmerst und ein Auge auf sie wirfst.«

»Hast du mir nicht schon genug Aufgaben erteilt?«

»Judith kann sich mehr um die Buchhaltung kümmern. Wo liegt das Problem? Glaubst du, dass Lee Simpson dich überfordert?«

Ihre Antwort bestand darin, seine Hand wegzuschieben und seinen Schaft erneut zu verschlingen. Er ließ sich gegen die Wand fallen und genoss ihre Manipulationen. Im Halbdunkel konnte er sehen, wie sie die Eichel beleckte und sanft zubiss. Sie leckte über seine Oberschenkel und hinterließ kleine Knutschflecken, wenn die Begeisterung mit ihr durchging.

Er ließ zerstoßenes Eis in seine Hand fließen und schob Ruth von sich, dann beugte er sie über die Frühstücksbar aus schwarzem Marmor und zog ihr Kleid hoch. Sie stöhnte laut auf, als er das Eis zwischen ihre Pussylippen rieb. Ihre Proteste wurden lauter und schriller, denn jetzt drückte er das Eis noch tiefer in sie hinein.

Zu schnell für seinen Geschmack verlor er die Kontrolle. Sein sonst so beherrschtes Zustoßen wuchs sich zu einem wilden Stampfen aus, und noch bevor sie sich darauf einstellen konnte, verströmte er sich in ihr. Seit Stunden war er schon so erregt gewesen, dass er diesmal nicht auf sie warten konnte.

Sie verharrte in ihrer Position, bis er sich von ihr löste und sie umdrehte. Sie lag jetzt mit dem Rücken auf dem Marmor und stützte sich auf den Ellenbogen auf. Alex beugte sich hinab, seine Haare strichen zwischen ihre Schenkel, und dann spürte sie seine Zunge, die über die von der Kälte tauben Labien leckte. Er war gut, sein Mund brachte neues Leben in ihre Pussy. Sie spreizte die Beine weiter, griff an ihre Brüste und stimulierte ihre empfindsamen Nippel.

Sie erinnerte sich an Lee Simpson und an seinen großen Schaft, den sie vor dem Restaurant in den Griff genommen hatte. Ja, er hatte einen Hammer in der Hose, ein Rohr, einen Bohrer, und während ihr diese Begriffe durch den Kopf schwirrten, wurde ihr bewusst, dass sie gerade von einem Multimillionär köstlich verwöhnt wurde und von einem Nobody ohne Geld phantasierte, der sich bestenfalls durch das definierte, was er in seiner Hose trug.

Wie würde er im Vergleich mit Capelli abschneiden, diesem Bullen von Mann, bei dem sie sich offen wie der Holland Tunnel gefühlt hatte? Capelli wollte unbedingt Informationen über den Handel mit Ocean erfahren. War er so gierig hinter den Informationen her, dass er auch noch höhere Bedingungen akzeptieren würde?

»Ist alles in Ordnung?«

Alex beobachtete sie. Ruth begriff, dass sie schon lange nicht mehr gestöhnt hatte – seit sie über Capelli und den Preis für ihre Informationen gegrübelt hatte.

»Es ist so gut«, hauchte sie atemlos. »Bitte, mach weiter.«

»Woran hast du gedacht?«

Sie überlegte rasch. »Arbeit«, sagte sie. »Ich musste an die Arbeit denken.«

»Das nenne ich artig. Nun, da du so gewissenhaft bist, will ich dich nicht länger aufhalten.« Alex richtete sich auf und wischte sich das Gesicht sauber.

»Nein, ich wollte doch nur …« Sie gab auf. Ihre Frustration war nicht zu verhehlen.

»Das soll dir eine Lehre sein. Dafür, dass ich eben so lange warten musste.«

Er ging weiter, und sie sprang von der Frühstücksbar und strich ihr Kleid gerade. Es hatte keinen Sinn, ihn überreden zu wollen.

»Rufe Peter Hartmans Sekretärin morgen an. Ich will nicht, dass wir morgen Abend einen Vegetarier dabei haben, wenn wir zu Christophes gehen.«

»Schon erledigt.«

»Gut, dann sehen wir uns morgen.« Er ging aufs Bad zu. Auf Rücken und Gesäß waren die Schwielen der neunschwänzigen Katze deutlich zu sehen. Sie hörte das Prasseln der Dusche und wusste, dass er frühestens in einer Stunde wieder herauskommen würde.

Am nächsten Morgen fuhr Carla zu ihrem Elternhaus nach Newark, um sich ihre monatliche Dosis elterlicher Zurechtweisungen abzuholen. Zuerst war sie mit der U-Bahn nach Hoboken gefahren. Lee war auf der Arbeit, und für die letzte Strecke benutzte sie meistens eines seiner Autos. An diesem Tag war es sein geliebter roter Thunderbird, was gewöhnlich bedeutete, dass er bei ihrer Rückkehr Sex erwartete.

»Versprich mir, dass du wenigstens darüber nachdenkst, zu ihm zu gehen«, sagte er kurz bevor sie losfuhr. »Ich bin zu Alex gegangen, habe diesen Handel mit ihm abgeschlossen, und jetzt spielst du nicht mit. Ich stehe wie ein verdammter Idiot da. Tu mir das nicht an, Honey.«

Er wollte also vor dem mächtigen Mann sein Gesicht nicht verlieren. Es war ein Macho Ding, so alt wie die Zeit. Sie strich über sein hageres Gesicht, in das sich ein paar Falten gegraben hatten. Er sorgte dafür, dass sie ein schlechtes Gewissen hatte, aber er hätte sie trotzdem zuerst fragen sollen.

»Ich denke darüber nach«, sagte sie.

Die Fahrt über den Pulaski Skyway war herrlich; das Verdeck zurückgeklappt und das Radio voll aufgedröhnt. Sie sang zusammen mit den Sugababes und dachte, dass sie Alex Crewe so sehr brauchte wie ein Loch im Kopf.

Aber es war ein schönes Gefühl, umworben zu werden. Ein bisschen gemein, ein bisschen gefährlich.

Sie wusste, dass ihre Mutter sich insgeheim freuen würde, wenn Carla den Thunderbird vor die Tür stellte und nicht den Oldsmobile, aber wenn sie hörte, dass auch der Thunderbird von Lee kam, würde ihre Freude wieder getrübt sein.

Ihre Mutter hatte Lee gleich bei der ersten Begegnung abgeschrieben. Er hatte sie beeindrucken wollen und war mit einem Stretch Lincoln vorgefahren, und das war voll in die Hose gegangen.

»Angeberauto und kein festes Schuhwerk«, hatte ihre Mutter gemäkelt. »Du musst dir zuerst immer die Schuhe eines Mannes ansehen, nicht das Auto.«

Die Gegend, in der sie wohnten, war einmal bevorzugtes Wohngebiet gewesen, aber in den letzten zwanzig Jahren war sie allmählich abgerutscht. Die großen Häuser im Kolonialstil brauchten dringend einen Anstrich, und andere hätten von Grund auf saniert werden müssen.

Carlas Mutter war immer stolz auf ihr Heim gewesen, obwohl sie nie genug Geld zur Verfügung hatte, um sich ihren Traum zu realisieren: nach Madison ziehen, ebenfalls in New Jersey, wo die Kriminalitätsrate geringer war und Drogen nicht an jeder Straßenecke gehandelt wurden.

Es wäre vielleicht möglich gewesen, wäre Carlas Vater nicht gelockt worden, seinen sicheren, langweiligen Job gegen einen neuen, spannenden einzutauschen, der zusätzlich hohe Boni und eine Krankenversicherung in Aussicht stellte. Überzeugt, das Risiko eingehen zu müssen, verließ er seinen Arbeitsplatz, den er seit zwanzig Jahren besetzt hatte, und sprang ins kalte Wasser. Acht Monate später wurde die Firma von einem großen Konzern aufgekauft und abgewickelt. Jeder, der weniger als zwölf Monate beschäftigt war, wurde ohne Abfindung nach Hause geschickt. Die Enttäuschung und Schuld brachten ihren Vater fast um, und seither mussten sie jeden Cent zweimal umdrehen.

Das war der Grund, warum Carla Männer wie Alex Crewe hasste.

Die Vicenzis hatten immer gehofft, dass Carla eines Tages eine gute Partie heiraten würde. Erst in den frühen Zwanzigern brach sie schließlich aus dem Elternhaus aus. Sie hatte die Kaufmannsschule besucht, hasste das Studium und war nach Manhattan geflohen, um der Missbilligung der Mutter zu entkommen.

Es wäre leicht gewesen, in Newark zu bleiben, irgendeinen öden Sekretärinnenjob durchzuhalten und aus der Schar ihrer Verehrer einen Mann zu finden, der sie heiraten wollte.

Aber das war nicht das Leben, das sie wollte, deshalb war sie bereit, alles zu tun, um ihr winziges Apartment in Manhattan bezahlen zu können. Zurzeit jonglierte sie ihre Schichten bei Mickey's mit den drei Nächten pro Woche in einem Drugstore, der rund um die Uhr geöffnet hatte. Als Tänzerin in einem der schummrigen Fleischklubs im East Village hätte sie natürlich viel mehr verdienen können, aber bisher hatte ihr Stolz sie davor bewahrt.

Als sie vor dem Haus anhielt, sah sie ihren Vater, der die klare Herbstluft auf der Veranda genoss. Sie wurde von Küssen erdrückt und in die Küche geführt. Die vertrauten Bratengerüche ließen ihr das Wasser im Mund zusammenlaufen.

Ihre Mutter war eine zierliche Frau und besaß eine unglaubliche Energie. Sie konnte eine gusseiserne Pfanne mit Muskeln schwingen, die jedem Türsteher in Manhattan zur Ehre gereicht hätten. Sie war englischer Abstammung, aber im Laufe der Jahre war sie italienischer geworden als ihr Mann, während er einige ihrer Charakteristika übernommen hatte. Carla neckte sie oft damit und sagte, es erinnerte sie an Hunde, die irgendwann wie ihr Herrchen oder Frauchen aussehen.

Jedes Mal, wenn sie zurückkehrte, wurde sie empfangen wie die verlorene Tochter, deshalb fiel es ihr auch leicht, die liebevolle Kritik der Mutter mit Toleranz hinzunehmen.

»Du bist wieder magerer geworden«, sagte Mia und zupfte am Ärmel des Kleides, das Carla erst vergangene Woche auf dem Markt in der Orchard Street gekauft hatte; zweite Hand, natürlich, aber alles andere als billig. Sie hatte sich auch noch

Stiefel in diesem Eierschalenfarbton zugelegt, denn sie wollte vor dem Wintereinbruch gewappnet sein.

»Lass das Mädchen in Ruhe, sie ist wunderbar«, sagte ihr Vater und legte einen Arm um Carlas Taille.

»Hier hast du eine *baklava*«, sagte ihre Mutter und stellte einen Teller auf den großen Küchentisch. Goldene Vierecke der griechischen Spezialität leuchteten auf dem Teller, mit Pistazien besprenkelt. Die Portion enthielt mindestens eintausend Kalorien, deshalb gab es die Delikatesse auch nicht jeden Tag. Tatsächlich hatte Mia das Gericht zuletzt an Carlas dreißigstem Geburtstag zubereitet, das war vor zehn Monaten gewesen.

Carla wurde misstrauisch. Ihre Mutter war aufgeregter als sonst, und es wurde klar, dass sie nicht am Küchentisch essen würden, weil er noch mit einer staubigen Mehlschicht bedeckt war. Sie ging ins Esszimmer und fand ihren Argwohn bestätigt.

Das mit Stickereien verzierte Tischtuch ihrer Großmutter lag auf dem Esszimmertisch, und das Silberbesteck, das zuletzt beim Tod der Großmutter das Tageslicht gesehen hatte, lag geputzt und blitzend neben den besten Stoffservietten. Carla sah, dass für vier gedeckt war.

»He, Mama, was geht hier vor?«, fragte sie stirnrunzelnd.

»Ich muss mich schnell um den Kalbsbraten kümmern«, rief Mia und rannte in die Küche.

Essen war immer ein Hauptereignis im Hause Vicenzi gewesen. Carla war in der Küche fast so geschickt wie ihre Mutter, aber heutzutage wurde sie stets aus der Küche gescheucht. Doch dieser Aufwand war für einen ihrer regelmäßigen Besuche zu üppig. Der Küchentisch bog sich unter den Platten mit *antipasti;* kleine gefüllte Artischocken, *mosciame,* dünne Scheiben von luftgetrocknetem Thunfisch, samtene Hühnerleber *crostini* und ein *insalata* von wilden Pilzen. Nicht einmal sonntags konnten sie sich so ein Mahl leisten.

»Nicht wieder ein neuer Mann«, stöhnte Carla. »Bitte, Papa, nicht heute.«

»Nicht heute, nicht morgen, nicht vergangene Woche. Wann denn, *cara?* Was ist falsch daran, dass deine Mutter das Beste für dich möchte? Sei nur lieb. Sie hat seit vierundzwanzig Stunden nicht geschlafen.« Er legte eine Pause ein, dann fügte er hinzu: »Ich auch nicht.«

»Wer ist es?«

Die Türglocke schlug an. Ihr Vater lächelte Carla an. »Warum öffnest du nicht? Ich muss deiner Mutter helfen, das Fleisch aus dem Ofen zu holen.«

Mia war durchaus in der Lage, ein halbes Kalb aus dem Ofen zu holen, aber ihr Vater war schon weg, bevor Carla protestieren konnte. Mit einem schweren Seufzer setzte sie sich in Bewegung, alles andere als erfreut über die Aussicht, den Nachmittag mit einem geifernden Junggesellen zu verbringen, der ihr auf die Brüste schielte, während er über den Umfang seiner Konten berichtete.

Es ist schon seltsam, wie das Leben manchmal eine Szene aus einem alten Schwarzweißfilm zu sein scheint. Die Heldin schreitet zur Tür, noch eine starke, selbstbewusste junge Frau, aber sobald sie den Helden sieht, Hut in der einen, Blumen in der anderen Hand, wird sie unsicher, ihre Augen werden groß, und sie fürchtet sich vor dem sozialen Kontakt mit jemandem, der es womöglich auf ihren jungfräulichen Leib abgesehen hat.

»Oh, Himmel! Ich kann es nicht glauben«, stöhnte Carla.

»Ich auch nicht. Sie tragen ein Kleid.«

Alex Crewe trat einen Schritt näher und reichte ihr ein großes Bouquet weißer Rosen. Sie waren gerade erst aufgegangen, samten und weich und duftig, umrankt von dunklem Grün, ein wunderschöner Kontrast zu ihrem Kleid. Sein Hemd war so weiß wie die Rosen, und sein Anzug – italienischer Schnitt – war ganz in Schwarz.

»Eh … danke.« Sie nahm die Rosen und trat verlegen zurück, damit er eintreten konnte. Sie sah ihr Spiegelbild, und mit seinem schwarzen Anzug und ihrem Kleid und mit den weißen Rosen sahen sie wie ein Paar auf der Hochzeit aus. Mia dachte das offenbar auch, Carla sah es an ihrem besorgten Blick, als sie Alex mit Küsschen auf die Wangen begrüßte.

»Es ist wunderbar, Sie wiederzusehen.« Mia nahm seine Hand und führte ihn ins Haus. Wieder? Carla warf ihrem Vater einen anklagenden Blick zu, aber er lief mit einem Korkenzieher durchs Haus und war aufgeregt wie immer, wenn sich etwas Ungewöhnliches abspielte.

Der Chauffeur stolperte unter einer Kiste des Lieblingsweins ihrer Eltern herein. Carla ließ sich im Wohnzimmer nieder, weil sie sich verpflichtet fühlte, sich mit Alex zu unterhalten. Er saß an einem Ende des Zimmers, sie setzte sich ans andere Ende. Quälendes Schweigen. Sie fühlte sich wie eine Sechzehnjährige beim ersten Date. Schweißperlen bildeten sich in den Achselhöhlen. Es wurde offensichtlich, dass er nicht die Absicht hegte, ihre Arbeit zu erleichtern.

»So, womit beschäftigen Sie sich, wenn Sie nicht gerade kopulieren oder annektieren?«, fragte sie schließlich. »Haben Sie noch andere Hobbys außer Rollerskating?« Sie grinste ihn an. »Eiersammeln vielleicht?«

Die winzigen Falten um seine Augen verengten sich. »Sehr gut, Carla. Tatsächlich habe ich einige Interessen, und wenn ich das Gefühl hätte, dass Sie neugierig darauf wären, würde ich Ihnen davon erzählen.«

Sie konnte die Verstellung nicht länger ertragen. Sie würde nicht brav zuhören, wenn er über seine Hobbys referierte, zum Teufel, sie war wütend auf ihn, weil er hier war. Ungeduldig ging sie im Zimmer auf und ab. Auf dem dicken Teppich hinterließen ihre spitzen Absätze tiefe Spuren.

»Wie konnten Sie es wagen, meine Eltern da mit hineinzuziehen?«, zischte sie. In der Küche diskutierten sie gerade über die beste Art, den Kalbsbraten zu schneiden. »Sie haben für dieses Essen Geld ausgegeben, das sie nicht haben. Wenn Sie so verdammt reich sind, warum haben Sie nicht darauf bestanden, sie zum Essen einzuladen?«

»Ihre Mutter hat insistiert, dass sie kocht. Das sind stolze Menschen, und das respektiere ich.«

»Respekt? Ich bezweifle, dass Sie überhaupt wissen, was das bedeutet.«

Alex blieb gelassen. »Ist Ihnen noch nicht klar geworden, dass Sie mehr können, als Rühreier für Müllmänner in den Topf zu schlagen? Sie sind eine intelligente Frau, also sagen Sie mir die Wahrheit.«

»Die Wahrheit ist, dass ich Sie nicht in meinem Haus haben will.«

»Dies ist das Haus Ihrer Eltern, also bleiben wir beim Thema. Warum sind Sie so verdammt halsstarrig?«

»Weil Sie mich dazu zwingen! Sie lassen mir doch keine andere Chance. Ich möchte vielleicht mein schlechtes Leben behalten, meine Bilder an Touristen verkaufen, für meinen Mann kochen und ...«

»Aber Sie verkaufen doch keine Bilder! Warum nicht? Weil niemand sie gesehen hat. Durch mich würden die Menschen sie zu Gesicht bekommen. Das wissen Sie selbst. Also frage ich Sie erneut: Was ist Ihr Problem?«

Du bist mein Problem, wollte sie sagen. Ich will nicht so sein wie die anderen. Sie presste die Knie fest zusammen und stellte sich vor, wie er ihr listig unter den Rock griff, fast wie Inuit gestern im Park. Sie war nicht scharf darauf, als seine neue Eroberung auf der Rückseite von Arts Review abgebildet zu werden, während er ihr gerade in den Po kniff.

»Ich mag diesen Zirkus nicht«, sagte sie. »Es ist eine hässliche Gesellschaft voller Missgunst, und ich will nicht Teil davon sein. Ich habe kein Interesse.«

»Sie haben natürlich Recht«, stimmte Alex zu, »es kann rau

zugehen. Aber es ist naiv zu glauben, dass Sie Ihre Bilder auf eine andere Weise verkaufen und auch noch gut vom Erlös leben können. Wenn Sie nicht verkaufen wollen, dann sollten Sie nach New Hampshire gehen und für die Touristen malen. Vielleicht werden Sie eines Tages so viel verdienen, dass Sie in einem Bett schlafen statt auf dem Boden. Aber Ihre Bilder würden keine Seele haben. Vielleicht wird eine alte Schabracke Sie eines Tages anheuern, ihren betagten King Charles Spaniel zu porträtieren, bevor der den Löffel abgibt. Danach öffnet sich ein völlig neuer Markt für Sie. Viele dieser Schoßhündchenbesitzer sitzen auf Hunderttausenden von Dollar, und sie sind vernarrt in ihre Tiere. Sie könnten gut davon leben. Darf ich Sie küssen?«

Carla blinzelte. »Wie bitte?«

Ihre Mutter kam herein und sagte, dass das Essen aufgetragen war.

Das Kalbfleisch war wunderbar zart und köstlich, aber Carla aß fast nichts. Als Mia ankündigte, dass sie Carlas Kunstarbeiten während der Highschool auf dem Speicher gehortet hatte und sie nach dem Kaffee zeigen würde, wollte sich Carla in den Keller verkriechen. Selbst das unvermeidliche Ritual ihrer Mutter, jedem Freund, den Carla mit nach Hause brachte, ihre Schulfotos zu zeigen, war nicht so beschämend gewesen.

Man musste es Alex lassen, er gab sich überzeugend enthusiastisch; nur ab und zu hatte er einen amüsierten Blick für Carla übrig. Einmal schlug Carla stöhnend beide Hände vors Gesicht, aber das bemerkte niemand. Mia war hingerissen, während Alex ihr *baklava* in den höchsten Tönen lobte.

Und natürlich sprach er fließend Italienisch.

»Sag mal, hast du eine Ahnung von dem Ruf dieses Mannes?«, zischte Carla ihrem Vater zu, als sie ihn in der Küche stellen konnte.

»Natürlich. Er nutzt junge Frauen als Konkubinen, solange er die Richtige noch nicht gefunden hat. Das ist sehr umsichtig von ihm; er behandelt sie gut und ist ehrlich zu ihnen. Ich finde, dass er nach seiner ersten unglücklichen Ehe sehr umsichtig handelt.«

Carlas Kinn klappte nach unten. »Wann hat er dir das alles erzählt?«

»Letzte Woche. Da war er zum Essen hier.«

Carla konnte sich gut ausmalen, wie die Begegnung abgelaufen war. Eine Flasche Chianti, dann noch eine. Die ersten vertraulichen Geschichten während der *antipasti*.

»Er ist ein ruchloser Kapitalist. Er kauft marode Firmen auf. Wegen Männern wie ihm hast du deinen Job verloren.«

»Das weißt du doch nicht«, antwortete ihr Vater. »Denk doch mal, was er dir anbietet.«

Als sie später ihre Mutter zur Rede stellte, war sie ebenso unbekümmert wie ihr Mann.

»Wenn er doch all die schönen jungen Frauen um sich hat, wird er gar nicht versessen sein, auch noch bei dir landen zu wollen, stimmt's nicht, *bambina?*«

»Danke für das Kompliment«, gab Carla säuerlich zurück.

»Ach? Willst du ihn denn?« Mia hob eine makellos gezupfte Augenbraue.

»Ja, Mama«, sagte sie leise.

»Und dieser junge Mann, Lee, er ist ein netter Junge, aber nichts für dich. Zu jung, zu dumm und voller Saft, aber nicht die Art Saft, die du brauchst, *cara.* Denk daran.«

»Eh ... ja, danke, Mama.«

»Alex hat bestimmt mehr als genug Saft«, sagte Mia und knuffte die Tochter in die Rippen.

»Oh, jetzt hör aber auf!« Carla floh in die Küche und wünschte, sie könnte in ihr Auto steigen und ohne anzuhalten bis zur Westküste fahren. Stattdessen ging sie ins Esszimmer und schenkte den Männern Wein ein. Ihr war bewusst, dass Alex sie beobachtete. Es war verlockend, ihm den Inhalt der Flasche über den Schoß zu schütten, aber die Vorwürfe ihrer Eltern wollte sie sich nicht bis an ihr Lebensende anhören.

»Ich wollte Sie wirklich hier nicht sehen«, sagte sie, sobald sie wieder allein waren.

»Ich will Sie hier auch nicht sehen. Ich will Sie im Sanctuary sehen.« Er betrachtete sie über den Glasrand hinweg. Der Ausdruck seiner Augen warnte sie, dass er sie auch woanders haben wollte, in seinem Bett unter seidenen Laken.

»Ich gehe nicht hin«, sagte sie und reckte ihr Kinn vor.

»Warum nicht?«

»Weil ich Sie nicht mag.«

»Warum nicht? Ich habe Ihnen nichts getan und biete Ihnen nur eine Chance.«

»Und wofür? Für einen Blowjob im Fond Ihres Mercedes? Nein, danke, Alex. Lieber hungere ich.«

»Das freut mich zu hören.«

Mia kam mit dem Kaffee herein. »Oh, heißt das, sie hat ihre Meinung geändert?«

Alex starrte Carla intensiv an. Carla sah in Mias offenes Gesicht. Sie wartete darauf, dass ihre Tochter das sagte, was sie so gern hören wollte.

»Entschuldige«, murmelte sie und lief aus dem Zimmer, bevor jemand sie aufhalten konnte.

Draußen setzte sie sich auf die Schaukel, rauchte ein schlan kes Zigarillo und sah hinüber auf die andere Straßenseite, wo zwei Fahrräder im Gras rosteten. Die Familie gegenüber hatte auch kein Geld, aber jetzt würde sie zusammen beim Abendbrot sitzen, denn der Zusammenhalt der Familie war wichtig. Deshalb war sie so verärgert. Er manipulierte ihre Eltern gegen sie.

Ach, sei nicht so melodramatisch, sagte ihre innere Stimme. Deine Eltern lieben jede Minute. Du brauchst nur ja zu sagen.

Was ist schon dabei? Da war auch noch eine andere Stimme, die schnippisch sagte: *Dadurch kannst du ihnen wenigstens zeigen, dass du keine völlige Versagerin bist.*

»Ich möchte eine Antwort auf meine Frage«, sagte Alex und setzte sich neben sie.

»Ja, also gut«, quengelte sie heraus.

Kein Blitzschlag riss den Himmel auf, um sie für den Verrat ihrer Moral zu bestrafen, nicht einmal, als er seinen Mund auf ihren drückte. Seine Lippen fühlten sich warm und süß an, unbedrohlich selbst dann, als seine Zungenspitze gegen ihre rieb. Er schmeckte nach dem besten Cognac ihres Vaters. Seine Hand lag warm auf ihrer Brust, die er langsam anhob, um ihre Reife zu spüren, und er stieß erleichtert den Atem aus wie ein Dieb, der es geschafft hatte, ein geschlossenes Fenster zu öffnen.

Zeit aufzuwachen. Sie sprang auf die Füße und strich ihr Kleid glatt, auf dem der Abdruck seiner Hand noch zu sehen war.

»Was sollte das denn?«, warf sie ihm anklagend vor.

Sein Gesicht war leicht gerötet, aber das mochte auch vom Essen und vom Alkohol rühren.

»Du hast ja auf meine Frage gesagt.«

»Ich sagte, ich würde nach Heathcliffe gehen. Reicht das denn nicht?«

»Ich habe gefragt, ob ich dich küssen könnte, und auf die Antwort habe ich die ganze Zeit gewartet. Dass du irgendwann nach Heathcliffe gehen würdest, habe ich immer gewusst.«

»Ach, wirklich?«

Hinter ihm sah sie seine Mutter, die übers ganze Gesicht strahlte, da wusste Carla, dass man sie gesehen hatte. Sie zwang sich zu einem Lächeln und nickte.

Bevor sie ihrer Mutter zurück ins Haus folgte, flüsterte sie ihm ins Ohr: »Beim nächsten Mal trete ich dir in die Eier.«

Fünftes Kapitel

Eine Woche später tauschte Carla die eintönigen grauen Schluchten Manhattans mit der strahlenden Helligkeit New Englands. Sie bewunderte die sanften Landschaften, das Glitzern der Sonne im Meer und die geschwungene Schönheit der Brücken über Flüsse und Buchten, aber der größere Teil von ihr brütete über die entscheidende Frage: Was kommt jetzt?

Und dann war da auch noch die Sorge um Flynn.

An ihrem letzten Tag im Diner war er zu ihr gekommen und hatte ausgesehen, als hätte ein Lastwagen ihn gerammt. Beide Augen waren schwarz und blau, und seine Lippe war aufgerissen. Er ging schmerzlich langsam, als ob jeder Muskel sich wehren wollte, aber als sie ihn fragte, was geschehen war, sagte er, es wäre lediglich ein Streit um einen Schlafplatz gewesen.

Sie glaubte ihm nicht, aber sie wusste, dass sie ihn nicht bedrängen durfte. Stattdessen stellte sie ihm ein doppeltes Frühstück zusammen, dazu zwei Muffins mit Heidelbeeren, die sie aus dem Korb auf der Theke genommen hatte, sowie zwei Schmerztabletten, die sie immer bei sich hatte.

Müde und verdrießlich hatte er gefrühstückt und dabei in einer alten Ausgabe von *USA Today* gelesen, und dann war er plötzlich weg, ohne sich von ihr zu verabschieden. Sie hatte ihm vorher gesagt, dass sie ihren Job aufgab, hatte sich aber Einzelheiten erspart. Es schien nicht richtig zu sein, ihm zu sagen, dass sie, wenn auch nur vorübergehend, im Luxus leben würde.

Als sie zum Abräumen an seinen Tisch trat, sah sie die Zeitung ausgebreitet daliegen. Auf Seite vier war ein Foto von Alex abgebildet, und darunter stand die Zeile VERLIERT DER GROSSE MACHER SEINEN HALT? Auf dem Bild war er von bulligen Männern umgeben und von wütenden, schreienden Menschen. Alex' Finger war aggressiv auf die Linse des Fotografen gerichtet.

Über das Bild hatte Flynn in dicker roter Farbe geschrieben: VERTRAU IHM NICHT. Immer wieder während der zweistündigen Fahrt musste Carla daran denken, was Flynn damit gemeint haben könnte.

»Wir sind fast da«, sagte Lee und unterbrach wieder ihre Gedanken. »Ich werde dich vermissen, Babe.«

»Ich werde dich auch vermissen.« Sie hatte ihm fast verziehen, dass er hinter ihrem Rücken den Kontakt zu Alex aufgenommen hatte, aber sie konnte Alex nicht verzeihen, dass er sich in ihr Leben gewalzt hatte. Und sich selbst konnte sie nicht verzeihen, dass sie sich von ihm hatte küssen lassen, denn seit dem Kuss hatte sie viele sinnliche Phantasien darauf aufgebaut.

Der lange schwarze Lincoln bog in eine kurze Einfahrt und hielt dann vor zwei hohen weißen Toren an, die keinen Schluss darauf zuließen, was dahinter lag. Lee sagte ihre Namen in die Sprechanlage, daraufhin schwangen die Tore zurück. Es war Carla entsetzlich peinlich, mit einer von Lees Stretchlimousinen anzureisen, aus deren Lautsprecher Texte tönten wie ›Ich mag breite Ärsche und kann nicht lügen‹.

Vor ihnen erstreckte sich die gewundene Auffahrt inmitten eines gepflegten Rasens mit schlanken hohen Zedern. Als das Haus endlich zu sehen war, erwies es sich als gestrecktes Anwesen in sanften braunen Ziegeln. Die Hälfte des Hauses wurde von kräftigen Kletterpflanzen vereinnahmt, wobei die vielen hohen Fensteröffnungen sauber freigeschnitten waren.

Auf dem Rasen flanierten ein paar Leute in den Schatten unter den breiten Ahornbäumen, Eichen und Eschen. Die

Leute schienen ganz normal gekleidet zu sein, jedenfalls nicht in langen weißen Roben, wie Carla es irgendwie erwartet hatte. Sie starrten hinüber, als das lange Auto vorbeifuhr, und Carla hätte sich am liebsten unter dem Sitz versteckt. Hinter dem Haus lag das Meer, das wie mit Diamanten besetzte blaue Seide aussah.

»Bist du noch sauer auf mich?«, fragte Lee blasiert, als er mit quietschenden Reifen anhielt. »Mann, ich hätte auch für mich zahlen sollen, um hier eine Weile zu leben.«

Carla wurde eine Antwort erspart, weil eine schöne rothaarige Frau auf die Treppe des Eingangs trat.

»Willkommen im Sanctuary, Carla. Ich bin Ruth, Mr. Crewes Assistentin. Er hat mich geschickt, Sie persönlich zu begrüßen.«

Sie hatte eine sanfte Stimme, offenbar an die Ruhe der Örtlichkeit angepasst. Ein Träger kam die Treppe herunter und half Lee mit Carlas Gepäck.

»Ben wird Lee helfen, Ihr Gepäck zu tragen. Kommen Sie, ich zeige Ihnen alles.« Ihr Ton klang ein wenig herrisch, und Carla hätte gern nach Alex gefragt, denn schließlich hatte er genug Druck ausgeübt, sie hier zu haben. Sie hatte ihn an der Tür erwartet, bereit, ihre Füße zu küssen.

»Das Haus wurde im neunzehnten Jahrhundert gebaut«, erklärte Ruth. »Es gehörte einem Salonlöwen der Gesellschaft von Manhattan, der für seine wilden Wochenendpartys berühmt war. Einige sollen sogar skandalos gewesen sein.«

»Das waren sie meistens«, sagte Carla unbeeindruckt. Orgien schienen zu solchen Orten zu passen. Sie folgte Ruth durch die weiß getünchte Eingangshalle und konnte den Blick nicht von den strammen Hüften der vor ihr gehenden Frau wenden. Ab und zu wurde sogar ihr Tanga sichtbar.

War ihr bewusst, dass man ihr Höschen sehen konnte? Carla glaubte, ja. Sie wusste nichts über Ruth, aber irgendwie passte das sichtbare Wäschestück zu ihr. Lee erinnerte sie an

Inuit, nachdem er dem Holzstab hinterher gehechelt war – seine Zunge leckte über die Lippen, und die Augen traten dick hervor, und das lag nicht daran, dass er ihre Taschen trug.

Sie gingen an einer grauen Granitstatue eines nackten Mannes vorbei. Seine Gesichtszüge waren vage, aber die Muskeln waren vom Künstler fein herausgearbeitet worden, und der Penis streckte sich gewaltig wie ein Mantelhaken. Er befand sich auf der genau richtigen Höhe. Carlas Finger juckten, danach zu greifen, einfach, weil er da war und zur Verfügung stand, aber Ruth war ihr zuvorgekommen und hatte die schlanken Finger um ihn gelegt und rieb ihn geübt auf und ab.

»Er ist unwiderstehlich, nicht wahr?«, sagte sie und lachte. »Oder schockiert Sie das?«

Carla starrte auf die geschwollene Eichel. Selbst das kleine Loch auf der Spitze war fein säuberlich eingehauen. Lee stöhnte in ihren Nacken. Ruth sah ihn lächelnd von der Seite an und glaubte offenbar, dass Carla zu blöde war, um das zu bemerken.

»Mich schockiert nichts, Honey«, sagte Carla und ging weiter, wodurch Ruth gezwungen war, ihr zu folgen. »Wer wohnt sonst noch hier?«, fragte sie. »Jemand, von dem ich schon mal gehört habe?«

Ruth schüttelte den Kopf. »Sie haben alle Talent, aber fast alle kommen aus anderen Berufen, sie sind Anwälte, Banker und so. The Sanctuary gibt ihnen die Möglichkeit, ihrem Traum zu folgen. Einige von ihnen bleiben ein ganzes Jahr.«

»Wie schön für sie.«

Aus irgendeinem Grund glaubte Carla, dass sie nicht wirklich willkommen war. Vielleicht war Ruth der Meinung, dass sie nicht dazu passte. Nun, damit hatte sie Recht. Was wollte sie eigentlich hier? Es war nichts anderes als ein Privatklub für Millionäre, die sich für Künstler halten durften, weil der einflussreiche Mr. Crewe sie unter seine Fittiche genommen hatte. Eine Scharade, die sie an ›Des Kaisers neue Kleider‹ erinnerte.

Ruth öffnete eine Tür und drückte sie auf, damit Carla und Lee eintreten konnten.

»Wann werde ich Alex sehen?«, fragte Carla. Ihr Instinkt warnte sie, das Wort ›wieder‹ hinzuzufügen.

Ruths Ausdruck kühlte ab, und Carla wusste sofort, dass ihr Instinkt genau richtig gelegen hatte.

»Mr. Crewe ist ein viel beschäftigter Mann«, sagte Ruth spröde. Ihre sanfte Stimme schwand, da sie nun hinter geschlossenen Türen waren. »The Sanctuary ist nur eines seiner zahlreichen Geschäftsfelder. Er versucht, so oft wie möglich hier zu sein, aber manchmal ist es sehr schwierig für ihn.« Sie lachte. »Ich muss es wissen, schließlich organisiere ich sein Leben.«

Carla fragte sich, warum die Frau meinte, ihr das mitteilen zu müssen.

»Privat oder geschäftlich?«, fragte sie.

»Beides«, antwortete Ruth und lächelte wieder. »Glauben Sie mir, ich weiß alles über ihn.«

Einiges ist dir aber entgangen, dachte Carla. Ruth schaute auf eine Weise auf die Uhr, die sagen sollte, dass sie Carlas Gesellschaft als öde empfand. »Ich bin sicher, dass er sich Ihnen zur gegebenen Zeit vorstellen wird. Er legt Wert darauf, wenigstens einmal jeden Gast während des Aufenthalts bei uns ausführlich zu sprechen.«

»Darauf freue ich mich.« Ruth wusste also nichts davon, dass Alex sie schon ausführlich kennen gelernt hatte, einschließlich der Auswahl einer Mango und dem Essen bei ihren Eltern. Sehr interessant, dachte Carla.

Das Zimmer war sehr groß, und die hohen Fenster gingen hinaus zum Meer. Auf einer Seite stand das Bett, bezogen mit Leinenlaken und versehen mit großen, dicken Kissen. Die weißen Wände waren nackt, aber eine Wand war in Creme und Gold gestrichen, und gegenüber stand ein Frisiertisch mit einem so großen Spiegel, dass er an keine Wand ihres Apartments gepasst hätte. Das Bett war so aufgestellt, dass man es in allen drei Teilen des Spiegels sehen konnte, aber sie bezweifelte, dass ihr Aufenthalt hier etwas mit Sex zu tun haben würde. Vor ihr lag ein sehr trockener Monat; es sei denn, dass Lee sich an den Kletterpflanzen hoch in ihr Zimmer schwang.

Lee tauchte dreifach im Spiegel auf. Sie drehte sich um und sah ihn neben dem Bett stehen. Er grinste zufrieden. Sie ging zu ihm und nahm ihn in die Arme.

»Es ist wunderschön hier. Danke, Lee.«

»Ich tu doch alles für dich, Baby.«

Ruth schien über die Liebesbezeugung ein wenig irritiert zu sein, aber sie bemühte sich, es nicht zu zeigen.

»Die Speisekarte und die Öffnungszeiten des Restaurants entnehmen Sie dem Prospekt. Rufen Sie die Rezeption, wenn Sie irgendwas brauchen.«

Zwei Türen gingen von ihrem Zimmer ab. Die eine führte ins Bad, groß, prächtig, üppig mit glänzenden schwarzen Fliesen, weißem Porzellan und vergoldeten Armaturen. Sie musste plötzlich an Flynn denken. Was würde er von diesem Luxus halten? Die Kostbarkeit war obszön im Vergleich zu seiner mickrigen Unterkunft im YMCA.

Ruth öffnete die andere Tür, die zu einem großen Zimmer führte, weiß und fast völlig leer, und eine komplette Fensterfront hin zum Meer. Es hing nichts an den Wänden, das einen ablenken konnte. Ihre beiden Kisten mit Farben und Pinseln standen auf einem Tisch in einer Ecke des Zimmers, und in einer anderen Ecke standen leere Leinwände. Dazwischen gab es ein Waschbecken an der Wand.

Die einseitige Ausrichtung des Zimmers störte sie. Erwartete man, dass sie einen Monat lang nichts anderes tat als vor der Leinwand zu stehen und zu malen, unterbrochen nur von den Besuchen im Restaurant und oberflächlicher Konversation auf den Fluren, bevor sie sich wieder einschloss? Wenn ja, dann geriet sie in Schwierigkeiten.

»Was immer Sie brauchen, teilen Sie der Rezeption mit, die wird es Ihnen besorgen.«

»Kann ich mir auch selbst etwas besorgen?«, fragte sie mit schwacher Stimme.

Ruth lachte ausgelassen. »Natürlich. Sie fragen nach einem Fahrer, und der wird Sie überall hinbringen.«

»Ich kann dir alles bringen, was du brauchst, Baby.«

»The Sanctuary ist nicht sehr glücklich über Besuche«, sagte Ruth kühl. »Aber wenn Sie vorher anrufen, können Sie Carla natürlich ein oder zweimal während ihres Aufenthalts im Restaurant Gesellschaft leisten. Ich lasse Sie jetzt allein, damit Sie sich einrichten können.«

»Danke. Und würden Sie uns Tee bringen lassen, bitte?« Carla lächelte sie an und genoss, wie Ruth sich streckte, als sie die Bestellung entgegennahm.

»Natürlich«, sagte sie gepresst.

Der Tee wurde in einer Silberkanne serviert und vom Kellner in hauchdünne Porzellantassen eingeschenkt; perfekt wie alles an diesem sonderbaren Ort.

»He, das musst du dir mal anschauen«, rief Lee aus dem Bad.

Sie ging seiner Stimme nach und fand sich in einer Welt aus schwarzem Marmor und Chrom wieder. Lee saß auf der Toilette.

»Pass auf«, sagte er und stand auf. »Siehst du? Nichts passiert.«

»Was sollte denn passieren?«

Er ließ ein Blatt Papier in die Schüssel fallen. Nach ein paar Sekunden wurde es weggesaugt. Ohne dass er irgendeinen Knopf gedrückt hatte.

»Ist das zu glauben?« Er grinste. »Jetzt brauchst du nur noch jemanden, der dir den Hintern abputzt.« Er zog sie in seine Arme und rieb sich gegen sie. »An einem Abend schleiche ich mich herein, dann treiben wir es in der großen Wanne, mit Champagner und langsamer Musik im Hintergrund. Hört sich das nicht großartig an?«

»Abgemacht.« Sie küsste ihn auf die Lippen und schmiegte ihren Körper gegen seinen. »He, ist der für mich oder für sie?« Sie quetschte seine Erektion.

»Ach, Honey, das weißt du genau …« Er war rot geworden.

»Es ist okay. Wenn ich ein Kerl wäre, würde mir auch das Messer aufgehen, wenn ich hinter diesem Arsch gegangen wäre.« Sie sprang auf das Marmorbecken und zog ihn an sich heran. »Kannst du es mir tausend Mal besorgen, bevor du gehst?« Sie zeigte auf ihre Reflektionen auf den Spiegeln und glänzenden Flächen.

Lee grinste und zog den Reißverschluss seiner Jeans auf. »Darauf kannst du dich verlassen.« Aber er trug sie zum breiten Bett und schälte unterwegs das T-Shirt von ihrem Körper.

»Baby, ich vermisse dich jetzt schon«, ächzte er, als sie ihm das T-Shirt abstreifte und sich bückte, um seine schokoladenfarbenen Nippel zu lecken. Carla nahm ihr dreifaches Bild im Spiegel nicht wahr. Sie schob seine weiße Hose hinunter und küsste die pochende Beule in seinen Shorts. Er trat seine weißen Laufschuhe ab und lehnte sich auf die Ellenbogen zurück. Er genoss es, dass sie die ganze Arbeit verrichtete.

Carla fand, dass er das volle Programm verdient hatte, deshalb kniete sie sich zwischen seine gespreizten Schenkel und schob ihre Hände unter seine Backen, um besser mit seinen Hoden spielen zu können. Sie waren groß und gespannt und sehr heiß, als ihre Zunge darüber strich. Sie liebte die dicken Hoden eines Mannes, aber während sie ihnen ihre volle Aufmerksamkeit widmete, fragte sie sich – nicht zum ersten Mal –, wie Alex in diesem Ressort wohl abschneiden würde.

Lee schaute auf Carlas glänzende Haare, als sie ihn leckte und saugte, aber er konnte sich nicht gegen das Bild der großen rothaarigen Frau wehren, das sich ihm aufdrängte. Vor dem Restaurant hatte sie ihm schon schamlos in den Schritt gefasst. Jetzt sah sie kühl und unnahbar aus. Er hatte das Schwingen ihrer Hüften in dem winzigen weißen Tanga beobachtet, als sie die Treppe hinaufgingen, und er hatte auch die unausgesprochene Einladung in ihren Augen gesehen. Sie hatte ihn erschreckt und gleichzeitig so stark erregt, dass es schmerzte.

Der Blick auf die Tür, die sich geräuschlos öffnete, ließ ihn fast den Verstand verlieren. Ruth stand da, ein sinnliches Lächeln um die Lippen. Sie legte einen Finger über den Mund und fixierte ihn mit den Augen. Es war kein Versehen, dass sie die Tür geöffnet hatte, begriff er; Ruth wollte zusehen. Alarmiert spürte er, wie das Blut aus seinem Schaft wich.

Dann geschah etwas Ungewöhnliches. Ruth stellte sich in die Türöffnung und fing an, ihre weiße Seidenbluse aufzuknöpfen. Darunter trug sie einen weißen Seiden BH mit Halbschalen, sodass die Nippel hervorlugten. Das Blut strömte zurück, genau in dem Moment, in dem Carla den Schaft wieder mit ihrem nassen Mund umschloss.

Er stöhnte in entsetztem Entzücken und wusste, dass Ruth ihn jeden Augenblick verraten konnte, und doch war er unfähig, den Blick von ihren göttlichen Brüsten zu wenden. Ihre langen scharlachrot angemalten Fingernägel spielten mit den Nippeln, sie zogen an ihnen und drückten sie, bis ihm vor Verlangen, an ihnen zu saugen, das Wasser im Mund zusammenlief. Seine Hüften ruckten vor und zurück, tiefer in Carlas

Mund, aber im Geiste pfählte er die Frau, die in der Tür stand und die Kontrolle über seine Sinne übernommen hatte.

»O nein, so läuft das nicht«, sagte Carla, richtete sich auf und grätschte über seinem Schoß. Sie nahm die Frau nicht wahr, die auf Lees Schwanz starrte, wie er in Carlas feuchte Pussy stieß. Er hob sie an und ließ sie langsam wieder sinken, und dabei zeigte er Ruth seine ganze Länge und die gespannten Hoden. Carla zitterte am ganzen Körper und seufzte glücklich, als er bis zum Anschlag in sie eindrang.

Jetzt bestimmte sie das Tempo, sie wand sich auf ihm, schlängelte sich hin und her und erregte die heimliche Zuschauerin noch mehr. Lee sah, wie heiß Ruth war. Ihre Lippen hatte sie halb geöffnet, und ihre Finger spielten noch mit ihren Brüsten. Lee stieß immer wieder in Carlas sich windenden Körper hinein, und sie schrie bei jedem Stoß laut auf.

Er vergaß, in welche Bredouille er geraten würde, wenn Carla herausfand, dass sie – mit seinem Wissen – beobachtet wurden. Er wollte nichts anderes, als Ruth vor Augen zu führen, was sie verpasste. Er klatschte auf Carlas Rückseite, drehte sie herum, hob ihren Po an und drang voller Wucht von hinten in sie ein. Sie schrie noch lauter und forderte ihn auf, es ihr noch schneller und härter zu besorgen. Ihm war bewusst, dass Ruth seine zusammengekniffenen Backen sehen konnte, und dieses Wissen kippte ihn über die Klippe.

»Baby, ich komme«, prustete er, und nach einigen wenigen tiefen Stößen war er am Ziel und stöhnte durch zusammengebissene Zähne, als die Leidenschaft in ihm explodierte.

Ein heimlicher Blick nach hinten, kurz bevor er neben Carla zusammensackte, verriet ihm, dass Ruth verschwunden war. Aber sie würde wiederkommen, das wusste er genau.

»Was hältst du von ihr?«, fragte Alex, als er Ruth am Abend anrief.

Ruth versuchte, die Erinnerung an Lee Simpsons Sexualorganen aus ihrem Kopf zu verbannen. »Ich habe den Eindruck, dass sie die ganze Sache nicht sehr ernst nimmt. Wenn man bedenkt, dass du sie von der Straße aufgelesen hast ...« Sie brach ab und atmete tief durch. »Ich hoffe, dass sie dankbar ist, das ist alles. Ich hoffe, sie bringt das, was du von ihr erwartest.«

»Aber du glaubst das nicht?«

»Nein.« Diese Vicenzi hatte etwas an sich, was sie irritierte. Lag es an ihrer unverfrorenen Sinnlichkeit, die ihr gar nicht bewusst schien, oder daran, dass Alex voll auf sie abfuhr und seither mit einem Halbsteifen herumlief?

»Nun, ich glaube, dass du eine Strafe verdient hast, weil du an meinem Urteilsvermögen zweifelst«, sagte Alex. »Komm um zehn heute Abend vorbei.«

»Aber dann bin ich vielleicht beschäftigt.« Sie lächelte den Mann mit dem breiten behaarten Brustkorb an, der neben ihr im Bett lag.

»Bei dem Geld, das ich dir zahle, wirst du mir zur Verfügung stehen«, sagte er und knallte den Hörer auf.

Ruth lachte und rollte sich auf den Rücken.

»Was ist so lustig?«

»Er will heute Abend ein bisschen S und M«, sagte sie und kuschelte sich unter dem Laken an ihn.

»Das wird immer besser.« Romano Capelli legte seine Zigarre in den Aschenbecher und strich mit den Händen über Ruths harte, spitze Brüste. »Ich wünschte, ich könnte die Fotos sehen, die du von ihm gemacht hast.«

»Oh, nein. Sie sind meine Lebensversicherung.« Sie rutschte an ihm hinunter und nahm seinen fetten Penis in den Mund. Er wurde sofort wieder hart und füllte ihren Mund aus.

»Bearbeitet er Perez noch immer, Ocean zu verkaufen?«, wollte Capelli wissen.

Sie hob den Kopf. »Du musst auf meine Bedingungen eingehen, bevor ich dazu etwas sage.«

»Du kennst die Bedingungen. Eine neue Identität und die feine monatliche Summe, die ich dir schon seit achtzehn Monaten überweise.«

»Ich hänge mich hier weit aus dem Fenster. Ich kann nur hoffen, dass du mir das angemessen lohnst. Sagen wir zehn Prozent vom Netto?«

Er grinste sie an. »Du bist ein habgieriges Luder. Du kriegst dasselbe wie immer und hast außerdem das Vergnügen, mir einen zu blasen.« Er schloss die Augen, als ihr warmer Mund ihn wieder umschloss. Wie würde Lee darauf reagieren, wenn sie ihn auspeitschte, dachte sie und hörte zufrieden, dass Romano Capelli immer lauter stöhnte. Sie fühlte, wie sie selbst nass wurde. Diese starken Muskeln des jungen Athleten, dieses überhebliche Grinsen. Es würde nicht lange dauern, dann würde er ihr aus der Hand fressen.

Wenn es nicht vor drei Jahren die Konferenz in Atlanta gegeben hätte, wäre sie vielleicht immer noch die kleine Sekretärin in der Marketingabteilung von Crewe Equities, die auf ihre Chance wartete. Sie hatte Alex Crewe in einem untypisch schwachen Moment am späten Abend in der Hotelbar erwischt. Er hatte Hennessy wie Mineralwasser getrunken, denn seine Frau hatte ihn gerade angerufen, um ihm mitzuteilen, dass sie die Scheidung eingereicht hatte.

Das war keine völlig unerwartete Entwicklung. Ihre kurze Ehe hatte von Anfang an auf wackligen Beinen gestanden, auch wegen diverser Affären beider Parteien. An diesem Abend hatte der Cognac seine Zunge gelockert, und so war es Ruth gelungen, ihn auf ihr Zimmer zu entführen.

Innerhalb einer halben Stunde hatte er in ihrem Bett gelegen und ihr Dinge erzählt, die er besser für sich behalten hätte. Sie erfuhr von der unerfreulichen Flanigan-Affäre und den harten Sexwünschen, die Janice ihm verweigerte.

Ruth beschloss in dieser Nacht, unentbehrlich für ihn zu werden, im Konferenzzimmer und im Schlafgemach. Wenn er sie als Assistentin ablehnte, hatte sie genug Informationen aus ihm herausgeholt, um ihm in der Öffentlichkeit beträchtlichen Schaden anzuhängen.

Für sie war es eine ideale Situation, bei der sie nicht verlieren konnte.

Er stimmte natürlich zu.

Nach einer Nacht mit Schlägen und Kratzern, nachdem er sie in allen Öffnungen genommen hatte und unglaubliche fünf Male gekommen war, hätte er allem zugestimmt. Nach einem Monat hatte sie sich in seinem Vorzimmer etabliert. Das trug nicht gerade zu ihrer Beliebtheit bei, aber sie hatte sich nie darum gekümmert, wie andere Menschen auf sie reagierten.

Sie hätte ihren Charakter auf eine schlimme Kindheit zurückführen können, aber das wäre nicht die Wahrheit gewesen. Seit sie selbständig denken konnte, hatte sie sich entschieden, andere Menschen zu ihrem Vorteil zu benutzen. Harte Arbeit war nichts für sie. Menschen wie Alex Crewe waren so sehr darauf fixiert, Geld zu machen, dass sie nie gelernt hatten, ihr Geld auszugeben. Die Jacht in Sag Harbour war ihr Vorschlag gewesen, ebenso die Villa in Jamaika. Sie hatte sie ihm als lohnende Investitionen verkauft, aber Alex nutzte sie kaum und dachte auch nicht daran, sie ihr zur Nutzung zu überlassen.

Tatsache war, dass sie trotz ihres großzügigen Gehalts nicht das Luxusleben führen konnte, das ihr vorschwebte. Teure Gesichtscremes und Designer Make-up waren die Ausnahmen, und wenn sie ihn um einen Kleiderzuschuss anging, biss sie auf Granit. Trotz ihrer Stunden des wilden, harten Sex zeigte Alex kein wirkliches Interesse an ihr oder an ihrem

Privatleben. Vielleicht glaubte er, dass sie gar keins hatte. Schließlich hatte sie ihn.

Tanya rief am nächsten Nachmittag an und wollte wissen, wo Alex war.

»Er wollte sich mit mir zum Mittagessen treffen! Wir wollten mein Geburtstagsgeschenk aussuchen. Er hätte es mir schon vor einer Woche geben sollen«, fügte sie giftig hinzu, nachdem Ruth gesagt hatte, dass er im Gespräch mit Kunden wäre.

»Ich werde ihm sagen, dass Sie angerufen haben«, sagte Ruth besänftigend.

»Ja, tun Sie das. Und sagen Sie ihm auch, dass er ein Scheißkerl ist. Mit Diamanten kann er es diesmal nicht gutmachen. Er wird sich schon mehr anstrengen müssen, wenn er mich noch mal in seinem Bett haben will.«

Die Verbindung wurde unterbrochen. Tanya war die reizbarste der drei, und da ihr Terminkalender so prall gefüllt war wie seiner, war ihre Beziehung spätestens von dem Moment an zum Scheitern verurteilt, in dem sie als ›Gesicht von Klein‹ bekannt wurde. Seither sah Alex sie häufiger auf Titelseiten als in seinem Schlafzimmer. Aber das schien ihn nicht tatsächlich zu belasten, er beklagte sich nicht, und es war diese unbekümmerte Art, die Tanya irritierte.

Sie irritierte Ruth ebenso, obwohl Alex ihren Geburtstag im Vormonat nicht vergessen hatte – er hatte ihr einen Bonus von fünftausend Dollar gegeben.

»Verdammt, Alex«, murmelte sie und wählte seine Nummer. Seine Voicemail meldete sich. »Du hattest dich heute mit Tanya verabredet, um ihr Geburtstagsgeschenk auszusuchen«, sagte sie. »Sie ist sauer, deshalb solltest du sie anrufen. Es würde hilfreich sein, wenn du mir deine Termine und Verabredungen mitteilst.« Dann fügte sie noch hinzu: »Du bist ihr wahrscheinlich einen Besuch bei Bergdorf Goodman schuldig. Stellst du mir eine Vollmacht aus? Dann erledige ich das für dich. Lass mich wissen, was du davon hältst.«

Er rief sie ein paar Minuten später zurück und sagte, es wäre eine gute Idee, wovon sie ausgegangen war. Als er am Abend kam, unterschrieb er das Formular, und als er es ihr über den Tisch schob, bemerkte sie, dass noch ein zweites darunter lag, das er weder ausgefüllt noch unterschrieben hatte.

Es würde leicht sein, die Zahlen einzusetzen und seine Unterschrift zu fälschen. Sie konnte den Betrag – welchen sollte sie einsetzen? – auf ein Firmenkonto überweisen, das sie für sich in der Schweiz eingerichtet hatte. Er selbst überprüfte die Bewegungen auf seinen zahlreichen Konten so gut wie nie, und seine Buchhalter stellten ihm auch keine Fragen, schließlich war er der große Alex Crewe.

Es wäre nicht das erste Mal, dass ihr eine solche Transaktion gelingen würde, und diese Beträge plus das Geld, das sie in den letzten eineinhalb Jahren für Informationen erhalten hatte, sammelten sich zu einer hübschen Summe, die sie für die vielen Stunden entschädigte, die er sie auf Trab hielt.

Sie kannte die Risiken, die damit verbunden waren, denn sie hatte solche illegalen Tricks schon früher durchgezogen. In Paris war sie eine schwüle Blondine namens Isabelle gewesen und hatte ihren Chef so sehr um den kleinen Finger gewickelt, dass er bereit gewesen war, seine Frau zu verlassen und sie zu heiraten. Sie hatte zugestimmt, aber statt die zwanzigtausend Pfund zu nehmen, um ein neues Leben in Brasilien vorzubereiten, war sie spurlos verschwunden und kurz darauf mit neuer Nase und knackigen Brüsten in New York aufgetaucht, komplett mit einer Fülle krauser roter Haare und mit grünen Augen, die sie erstklassigen Kontaktlinsen zu verdanken hatte.

Sobald sie Alex genug gemolken hatte, würde sie New

York verlassen und sich ein sonniges Plätzchen auf dieser Welt suchen. Sie musste genug Geld auf dem Konto haben, um nie wieder für einen verwöhnten, arroganten Bastard arbeiten zu müssen. Falls Alex sie jemals aufspürte und ihr drohte ... nun, für diesen Fall blieben ihr die Fotos.

Am nächsten Morgen reiste Lee in aller Frühe ab, denn er musste zurück zur Arbeit. Er küsste Carla zum Abschied und versprach, jeden Abend anzurufen.

Carla blieb noch zwei Stunden im Bett liegen und genoss den Luxus der schneeweißen Zudecke und der Daunenkissen, aber der wahre Luxus war, dass sie anschließend das Bett nicht zu machen brauchte. Sie würde hinunter ins Restaurant gehen, sich mit frisch geröstetem kolumbianischem Kaffee eindecken und dicke Feigen kauen, bevor sie zurück in ihr Studio ging und irgendetwas malte, was ihr ein Vermögen einbringen würde.

Dieser letzte Gedanke holte sie auf die Erde zurück. Sie richtete sich im Bett auf und schaute aus dem Fenster. Am Abend hatte sie die Jalousien nicht geschlossen. Jetzt strömte die Sonne herein und warf Lichtreflexe der See durch die Scheiben.

Schließlich raffte sie sich auf und ging hinunter ins Restaurant. Das Frühstück wurde in einem anderen, weniger prunkvollen Raum serviert als das Essen gestern Abend. Nicht einer der anderen Gäste sah aus wie jemand, mit dem sie sich unterhalten wollte. Es lag eine stille, fast feierliche Ruhe über diesem Raum, andächtig, als würde die heilige Kommunion ausgeteilt, nicht ein einfaches Frühstück.

Sie setzte sich an einen Tisch im großen Wintergarten und fragte sich, ob das leuchtende Neonschild auf ihrer Stirn, auf dem in großen Druckbuchstaben SCHWINDLERIN stand, tatsächlich für alle zu erkennen war. Um sich mit irgendwas zu beschäftigen, las sie in der Broschüre, die sie auf ihrem Zimmer vorgefunden hatte.

Im Heathcliffe Sanctuary verstehen wir die Notwendigkeit, dem Alltagsstress zu entfliehen, um die unterdrückte Kreativität ungehindert ausleben zu können. Wir haben eine heitere Umgebung geschaffen, die Sie Ihrem Ziel näher bringen soll. Wir ermöglichen unseren Gästen, sich in Einklang mit ihren Talenten zu bringen, die sie in der Vergangenheit oft verdrängen mussten. Unsere Mannschaft engagierter Küchenchefs bereiten köstliche Gerichte zu und achten darüber hinaus auf niedrige Fettwerte und das allgemeine Wohlbefinden der Gäste, damit die kreativen Kräfte ungehindert fließen können.

Carla schnaufte spöttisch, als sie das las. Der Kellner schwebte heran und bat um ihre Bestellung. Carla verzichtete auf die Feigen (sie glaubte noch nicht an das Fließen der kreativen Kräfte) und entschied sich für Eier mit Speck und Waffeln mit Sirup. Sie fand, ein ordentliches Frühstück würde sie gut durch diesen ersten Tag bringen.

Der Kellner sah gequält aus. Eine Dröhnung Cholesterin zum Frühstück war wohl nicht die gutgeheißene Art, den Tag zu beginnen. Aber er notierte sich ihre Bestellung und überließ Carla wieder ihrer Lektüre.

The Sanctuary war eine Kreuzung zwischen einem exklusiven Hotel und einer renommierten englischen Universität. Es gab fünfzig Gästezimmer und alle dazu gehörenden Einrichtungen. Fitness Center, ein Hallenbad in Grün und Gold, ein Jacuzzi. Es gab einen Privatstrand, einen Neun-Loch-Golfplatz und mehrere Tennisplätze drinnen und draußen. Außerdem konnte man Squash spielen.

In der Kurabteilung gab es Massagen, Gesichtspackungen,

Maniküre, Pediküre, Enthaarungen und neue Frisuren. Kurse in Yoga und anderen Meditationsarten wurden täglich angeboten. Tatsächlich gab es so viele Möglichkeiten der Entspannung, dass kaum Zeit blieb, seine Kreativität zu erforschen. Hinzu kamen die Ablenkungen, die eine riesige Bibliothek mit vielen Leseräumen bot, Musik- und Tanzstudios sowie ein kleines Theater, in dem regelmäßig Aufführungen stattfanden.

Je mehr Carla las, desto überzeugter war sie, dass Alex sie auf den Arm nahm.

Nach ihrem ungesunden Frühstück mit einem Espresso, um sie aus ihrem weißen Traum zu wecken, verdrückte sie sich in die Umgebung des Anwesens. Sie wollte erst einmal gründlich über alles nachdenken.

Sie hob Eicheln auf und Blätter in den schönsten Ockerfarben des Herbstes, und ab und zu einen besonders schön geformten Stein. Überall begegnete sie Skulpturen von Henry Moore, Patricia Volk und Barbara Hepworth. Ihre glatte Struktur tröstete sie ebenso sehr wie die der Wolkenkratzer in Manhattan.

Schönheit gab es überall, manchmal in den seltsamsten Formen. Man musste nur einen offenen Blick dafür haben. Das perlige Innere eines Schneckenhauses, die samtene Haut einer Samenhülse – es gab viele Fluchtwege aus den Tragödien menschlichen Lebens.

Sie folgte dem Zaun entlang der See und bemerkte die Kameras, die – nicht ganz diskret – in den Bäumen versteckt waren. Ein stattliches Stück Strand war für die Gäste des Sanctuary reserviert. Ein Wall aus großen Felsblöcken, gekrönt von Stacheldraht und einem Hinweis PRIVATBESITZ sorgten dafür, dass Unbefugte draußen blieben.

Carla ging am Strand entlang und wich den leckenden Wellen aus. Der Sand war sanft und golden, kein einziges Kieselsteinchen war zu sehen. Wahrscheinlich war am frühen

Morgen die Kieselpolizei angereist, dachte sie spöttisch, damit die Kreativität der Wellen nicht gestört wurde.

Der Stacheldraht irritierte sie, amüsierte sie aber auch, denn wer unbedingt wollte, konnte durchs Wasser waten, um den Privatstrand zu erreichen.

Sie setzte sich auf einen Felsblock, die Beine unter sich gespreizt, und starrte hinaus auf die winzigen weißen Boote und auf die farbigen Bojen, die auf Felsen unter Wasser aufmerksam machten. Rechts konnte sie die Umrisse der kleinen Stadt Wellport sehen, die in den Long Island Sound hineinragte.

Der Leuchtturm war angemalt wie ein bunter Lutscher, kein Wunder, dass er jedes Jahr Tausende von Touristen und Künstlern anzog. Wellport war eine alte Hafenstadt mit vielen schönen pastellfarbenen Häusern aus der Kolonialzeit, umlagert von alten Fischereibooten; pittoreske Bilder wie in jeder Hafenstadt New Englands.

Über der ganzen Szene lag eine gediegene Häuslichkeit; Motive dieser Art hatte Carla bisher gemieden. Aber als sie jetzt diese Bilder vor sich sah, spürte sie, dass sie ihnen nicht ausweichen konnte. Plötzlich hatte sie das Gefühl, dass sie etwas in der Qualität, die Alex Crewe von ihr erwartete, nie zustande bringen würde.

»Phantastisch, nicht wahr?«

Die Stimme ließ sie zusammenzucken. Carla wandte sich nach links und sah einen hageren Mann mit sehr dunklen Haaren und einem Ziegenbärtchen auf einem Felsen sitzen, nicht weit von ihrem entfernt.

»Was ist phantastisch?« Sie hoffte, dass er sie nicht gezeichnet hatte. Obwohl sie selbst Geld mit spontanen Skizzen verdiente, wenn sie im Central Park arbeitete, handelte es sich dabei um Menschen, die damit einverstanden waren. Jemanden ohne Zustimmung zu porträtieren, verhieß nichts Gutes, auch wenn das abergläubisch sein mochte; vielleicht ein Erbe ihrer Urgroßmutter, die glaubte, dass Fotos die Seele eines Menschen stahlen. Carla griente. Das hatte sie nicht gehindert, Alex Crewe zu zeichnen – aber der hatte ja gar keine Seele, die man stehlen konnte.

»Das Meer, der Himmel, die Bäume …«

»Der Stacheldraht«, ergänzte Carla sarkastisch.

»Ja, ich weiß, was Sie meinen. Sind Sie Schriftstellerin?«

»Nein«, sagte sie kurz angebunden, aber dann wurde ihr die Unhöflichkeit bewusst. Er war schließlich der erste Mensch, der relativ lebendig schien in diesem Refugium. »Ich male. Sind Sie Gast hier?« Sie hielt das eher für unwahrscheinlich, er schien viel zu jung, höchstens Mitte zwanzig, und in seinen engen schwarzen Jeans und dem schwarzen T-Shirt sah er eher wie eine Nymphe aus.

Er rutschte von seinem Felsblock und setzte sich näher zu ihr auf einen flachen Sandstein.

»Ich bin das, was man einen Dauerbewohner nennt, dank der Fürsorge meines Onkels. Auf seine höfliche Art will er mir beibringen, hier meinen Weg ins Leben zu finden. Ich heiße übrigens Jet.« Er streckte seine Hand aus, und Carla drückte sie. »Ich habe gehört, wie Sie gestern eingetroffen sind. Es ist gut, jemanden hier zu haben, der so normal scheint. Obwohl ich Ihren Musikgeschmack nicht teile.«

Sie lachte über seine Offenheit. »Das ist eher Lees Geschmack, nicht meiner. Ich bin ein Blues Mädchen. Ich heiße Carla.«

»Hallo, Carla. Ich bin sicher, dass wir uns gut verstehen werden.« Er steckte sich eine Zigarette an, die er aus einer zerknautschten Schachtel aus der Jeanstasche holte. Er hatte was Vertrautes an sich, das Carla noch nicht erklären konnte.

»Ich muss Sie trotzdem fragen«, sagte sie. »Warum sind Sie hier?«

»Ich war während des Medizinstudiums im Praktikum im

Krankenhaus und bin geflogen, weil ich zwei Sanitäter gebumst habe.«

»Ich dachte ... eh, das gehörte irgendwie dazu, besonders bei Medizinstudenten.«

»Ja, aber nicht gleichzeitig und nicht an einem Samstagabend in einer Kabine der Notaufnahme.«

»Oh.«

»Ja, und einer von ihnen war der Sohn des Verwaltungsdirektors.«

Sie biss sich auf die Lippen und versuchte, nicht zu lachen. »Sie machen Witze, oder?«

»Nein. Mein Onkel hat mich fast abgeschlachtet. Die Narben habe ich immer noch. Sehen Sie?« Er hob sein T-Shirt im Rücken, und sie sah vier dicke Striemen quer über der gebräunten Haut. Sie waren knapp fünf Zentimeter lang und sahen nicht sehr alt aus. Sie schätzte, dass die Bestrafung in den letzten acht Monaten geschehen war.

»Oh, verdammt. Das muss sehr schmerzhaft gewesen sein.«

»Schon okay. Ich war damals ziemlich *stoned*, deshalb habe ich nicht viel bemerkt. Ich habe versucht, meinem Onkel zu erklären, dass alles nur ein Missverständnis war. Ich dachte nämlich, in Kalifornien erwarteten sie solche Dinge. Aber mein Onkel versteht keinen Humor, glaube ich, und deshalb sitze ich hier meinen Stubenarrest ab. Wenn ich dem Aufenthalt im Sanctuary nicht zugestimmt hätte, könnte ich die Auszahlung meines Erbanteils in« – er schaute auf seine Uhr – »einem Jahr, vier Tagen und sieben Stunden in den Wind schreiben. Also füge ich mich«, sagte er und grinste Carla breit an.

»Sie nehmen mich auf den Arm, nicht wahr?«

Der hagere Typ mit dem Ziegenbärtchen grinste wieder. »Das würde ich mich nicht trauen, denn Sie sehen so aus wie eine Frau, die das nicht mit sich machen lässt.«

»Stimmt.«

Ob es nun mit seiner medizinischen Karriere weiterging, wusste er nicht. Seine wahren Interessen lägen eher im Blues. Er wollte Bluessänger werden.

Carla beschloss, ihn zu mögen. Er hatte was Offenes, was sie veranlasste, sich ihm gegenüber ebenfalls zu öffnen, was sie sehr erstaunte.

»Wieso können Sie sich das hier überhaupt leisten, wenn Sie arm wie eine Kirchenmaus sind?«, fragte er, nachdem sie ihm ihr Leben kurz umrissen hatte.

»Alex Crewe, Sugardaddy«, antwortete sie flippig.

»Oh, ich verstehe. Al ist mein großer böser Onkel.«

Carla schrumpfte innerlich und verfluchte ihr loses Mundwerk. »Ich meine, er ist nicht wirklich mein Sugardaddy«, stellte sie hastig richtig. »Also, ich bumse ihn nicht oder so.« Sie erinnerte sich an die Striemen auf Jets Rücken. »Hat Alex das wirklich getan?«

»Mit seinem Gürtel. Mann, er war richtig durchgedreht. Ich habe ihn noch nie so wütend gesehen. Vorher hat er mich nie geschlagen, auch als Junge nicht, obwohl ich es oft genug verdient gehabt hätte.«

Sie wurde mit jedem Satz neugieriger. »Was ist mit deinen Eltern?«

»Papa was a rolling stone«, sang er in einer starken, tiefen Stimme. »Meine Mutter hatte ihren Lebensunterhalt auf dem Rücken verdient. Sie ist Als Halbschwester. Als sie einen neuen Mann fand und nach Mexiko zog, hat er mich zu sich genommen. Ich war ein ziemlich wilder Junge. Er hat mich auf die richtige Bahn gebracht, aber Mann, das war eine harte Zeit.«

Darauf würde ich wetten, dachte Carla, aber sie sagte nichts. Sie sah nur das Bild vor sich, wie Jet in einer Zimmerecke kauerte, während Alex den Gürtel aus der Hose zog und ihn damit vertrimmte.

»Sie sehen nicht wie sein normaler Typ aus«, sagte Jet und bot ihr eine Zigarette an. Sie schüttelte den Kopf und nahm eines ihrer dünnen Zigarillos. Er gab ihr Feuer.

»Was ist denn sein normaler Typ?« Sie hasste es, diese Frage zu stellen, aber sie musste es wissen.

Jet überlegte sich die Antwort und blies den Rauch aus. »Blond, dünn, osteuropäisch. Und dankbar, oh, so dankbar. Alle müssen so verdammt dankbar sein.« Er sog den Rauch wieder ein und sah sie an. »Es geilt ihn auf. Wenn Sie ihn wirklich ärgern wollen, dann müssen Sie so tun, als erwiesen Sie ihm einen Gefallen.«

»Schon geschehen«, sagte sie und erzählte ihm von Alex' hartnäckiger Verfolgung sowie von ihrer Vermutung, dass Ruth sie nicht mochte. »Ich habe das Gefühl, dass sie mich von Anfang an durchschaut hat.«

»Ach, die schöne Ruth. Sie glaubt, ihn in die Tasche stecken zu können, aber eines Tages wird er sie ebenso in die Wüste schicken wie all die anderen vor ihr.« Er drückte die Zigarette am Felsen aus und warf die Kippe ins Wasser. »Eins will ich Ihnen sagen: Er hätte Sie nicht eingeladen, wenn er nicht an Ihr Talent glaubte, Carla.«

»Schön gesagt.«

Jet zog sie auf die Füße. »Wir sollten das Mittagessen nicht verpassen. Ganz egal, was man von diesem Sanctuary hält, das Essen ist ausgezeichnet. Oh, und da wir jetzt Freunde sind, darf ich heute Abend vielleicht in den Speisesaal.«

»Wenn Sie sich gut benehmen, könnte ich Sie einladen.«

Sechstes Kapitel

Lee nippte an seinem Bud und sah sich mit gehetzten Blicken im Fetischclub um. Er war wegen einer Wette hier, überredet von seinem Freund Tony, der ihm versichert hatte, auf keinen Bekannten zu treffen. Lee hatte schließlich eingewilligt, um das Gesicht nicht zu verlieren, aber wenn er ehrlich war, würde er jetzt lieber ganz weit weg sein.

Als sie gerade erst eingetroffen waren, hatte ein schöner Transvestit ihn gleich ins Herz geschlossen. Er hielt sie/ihn für recht attraktiv, bis sie seine Hand nahm und unter ihren kurzen Rock schob. Da wurde Lee mit einem Schlag klar, dass nichts in diesem höllischen, dunklen, verschwitzten Club so war, wie es schien. Er sehnte sich nach einer normalen Bar, wo Frauen Frauen und Männer Männer waren.

Das dralle schwarze Mädchen, das Tony mitgebracht hatte, wirbelte auf ihn zu und fasste ihn an der Hand.

»Komm, Baby, gib dich locker.« Sie zog ihn hinüber zur Tanzfläche, wo sich die Masse wand. Sie war schon mehr als locker drauf, was in ihrem Plastikoutfit wahrscheinlich auch ganz leicht war. Es bedeckte den Po nur ganz knapp, und die Brüste standen hervor wie nukleare Sprengköpfe. Trotzdem blieb Lee reserviert. Es lag nicht daran, dass er sie nicht mochte, aber Carla würde ihm die Eier abschneiden, wenn sie erfuhr, dass er sich in ihrer Abwesenheit mit anderen Frauen abgab.

»Oh, du bist eine kleine Taschenrakete, was?«, kreischte das Mädchen, als seine Hände ihre Taille umfassten und sie fest an sich drückten. Wegen ihrer zwölf Zentimeter hohen Absätze und der Tatsache, dass er nur einsfünfundsiebzig groß war, drohte seine Nase im Tal ihres gewaltigen Busens zu verschwinden. Es war völlig unmöglich, in dem Gedränge unfallfrei zu tanzen. Sie wurden von vorn und hinten angeschoben und gestoßen, und Lee sog ihr schwüles, schweres Parfum und ihr weibliches Moschusaroma gierig ein.

Tony arbeitete sich zu ihnen vor. Er schien in Schweiß gebadet, und ein attraktives dunkles Mädchen in einer Kombination aus Leder und Spitze schmiegte sich an seine Seite. Er griff nach dem schwarzen Mädchen, zog es von Lee weg und tanzte mit beiden, während er Lee zum Bierholen schickte.

Es war zu laut, um mit ihm zu streiten, also drückte er sich an Armen vorbei, die wie Dreschflegel durch die Luft flogen. Der Transvestit, der ihn zu Beginn mit Beschlag belegt hatte, entdeckte ihn wieder und schob sich in seine Richtung vor, deshalb drehte er ab und hielt auf das andere Ende der Theke zu. Unterwegs griff jemand in seinen Schritt.

»Oh, Mann«, murmelte er und stieß eine andere Hand von seinem Gesäß weg. Es war, als müsste er sich durch ein Spalier von geilen Moskitos winden.

Er erreichte die Theke und war froh, dass seine Kleider heil geblieben waren. Eine Vision in Rot schlenderte auf ihn zu, langes rotes Kleid, rote Haare, lange Beine, volle Brüste. Sie strahlte ihn an, als wäre er der Vater ihrer Kinder.

»Oh, Mann, ich hoffe, dass du eine richtige Frau bist«, murmelte er, und dann wusste er, dass sie eine war, aber in diesem Moment wünschte er sich inständig, dass sie keine war – nichts wäre ihm lieber, als wäre sie ein *chick with a dick.*

»Oh, hallo, Lee«, schnurrte Ruth. »Vermisst du jetzt schon deine kleine Lady?«

»Ich bin mit einem Freund hier«, sagte Lee und bemühte sich, nicht allzu schuldbewusst auszusehen. »Er hat mich fast vergewaltigt, mit ihm diesen Club zu besuchen.« Er zeigte mit ausgestrecktem Arm auf den tanzenden Tony.

Sie blickte hinüber. Tony legte sich richtig rein. Seine Zunge steckte im Schlund des schwarzen Mädchens, und seine Hände waren nirgendwo zu sehen.

»Er sieht sehr beschäftigt aus. Und weil er schon zwei Frauen hat, musst du dich jetzt wohl mit mir herumschlagen.«

»Großartig«, murmelte Lee unglücklich. Dann fiel ihm Alex Crewe ein und der Einfluss, den Ruth auf Carlas Wohltäter hatte. »Ja, großartig«, sagte er lauter. »Kann ich dir einen Drink bestellen?«

Ruth ließ ihre Wimpern klimpern und atmete tief durch, was Lees Aufmerksamkeit auf ihre Brüste lenkte. »Bourbon, aber ohne Eis.«

Lee riss die Augen weit auf. Sie trug keinen BH unter dem Kleid, und durch die Maschenlöcher des Stoffs drängten sich die Nippel an die Luft. Ihre Haare waren lang genug, um die Brüste zu bedecken, aber bei jeder Kopfbewegung gestattete sie all jenen kurze Blicke auf die halb nackten Brüste, die lange genug hinschauten.

Er bestellte die Getränke, und als er sie vor sich stehen hatte, nutzte er die Gelegenheit, auf ihre Brüste zu starren, denn sie schaute in eine andere Richtung. Die erigierten Nippel drückten sich schamlos durch die rot umrandeten Löcher, nur wenige Zentimeter von seinem Gesicht entfernt. Ihm lief das Wasser im Mund zusammen.

Verdammt, wahrscheinlich könnte er mit der Zunge über die Warzen lecken, bevor sie überhaupt wusste, was geschehen war. Das Kleid war tief ausgeschnitten, und ihm war klar, dass jemand nachgeholfen haben musste, die Brüste so straff und hoch angesetzt ausschauen zu lassen.

Seine Erektion war schon aufgegangen, als er das erste Mal einen rosigen Nippel gesehen hatte, und jetzt, nach dem Dauerreiz, schmerzte sein Ständer so sehr, dass er sich aufrichten musste. Die Bomberjacke verdeckte nicht alles, was er verdecken wollte, deshalb wandte er den Blick und hoffte, dass seine Erektion sich beruhigte.

»Und wie findest du es bisher hier im Club?« Ein amüsiertes Lächeln spielte um ihre scharlachroten Lippen.

»Nun, ich bin beruhigt, dass du wenigstens keinen Schwanz hast«, knurrte Lee.

Ruth lachte über seinen Gesichtsausdruck. »Armer Lee! Hat man dich reingelegt? Ich wette, Carla würde lachen, wenn sie davon erfährt.«

»Nein, verdammt! Sie würde mich umbringen!« Panik stieg in ihm auf, und dann griff die Angst wie mit eiskalter Hand nach ihm. Er wusste nicht, dass er so leicht zu durchschauen war, aber für ihn war es unerträglich, dass Carla etwas von seinem Treiben in diesem Club erfuhr.

Ruth lächelte ihn wissend an, und jetzt wurde ihm endgültig klar, welchen Fehler er begangen hatte. Nicht nur, dass er überhaupt in diesen Club gegangen war, sondern mehr noch, dass er Ruth gezeigt hatte, wie sehr ihm an seinem Verhältnis zu Carla gelegen war.

»Sehr interessant«, murmelte Ruth und leckte den Rand des Bourbonglases ab. »Du willst die Gans nicht verlieren, die gerade dabei ist, goldene Eier zu legen, was?«

Lee antwortete nicht. Sie hatte seine Gedanken und Ängste genau formuliert, aber das würde er ihr nicht bestätigen. Diese Frau stand für Ärger, für nichts als Ärger.

»Ich sage es dir nicht gern«, fuhr Ruth fort und lehnte sich so nahe an ihn, dass nur er sie hören konnte, »aber ich glaube, du hast sie schon verloren.«

Er konnte ihre Brust an seinem Ellenbogen spüren. »Was soll das heißen?«

Ruth bestellte noch zwei Bourbon, fasste ihn am Arm und zog ihn in eine stillere Ecke.

»Nun, du solltest dich langsam fragen, ob du dein Geld wirklich gut angelegt hast.«

»Wieso?«

»Glaubst du denn, dass Alex wegen ihrer Kunst an ihr interessiert ist? Er liebt seine Spielchen, und jetzt spielt er eins mit ihr.« Sie sah ihn grinsend an, und ihre grünen Augen tanzten. »Welche Spielchen treibst du denn so, Lee?«

Seine Lippen waren trocken. Auf der einen Seite fühlte er sich wie nach einem Schlag in den Magen, nachdem sie diese Andeutungen gemacht hatte, auf der anderen Seite lechzte er nach diesen herrlichen Brüsten, die von den langen krausen Haaren nur halb verdeckt wurden. Ein Nippel drückte sich gerade zwischen einer glänzenden Strähne durch und schien ihn locken zu wollen. Er leckte sich die Lippen und war nicht in der Lage, den Blick von ihr zu wenden.

»Warum ... sollte er auf sie fliegen? Er hat doch einen ganzen Stall voller Frauen.« Er fühlte, wie seine Augen immer größer wurden, angezogen von der dicken rosa Spitze ihrer Brust. Ihm schoss das Blut in den Penis.

»Wie ich schon sagte, er liebt seine Spielchen.« Sie nahm seine Hand und zog sie zu ihrer Brust. Sie strich seine kurzen Finger über die Warze, und er hielt die Luft an, als er spürte, wie der Nippel noch härter wurde. Seine Hose wurde so eng, dass die Erektion zu schmerzen begann.

»Gefällt dir das?«, fragte sie.

Er nickte, den Blick fest auf ihre Brust gerichtet. Der Nippel sah aus wie das Ende einer fetten Zigarre. Der andere Nippel war nicht ganz so hart. Ruth griff in einen Topf und drückte Lee zerstoßene Eisbröckchen in die Hand.

»Trau dich«, flüsterte sie. Da er noch zögerte, nahm sie seine andere Hand und führte sie nach unten, schob sie unter ihr Kleid und in die dampfenden Schatten zwischen ihren Schenkeln. Er wusste, noch bevor er sie berührt hatte, dass sie heiß und feucht sein würde.

Im Dunkel dieser Ecke waren sie vor den Blicken anderer sicher. Er rieb die Eisstücke über ihren wartenden Nippel, der sich streckte und dehnte und in seine Hand wuchs, und zugleich nahmen die Finger seiner anderen Hand Kontakt mit ihrem Tanga und der seidigen, unbehaarten Spalte auf. Der dünne Stoffstreifen hielt ihre fleischigen Labien getrennt.

Sein Blick nach wie vor auf ihre Nippel gerichtet, seine Hand unter ihrem Kleid, schob Ruth ihn noch tiefer in die Schatten, damit niemand erkennen konnte, dass sie seinen Reißverschluss aufzog. Er stöhnte auf, als sein Penis an die Luft sprang, aber der Laut ging im Lärm von Musik und Gästen unter. Sie begann ihn zu reiben, wobei ihre Hand noch kalt vom Eis war. Er lehnte sich gegen die Wand zurück und schaute begeistert zu, wie sie ihn gekonnt masturbierte.

Sie drückte seinen Kopf nach unten und streckte ihm gleichzeitig ihre Brüste entgegen. Seine Lippen schnappten nach der geschwollenen Warze. Er saugte sie gierig in seinen Mund, während seine Hüften sich im Rhythmus ihrer reibenden Hand bewegten. Mit der freien Hand drückte sie seine Hoden, und bald spürte Lee, dass seine Knie weich wurden.

»Ich bin bald so weit«, ächzte er.

Sie brachte ihn mit einer schlängelnden Zunge zum Schweigen, die sie tief in seinen Mund trieb. Das rhythmische Stoßen seiner Hüften verstärkte sich, und dann spürte er, wie es aus seinen Hoden schoss, die gesamte Länge seines Penis hinauf. Sein gedämpftes Stöhnen hatte was Verzweifeltes an sich, als er sich in die dunklen Schatten ergoss und unkontrolliert zuckte, während er sich Schub um Schub entlud.

Sie ließ ihn los, und als sein Verstand wieder einsetzte, hoffte er, dass er seine neuen Schuhe nicht versaut hatte. Er schob sich zurück in die Hose und zog den Reißverschluss hoch.

»Ich habe Tony dazu erpresst, dich heute Abend mit in den Club zu bringen«, sagte sie mit einem geheimnisvollen Lächeln.

Er starrte sie an. »Warum?«

»Was glaubst du denn?« Sie packte ihn wieder im Schritt

und zog ihn näher an sich heran. »Bald wirst du um mehr betteln, mein Junge.«

»Das glaube ich nicht, Lady.« Er wich vor ihrem kehligen Glucksen zurück, rutschte auf etwas Glitschigem auf dem Boden beinahe aus und lief hinaus aus dem Fetischclub in eine regnerische, dunkle Nacht und nahm sich vor, Ruth nie wieder nachzugeben.

Wills Masterton musste der unausstehlichste Mann sein, den Carla je kennen gelernt hatte. Er lümmelte in seinem dreiteiligen Maßanzug herum, trug ein Monokel, das er nicht brauchte, und verströmte ein Gehabe von *ennui*, die zur Null-Bock-Haltung verwöhnter Teenager gepasst hätte. Bei jedem Gericht, das ihm vorgesetzt wurde, rümpfte er die Nase, ob es sich um kleine Crepes, mit Räucherlachs und Dillmousse gefüllt, handelte oder um Taubenbrüstchen an Rotweinjus auf Kartoffel- und Fenchelrösti.

Carla war von seinem leidenden Freund Brian an den gemeinsamen Tisch gebeten worden. Brian war im Sanctuary, um an seinem dritten Roman zu arbeiten. Er hatte Wills Masterton mitgebracht, damit er Gesellschaft hatte, aber dann wurde sehr schnell klar, dass Wills kein Verständnis für Brians Bereitschaft hatte, sich auch mit den anderen Gästen zu unterhalten. Als er Carla an ihren Tisch und in ihre kleine exklusive Gemeinschaft gebracht hatte, war sein gelangweiltes Gesicht noch länger geworden. Jet gehörte auch zum Zirkel – für Carla stand fest, dass Brian einen Narren an ihm gefressen hatte.

»Wills, du alter Flachbrettbohrer!«, dröhnte eine Stimme durch den Wintergarten. Es entstand ein kurzes peinliches Schweigen, während die anderen Essensgäste mit entsetzter Faszination auf den Mann mit dem lauten Organ starrten.

Roy Smith, ein früherer Markthändler aus dem Londoner

East End, stolzierte großspurig zu ihrem Tisch und ließ sich auf einen Stuhl fallen. Er grinste breit und zeigte dabei seine großen weißen Zähne. Bei einem vorbeischreitenden Kellner bestellte er Champagner.

Wills blickte ihn finster an. Die hängenden Hundeaugen verengten sich.

»›Die einzige Wiedergutmachung für gelegentlich zu elegante Kleidung ist ein ständiges Übermaß an Bildung‹«, sagte er. »Das stammt von Oscar Wilde, aber woher solltest du das wissen? Vielleicht solltest du einen Teil deines neu gewonnenen Reichtums in Bildung anlegen.«

Roy wandte sich an Brian. »Hat der alte Oscar auch was über hochgestochene Arschlöcher gesagt?« Er stieß ihn mit der Schulter an. Das Essen auf Brians Gabel fiel zurück auf den Teller, und Sauce spritzte aufs gestärkte Tischtuch.

»Warum findest du das nicht selbst heraus, du ignoranter Dummkopf?«, schimpfte Wills.

»Ist das auch ein Zitat von Oscar? Dann ist es aber nicht sein bestes«, knurrte Roy und leckte sich die Lippen, als der Kellner das Silbertablett mit der Warmhaltekuppel vor ihn stellte. Die Kuppel wurde abgehoben, und Roy starrte düster auf die geschmackvoll arrangierte Taube.

»Oh, verdammt, ist das alles?«

Aber Wills war noch nicht fertig. »Er hat auch gesagt, dass es nur eine Sache gibt, die schlimmer ist, als dass über einen geredet wird. Und das ist, wenn man nicht über einen redet. Also kannst du dich glücklich schätzen.« Er nahm seine Gabel und stieß sie aggressiv in sein Lachssteak, das in einer cremigen Meerrettichsauce schwamm.

»Und er hat gesagt, dass es sich mit dem Witz wie mit dem Kaviar verhält. Man sollte ihn nicht wie Marmelade aufs Brot streichen.«

Wills schüttelte den Kopf. »Nein, das war Noel Coward. He, ich dachte, du bist der Literat hier.«

Roy griff nach der Champagnerflöte. »Wen interessiert das? Sie sind tot, und wir leben, also saufen wir und pfeifen auf das Morgen.« Er prostete den anderen zu und schlürfte laut am Champagner. »Das perlt an den richtigen Stellen.«

Roy und Shirley waren das Paar, das niemand am Tisch haben wollte. Sie waren ein paar Tage vor Carla eingetroffen, und bis Jet sie rettete, hatten sie allein an einem Tisch gesessen und die anderen ignoriert, deren Empfindsamkeiten durch Roys derbe Sprache und Shirleys Mangel an Tischsitten beträchtlich gestört worden waren.

Shirley war Ende vierzig und hübsch, von der Gestalt her das genaue Gegenteil ihres Mannes, der die Figur eines Kleiderschranks hatte. Sie hatte was Ladyhaftes an sich, was man nicht sofort mit einer Arbeiterfrau verbindet, die viele Millionen in der Lotterie gewonnen hatte.

Shirley war der Grund für Roys Aufenthalt im Sanctuary: Sie wollte vom Fechtlehrer in der hohen Kunst von Degen und Florett unterrichtet werden.

»Sie hat *Zorros Maske* in der Glotze gesehen«, sagte Roy zu Carla. »Da war es um sie geschehen. Sie wollte Antonio verdammter Kerl Banderas sein. Du kannst dir vorstellen, was meine Kumpel im Pub dazu gesagt haben. Stell dir vor, ein Markthändler hat eine Schwertkämpferin zur Frau.«

»Bis sie gesehen haben, wie gut ich war«, sagte Shirley, aber es klang nicht arrogant. Sie war wie ein Kind, das zum ersten Mal feststellt, dass es das Bonbonglas auf dem obersten Regal erreichen kann.

»Und leck mich, dann haben wir in der Lotterie gewonnen. Im Internet hat sie von diesem Verein hier gelesen, und sie wollte unbedingt hin«, fuhr Roy fort.

»Das war aber sehr nobel von dir, dass du deine Karriere in der City so einfach aufgegeben hast«, sagte Wills listig.

»He?« Roy durchschaute Wills' sarkastische Bemerkung nicht.

»Als Markthändler. So hast du dich doch bezeichnet, oder?«

Roy grinste ihn an. »Ja, genau so. Äpfel und Birnen, Mann. So ein richtiger Obststand. Wir haben ganz gut davon leben können, aber nach dem Gewinn haben wir gedacht, wir hätten uns mal eine Pause verdient. Und nun sind wir hier. Ich will eigentlich nur hiervon was loswerden.«

Er klatschte sich mit der flachen Hand auf den Bierbauch. Einige der anderen Gäste verzogen das Gesicht. Carla grinste ihn an. Er und Shirley waren wie ein frischer Lufthauch. Nach drei Tagen hatte sie mehr Unsicherheiten, Angebereien und Beckmessereien gesehen als an einem gewöhnlichen Tag in der Kunstgalerie von SoHo.

Nach dem ersten Abend war ihr klar geworden, dass die Gäste sich zum Abendessen umziehen sollten. Ihr Wollkleid war ein bisschen zu leger und auch zu warm, deshalb ging sie zu einem Outlet Center ein paar Meilen die Straße hinunter und kaufte sich ein Ralph Lauren Imitat, schwarz und figurbetont, schlicht geschnitten, tiefer Ausschnitt im Rücken und ärmellos. Der Schnitt sorgte dafür, dass ihr Dornenband um den rechten Oberarm ebenso zu sehen war wie das keltische ›C‹ auf dem Rücken, direkt unter der linken Schulter.

Sie bezweifelte, dass sonst noch jemand im Sanctuary tätowiert war, natürlich abgesehen von Roy, der sich ein Herz mit Shirleys Namen in die Haut hatte ritzen lassen.

»Oh, ich liebe deine Tattoos«, rief Shirley, als Carla das erste Mal in ihrem neuen Kleid an den Tisch kam. »Ich wollte immer eine Rose auf meinem Po, aber ich habe zu große Angst.«

»Wenn sie sich heute tätowieren lässt, hätte eher der Tätowierer Angst«, murmelte Wills.

Jeden Abend war sich Carla der Aufmerksamkeit bewusst, die ihr beim Betreten des Restaurants zuteil wurde. Unter den wohlhabenden, zierlichen, durchtrainierten weiblichen Gästen im Sanctuary war eine Frau mit Kurven eine auffällige Neuheit. Ihre Art, sich zu kleiden – nicht provozierend, aber auch nicht verhüllend – hatte sie von der Mutter.

Eine Frau soll stolz auf ihre Aktivposten sein, war das Credo ihrer Mutter Mia. Schäme dich deiner Rundungen nicht. Auch in New York versteckte sich Carla nicht, aber New Yorker Männer trauten sich nicht, das wahrzunehmen. Entweder steckten sie noch in ihrer analen Phase, oder sie fürchteten sich vor einer Anklage wegen sexueller Belästigung. Die verstohlenen Blicke und manchmal auch das freche Starren der betuchten Männer neben ihren kosmetisch aufgemotzten Frauen musste Carla erst mal verdauen.

Nach dem Essen landete sie jetzt jeden Abend in Jets Zimmer; sie rauchte Gras und hörte seinem Gitarrenspiel zu. Er war mit Musik in der Seele geboren. Wenn er nicht mit dem Besteck irgendeinen Rhythmus auf den Tisch hämmerte, summte er Balladen oder sang irgendein Lied. Aber manchmal, wenn er völlig entspannt war, sprach er über Alex.

»Er hat mir das Skaten beigebracht, als ich ein kleiner Junge war«, sagte er eines Abends. »Er fuhr damals einen geilen schwarzen Camaro. Wir düsten nach Atlantic City und skateten auf der Uferstraße. Meilenweit fuhren wir am Ufer von Jersey entlang. Manchmal drehte er einen Joint und teilte ihn mit mir. Ich war damals zwölf Jahre alt. Er sagte, so ein gelegentlicher Joint würde mir nicht schaden, aber wenn ich ein Junkie würde, wollte er nicht zögern, mich jeden Tag auszupeitschen. Daran habe ich mich immer erinnert, und so habe ich die Finger davon gelassen. Ich habe mich einfach nicht getraut, denn er konnte verdammt brutal sein.«

Er spielte die Eröffnungstakte von ›Desire‹. »Das ist meiner Meinung nach eines der besten Lieder von U2«, sagte er. Carla wollte, dass er weiterspielte, aber an diesem Abend war ihm nach Reden zumute. Alex war stets ein großes Thema für ihn, größer, als Carla zuerst angenommen hatte.

»Er wollte mal mit einem Benz Cabrio quer durch die Staaten fahren. Es war ein Traum, den wir beide hatten, aber er hat ihn nie verwirklicht. Stattdessen ging er nach Manhattan. Hin und wieder schaute er vorbei, neuer geiler Anzug und Dreihundert-Dollar-Haarschnitt. Er hatte Geld mit Immobilien verdient und zockte an der Börse. Als er es sich erlauben konnte, schickte er mich auf eine Schule. Oh, Mann, wie ich die Schule gehasst habe. Aber er sagte, sie wäre gut für mich. Wenn ich es in der Welt zu was bringen wollte, musste ich auf der Schule bleiben. Aber das habe ich nicht geschafft.«

»Warum nicht?«

Er hob die Schultern. »Ich habe mich an die Verbrüderungsmentalität nicht gewöhnen können. Von da an ging's bergab. Seine Anzüge wurden immer teurer, seine Autos schneller, aber irgendwo unterwegs hatte er seine Seele verloren, verstehst du? Er wurde immer sehr wütend, wenn ich ihm das sagte. Wir lebten uns auseinander, aber er kam immer wieder zurück und brüllte mich an. Ich konnte nicht sehen, wo das Problem lag. Gib mir eine Gitarre und Geld für Bier, dann ist alles cool. Wo also liegt das Problem?«

Sie schlenderten wieder einmal am Ufer entlang. Es war ein schwüler Tag gewesen, und hinter den Hügeln grollte der Donner. Wills hatte besonders schmähliche Bemerkungen gegen Shirley abgesondert, und Carla hatte sich gewundert, warum Roy ihn nicht mit der Faust traktierte.

Zwischen dem Ehepaar ging es sonderbar zu, fand Carla. Manchmal benahmen sie sich, als wären sie seit Jahren verheiratet, aber manchmal auch nicht. Als sie mit Jet darüber reden wollte, hob er nur die Schultern.

»Die Briten sind ein bizarres Völkchen«, meinte er. »Wir sprechen eine Sprache, aber meistens verstehe ich nicht, was sie sagen.«

»Aber Brian ist scharf auf dich«, sagte Carla. »Das wird in jeder Sprache deutlich.«

Jet grinste. »Es gibt schlimmere Dinge, als von einem reichen, gut aussehenden Engländer angemacht zu werden.«

»Wirst du dich darauf einlassen?«

»Vielleicht.« Jet steckte einen Joint an. Er überließ Carla den ersten Zug. Sie musste an Brian denken. Sein Name war ja ein bisschen unglücklich, aber mit seinen dunkelblonden Haaren, dem eckigen Kinn und dem stets modischen Anzug würde ihre Mutter ihm nicht die Tür weisen, wenn Carla ihn als Kandidat mit nach Hause bringen würde.

»Aber es hat schon den Hauch eines saftigen Skandals, wenn ein Bluessänger aus Brooklyn mit einem berühmten englischen Schwulen geht.« Sie gab ihm den Joint zurück.

Jet lachte. »Wer sagt denn, dass ich mit ihm gehen will? Ich sage nur, dass er mir gefällt.«

»O nein«, rief Carla. »Für eine schnelle Nummer ist er viel zu schade.«

»Und du bist eine hoffnungslose Romantikerin, was mich bei einer Frau aus Jersey sehr verwundert.«

Sie standen am Ufer und hörten in der Ferne das Wimmern eines Leuchtturms, den sie nicht sehen konnten. Der Mond, durch wehende Wolken halb verdeckt, warf dunkle Ringe auf das sich kräuselnde Wasser.

»Um ehrlich zu sein, ich bin völlig aufgeschmissen«, sagte Carla. »Ich male alles, was mir in den Kopf kommt, aber wenn ich es mir anschaue, spüre ich nichts. Das nervt.«

»Ich glaube, du hast Angst«, sagte Jet. »Du weißt, dass du Talent hast, ein großartiges Talent sogar, und nun hast du Angst, es ganz herauszulassen, denn dann würdest du auch die Verantwortung haben, endlich etwas Gescheites mit deiner Kunst anzufangen. Wenn aber niemand erkennt, was du alles drauf hast, wirst du ein ganzes Leben lang frustriert sein, und das kannst du nicht wirklich wollen.«

Carla hob eine Hand und brachte ihn zum Schweigen. »Du rauchst zu viel Gras.«

Jet hob die Schultern und sah sie grinsend an. »Ich habe da eine bestimmte Theorie.«

»Nun, im Gegensatz zu Einstein solltest du deine Theorien vielleicht für dich behalten. Vergiss nicht, sein Umfeld hielt ihn lange Zeit für verrückt.«

»He, ich wollte dir nur helfen.«

Ein Schatten schritt vom Haus in ihre Richtung. Jet seufzte und zertrat die Kippe auf dem Boden.

»Da kommt er ja, Mr. Check persönlich.«

»Du bist eifersüchtig«, flüsterte sie.

»Ganz und gar nicht. Er ist der unglücklichste Mensch, den ich kenne.«

Die beiden Männer sahen sich an, Verachtung in den Blicken. Alex' Nasenflügel bebten. »Ich hoffe, du rauchst diesen *shit* nicht im Hotel.«

»Nun hack doch nicht schon wieder auf mir herum. Ich bin doch nicht blöde.«

»Geh jetzt«, sagte Alex.

Jet rührte sich nicht.

»Ich glaube, das Wort heißt ›bitte‹«, sagte Carla leise.

»Geh.« Alex schnipste mit den Fingern. Jet stürmte davon und murmelte: »Blasiertes Arschloch.«

»Ich habe Ihnen doch gesagt, dass Ihr Hund bessere Manieren hat«, tadelte Carla.

Alex starrte sie an. »Kümmert man sich gut um Sie?«

»Natürlich. Ich werde dreimal am Tag gefüttert, und wenn ich Glück habe, darf ich sonntags ein Eis essen.«

Alex presste die Lippen zusammen. »Gefällt Ihnen Ihr Zimmer?«

»Es ist schön. Weiß.« Sie hob die Schultern, und er wartete, denn offenbar rechnete er damit, dass sie mehr Lobendes sagen würde.

»Und?«, fragte er gepresst, als seine Geduld erschöpft war.

»Und was? Ich will eine Sache sofort klarstellen. Ich bin

hier wegen meiner Eltern. Ich bin auch wegen Lee hier, der nicht begreift, dass es nicht unbedingt eine gute Sache ist, wenn man mich in eine Gummizelle mitten in Connecticut einsperrt. Ich bin nicht hier, weil ich mir das ausgesucht habe, und ich bin ganz sicher nicht hier wegen Ihnen.«

Alex' Augen glitzerten im Mondlicht. »Warum sind Sie so unsäglich undankbar?«

Er fährt ab auf Frauen, die ihn wegen seiner Großzügigkeit anbeten, hatte Jet gesagt, aber darin täuschte er sich. Alex genoss diesen Wortwechsel. Seine Körpersprache und seine Augen strahlten eine stumme Hitze aus, die sie umgab und sie mit magnetischer Kraft anzog. Sie trat einen Schritt zurück, um ihr zu entkommen.

»Sie wollen mich wegen diesen Dingern hier«, sagte sie und zeigte auf ihre Brüste. »Aber Sie können sie nicht haben, doch Sie wollen gerade das, was Sie nicht haben können. Nun, Mister, Pech gehabt. Sie sind nicht zu verkaufen.« Sie schlang ihre Arme um ihren Körper und starrte Alex an. Er streckte eine Hand aus und fuhr mit den Fingern über ihren nackten Arm. Seine Berührung ließ sie erschauern.

»Das ist ein großartiges Kleid«, sagte er. »Ist es neu?«

Sie lachte auf. »Ja, das ist es, denn irgendein Idiot hat vergessen, mir zu sagen, dass man sich zum Abendessen in Schale werfen muss.«

»Oh, ich entschuldige mich. Geben Sie Ruth die Quittung, dann erhalten Sie das Geld zurück.«

»Danke, nicht nötig. Sogar ich kann mir zwanzig Dollar für eine billige Imitation leisten, die in irgendeinem Ausbeutungsbetrieb in Taiwan geschneidert wurde. Geben Sie das Geld lieber für Inuit aus.« Sie blickte hinaus aufs Meer und wünschte, sie hätte seinen Hund nicht erwähnt. Warum nicht? Weil er sie daran erinnerte, dass Alex menschlich genug war, sich um ein Tier zu kümmern?

»Ich wollte Sie nicht beleidigen«, sagte er.

»Ich ...« Die Replik starb auf ihren Lippen. »Ist ja auch egal«, murmelte sie und gestand sich widerwillig ein, dass sein Bedauern echt klang.

»Wann fing das eigentlich mit dem schlechten Eindruck an, den ich auf Sie gemacht habe?«

»Ich weiß, wie Sie sind. Jeder weiß das.« Oh, Mann, klang das lahm! Damit konnte sie nicht einmal sich selbst überzeugen.

»Die drei Frauen, die derzeit in meinem Leben eine Rolle spielen, wissen es nicht. Sie fragen mich auch gar nicht. Es ist ihnen egal, wie ich bin, solange ich sie finanziere und im Bett bei Laune halte.«

»Wenn es Ihnen nicht gefällt, können Sie das doch ändern.«

»Und dann?«

Sie starrte ihn ungläubig an. Er schaute hinaus auf die leise plätschernden Wellen, in denen sich der Mond silbern spiegelte. Aber der Ausdruck seines Gesichts war so leer wie die Wüste. Carla erkannte, dass Jet Recht haben könnte.

»Was bewegt Sie?«, fragte sie neugierig. »Wenn Sie Champagner trinken, genießen Sie das wenigstens? Können Sie sich an Ihr letztes köstliches Essen erinnern? Wenn Sie Ihrer Geigerin zuhören – wie heißt sie? Valerie? – fühlen Sie dann irgendwas?«

»Ich halte nichts von Champagner, ich trinke Cognac. Mein letztes Essen war *pastrami* auf Roggen, aber ohne Salat. Valerie geht Sie nichts an. Ist Ihre Neugier jetzt gestillt?«

»Ich bin an Ihren Geliebten nicht interessiert, ich habe Valerie nur wegen ihrer Musik erwähnt. Aber Ihre Antworten hätte ich auch von Ruth erhalten können; sie kennt Sie wahrscheinlich besser als Sie selbst. Aber nehmen wir mal die Frauen weg, das Geld und die Designerklamotten – was bleibt dann, Alex? Würde Ihnen der Mann gefallen, den Sie dann sehen?«

Er schaute wieder hinaus auf die See. »Ich bin hier, weil ich mich davon überzeugen wollte, ob Sie sich eingelebt haben«, sagte er. »Ich wusste nicht, dass Sie so tief in meiner Psyche graben würden.«

»Sie hatten gehofft, dass ich weiter unten grabe, was?«, sagte sie und ließ ihn am Wasser stehen.

Bis zum Hals war Ruths Körper mit weichem duftendem Schaum bedeckt. Sie trank gekühlten Chablis und ließ sich die unteren Regionen von den Wasserdüsen massieren. Es war ein höllischer Tag gewesen; Termine in Manhattan, die Organisation einer Konferenz und ein Mitarbeitertreffen abends im Sanctuary. Aber ihre Gedanken hingen dem harten Tagesablauf nicht länger hinterher; sie konzentrierten sich auf die Summe, die sich auf ihrem Schweizer Bankkonto befand. Zwei Komma drei Millionen britische Pfund. Das klang noch besser als der Betrag in Dollars. Sobald sich die Gelegenheit ergab, würde sie das erste Flugzeug nach Genf nehmen.

Die Tür zu ihrem Schlafzimmer öffnete sich in dem Moment, in dem sie die Augen schloss. Alex. Niemand sonst würde ohne anzuklopfen eintreten. Wenn er über die Arbeit sprechen wollte, würde sie ihm sagen, wohin er verschwinden soll. Sie konnte sich das erlauben, denn er konnte ihrem Körper nicht widerstehen. Er existierte nur für zwei Dinge. Arbeit und Sex. Wenn er nicht mit dem einen beschäftigt war, dann mit dem anderen.

Augenblicke später hörte sie seine Schritte auf dem Marmorboden. Sie hielt die Augen geschlossen, seufzte tief und hob sich leicht an, damit die Nippel ganz knapp aus dem Schaum ragten. Im nächsten Moment fühlte sie, wie sie aus der Wanne gehoben und in das abgedunkelte Schlafzimmer getragen wurde. Er war noch angezogen, als er sie aufs Bett legte und ihre Schenkel mit einem Klaps auseinander schob. Sie hörte, wie er seinen Reißverschluss öffnete, dann kniete er sich und drückte seine Zähne in ihren Schenkel.

»Oh, du liebst es heute auf die harte Tour«, schnurrte sie, zog einen Fuß an und trat ihn gegen seine Brust. Im nächsten Moment umschlang sie seine Taille mit ihren Schenkeln, dann tollten sie auf dem großen Bett herum. Sie klatschte und kratzte, verhöhnte und beleidigte, aber früher oder später gelang es ihm, sie zu unterwerfen.

Gewöhnlich folgte dann ein langer harter Ritt, bei dem er ihr auf den Po klatschte, an ihren Haaren zog und ihr schmutzige Dinge ins Ohr flüsterte. Ihr gefiel das, weil sie wusste, dass er irgendwann die Kontrolle verlieren würde, besiegt von den Verlockungen ihres Körpers.

Dieses Mal ahnte sie einen echten Ärger, der in ihm brodelte, und diese zusätzliche Gefahr trug noch zu ihrer Erregung bei. Sie konnte sich nie sicher sein, ob er davor zurückschreckte, ihr wirklich wehzutun. Sie lag jetzt auf allen Vieren, den Po hoch in die Luft gereckt. Er hämmerte mit einer solchen Wucht in sie hinein, dass ihre Zähne klapperten.

»Jetzt habe ich dich, du kleines Dreckstück«, zischte er.

»Dann zeig mal, was du kannst, du Mistkerl«, spuckte sie zurück.

»Halt deinen Mund.« Er zog sie jetzt mit kräftigen Stößen durch, und Ruth spürte, wie seine Anspannung wuchs. »Sage nichts«, murmelte er gepresst. »Carla, nicht …« Und dann ließ er los mit einer solchen Intensität, wie sie sie noch nie gespürt hatte. Es war ein tiefer, ausgedehnter Orgasmus, bei dem sie tief in sich jedes einzelne kräftige Pulsieren miterlebte.

Er blieb eine lange Zeit in ihr, jedenfalls länger als sonst, dann erhob er sich keuchend, es öffnete sich die Tür, ein schmaler Lichtkegel fiel vom Flur herein, ehe es wieder dunkel wurde. Alex war gegangen.

Ruth rührte sich nicht und blieb auf allen Vieren liegen, verdutzt von dem, was sie gehört hatte. Jetzt war die Wahrheit heraus. Er lechzte diesem Jersey-Flittchen hinterher. Es hätte direkt komisch sein können, wenn es nicht so erniedrigend für sie wäre.

Jet saß im Schneidersitz auf seinem Bett und arbeitete an Akkorden auf seiner elektrischen Gitarre, als Alex ins Zimmer trat. Er schloss die Tür hinter sich, lehnte sich dagegen und beobachtete ihn eine Weile.

»Ich will, dass du die Finger von ihr lässt«, sagte er.

»Kannst du ein bisschen genauer werden? Du könntest von der Hälfte der Bewohner sprechen«, sagte Jet, ohne aufzusehen.

Die Gitarre wurde ihm gewaltsam aus der Hand gerissen und aufs Bett geworfen. Alex stieß einen harten Zeigefinger gegen Jets Brust.

»Probiere gar nicht erst, mich auf den Arm zu nehmen. Ich spreche von Carla. Ich will nicht, dass du sie aus der Bahn wirfst oder in den Schmutz ziehst.«

Jetzt schaute Jet hoch und musterte den Onkel von oben bis unten.

»Kannst du dich vielleicht mal langsam umdrehen, in den Spiegel schauen und deinen letzten Satz noch einmal wiederholen?«

Alex wich tatsächlich einen Schritt zurück. »Ich weiß nicht, wovon du sprichst.«

»Und genau das ist dein Problem. Du begreifst es einfach nicht. Du siehst nicht, was du vor dir hast. Du nennst mich immer den abgefackten Kerl, aber das stimmt nur, wenn man deine Regeln anlegt und nach deinem Maßstab misst. Hast du dir die Mühe gemacht herauszufinden, nach welchen Regeln sie lebt? Vielleicht hätte sie lieber einen armen Schlucker zum Freund, so einen Lebenskünstler mit langen Haaren, wie du früher mal einer warst. Na, was sagst du?«

Alex antwortete darauf nicht. Er ging hinaus, aber er schlug die Tür nicht zu.

Jet griff grinsend zu seiner Gitarre.

Siebtes Kapitel

Als Alex am nächsten Morgen abfuhr, war die Luft knackig frisch und roch nach Herbst. Der Himmel zeigte ein sanftes, beruhigendes Blau. Er konnte sich nicht erinnern, wann er zuletzt seine Umgebung so genau betrachtet hatte. Schon auf der Hinfahrt hatte er sich an der Schönheit der Landschaft gelabt und an der Sonne, die sich glitzernd im Wasser des Hudson spiegelte. Er hätte sich gewünscht, dass Ruth mit ihren Anrufen aufhörte und auch das würdigte, was sie umgab. Schließlich hatte er sie darauf aufmerksam gemacht, aber sie hatte ihn nur angeglotzt, als wäre er völlig übergeschnappt.

Jetzt war er froh, allein zu sein. Er nahm den langen Weg zurück nach Manhattan und fuhr über die 287 nur wegen der schieren Freude, noch einmal die Tappan Zee Brücke zu überqueren und dabei den lokalen Bluessender einzuschalten. Sein Handy konnte ihn nicht stören, denn das hatte er vorsorglich in den Kofferraum gelegt. Er wusste keine Erklärung für seine seltsame Stimmung oder für die Veränderung, die er in sich wahrnahm.

Vielleicht hatte es was mit der Tatsache zu tun, dass Andrew Flanigan endlich raus aus New York war. Die Prügel, die er hatte einstecken müssen, hatte ihn offenbar zur Vernunft gebracht. Es hieß, dass er nach Westen gegangen war und sich jetzt in der kalifornischen Sonne lümmelte.

Oder es konnte an Carla liegen und ihrer Bereitschaft, ihr verbales Sparring fortzusetzen. Diese letzte Bemerkung von ihr hatte ihn atemlos zurückgelassen. Gut, dass sie sich umgedreht hatte und gegangen war, sonst hätte sie in ernster

Gefahr geschwebt, dass er über sie hergefallen wäre, gleich an Ort und Stelle auf den Felsen am Meer.

Er war von schönen Frauen schon oft bis aufs Blut gereizt worden, aber der Unterschied bei ihr war, dass Carla keinen Schimmer von ihrer Wirkung auf ihn hatte.

Sie kleidete sich wie eine Hure, aber ihr Moralstandard war höher als bei jeder anderen Frau, die er je kennen gelernt hatte. Vielleicht war er zu hoch, dachte er und umklammerte das dicke Leder-Lenkrad, während er sich vorstellte, dass seine Hände sich um ihre Pobacken legten und sanft zudrückten. Loyal zu ihrer Familie, loyal zu Lee, loyal zu ihren Prinzipien. Oh, verdammt!

Als er Morristown erreichte und er Marvin Gayle über *sexual healing* singen hörte, wurde ihm bewusst, dass er sich in Schwierigkeiten befinden könnte. Lieder, die er jahrelang ignoriert hatte, weckten wieder eine Resonanz in ihm, und dafür gab es nur einen Grund.

Hastig stellte er das Radio ab. Stille füllte das Innere des Autos wie glitschiger Matsch und löschte die hoffnungsvolle Heiterkeit des Morgens. Er trommelte mit den Fingern aufs Lenkrad. Er schaltete das Radio wieder ein. Fleetwood Mac sang ›Black Magic Woman‹. Das musste eine Verschwörung sein, aber statt abzuschalten, drehte er die Lautstärke höher und drückte das Gaspedal durch.

Abel Knight rief die E-Mails auf seinem Laptop ab, als Alex Crewe durch die Tür der Galerie trat. Abel versuchte, seine Bestürzung zu verstecken und durch ein breites Willkommenslächeln zu ersetzen, aber das gelang ihm nicht. Doch Alex war in so guter Stimmung, dass er darüber hinwegsah.

Nachdem ihnen doppelte Espressos serviert worden waren, kam Alex zur Sache. Er hatte keine Lust, Konversation mit einem Mann zu betreiben, mit dem er nichts gemein hatte.

»Sie kennen die Abmachung, Abel, auf denen meine Investition in diesen Laden basiert. In den letzten drei Jahren habe ich nicht auf irgendwelchen Rückzahlungen bestanden, und jetzt bereiten Sie mir Probleme, weil einer Ihrer Künstler einen Primadonnakomplex hat.«

»Er ist nicht irgendein Künstler! Es ist Caspar Cheek! Er sagt, dass er die Zusage zur Ausstellung zurückzieht, wenn er sie mit jemandem teilen muss, der nie eine Kunstschule besucht hat. Er sagt, es wäre eine Beleidigung für ihn.«

Alex stellte die Espressotasse ab. »Es geht hier nicht um die persönliche Empfindsamkeit, sondern um meine Finanzen. Ich brauche Zinsen aus meinem neuen Geschäftsfeld. Wenn ich mein Kapital aus diesem Geschäft zurückziehe, was würde dann aus Ihnen?«

Er sah, wie das Blut aus Abels rosigem Gesicht wich. »Aber Caspar ...«, wimmerte er. »Es ist immer mein Traum gewesen, Caspar unter Vertrag zu nehmen. Er ist der Warhol des einundzwanzigsten Jahrhunderts.«

Alex starrte ihn verächtlich an.

»Können *Sie* nicht mit ihm reden?«, fragte Abel. »Ich weiß wirklich nicht, was ich noch tun soll.« Voller Verzweiflung warf er seine feisten Hände in die Luft.

Alex erhob sich und seufzte. »Es war nicht meine Absicht, mich in Ihr laufendes Geschäft einzuschalten, aber Sie wollen es ja nicht anders.« Er zeigte auf ein Bild an der weißen Wand hinter Abel. »Das hängt schief.«

»Das soll auch schief hängen. Der Künstler hat sich an Picassos Empfehlung gehalten. Er sagte nämlich, dass man die Menschen zwingt, ein Bild wahrzunehmen, wenn man es schief aufhängt.«

»Mich juckt nicht, was Picasso sagt. Es sieht albern aus. Hängen Sie es gerade.« Er wartete nicht auf Abels Antwort und verließ die Galerie.

Er ging die zwanzig Blocks zu seinem Büro zu Fuß. Unterwegs rief er ein paar Leute an. Das letzte Gespräch war das kürzeste.

»Caspar, ich bin's, Alex.«

»Die Antwort lautet nein«, sagte Caspar.

Alex blieb vor einem Gucci Schaufenster stehen und betrachtete ein langes Kleid mit Haken und Ösen. Er konnte Carla in diesem Kleid sehen; das kräftige Rot würde einen wunderbaren Kontrast zu ihren dunklen Haaren und der blassen Haut bilden. Er ging weiter und hoffte, dass sich seine Erektion bald wieder beruhigte.

»Ist das ein Nein, zusammen mit Carla Vicenzi auszustellen, oder ein Nein zu den netten Callboys auf den Kokainpartys in New Orleans?«, hakte Alex nach.

Es entstand ein langes Schweigen, dann: »Bastard.« Das Wort wurde wütend ausgestoßen. Es klang wie bitteres Gift.

Alex grinste breit. »Ich wusste, dass wir uns einigen würden«, sagte er und unterbrach die Verbindung.

»Fahren wir nach Cape Cod«, sagte Jet am nächsten Morgen. Er hüpfte ausgelassen wie ein Kind auf ihrem Bett.

»Wie, jetzt?« Carla rieb sich die Augen, setzte sich auf und gähnte.

»Ja, klar. Es ist ein wunderschöner Tag. Wir könnten Brian mitnehmen und nach Provincetown fahren. Damit wir ihn mal dieser alten Schwuchtel entreißen können. Wir können unterwegs in einem Wendy's essen.«

Einen Wendyburger zum Frühstück? Nun ja, warum nicht?, dachte Carla, als Jet ging, um Brian zu holen. Vielleicht will er ja gar nicht – aber ein paar Minuten später standen sie beide da, Brian aufgeregt und glücklich.

»Wills war gar nicht einverstanden. Ich fürchte, dies könnte das Ende sein«, sagte er fröhlich, als sie in Jets schwarzen

Suburban einstiegen. Die getönten Scheiben schützten vor der Sonne. Es war wirklich ein schöner Tag.

Als sie zwei Stunden später in Provincetown eintrafen, trennten sie sich, und Carla erlebte einen Schaufensterbummel, wie sie ihn so ausgedehnt und entspannt noch nie hatte genießen können. Sie kaufte nichts, aber sie erfreute sich an den Kunsthandwerksläden auf der breiten Main Street; exotische Kerzen, die ausgefallensten Schmuckstücke aus Glas und wunderbare Töpfereien. Die Läden waren bunt und wurden fast ausschließlich von gut aussehenden jungen Männern geführt. Fast in jedem Laden war wenigstens eine Wand mit Schwarzweißfotos von angemalten männlichen Körpern zu sehen, die auf eine ästhetische Weise in alle nur denkbare Posen verstrickt waren.

Zwei Männer in leuchtenden Neonfarben schlenderten auf der Straße hin und her und trugen zur beschwingten Karnevalatmosphäre bei; einer von ihnen drückte Carla einen Reklamezettel in die Hand; der Zettel warb für einen Halloweenball.

Es gab so viele Bilder, die sie sich einprägen wollte. Sie schaute bewundernd auf einen schwarzen Mann, der auf der Kühlerhaube seines roten Ferrari saß, umgeben von scharwenzelnden Freunden. Seine purpurne Hose war so eng, dass sie wehtun musste; die Farbe passte zum samtenen Halsband seines Schoßhündchens. Carla musste zweimal hinsehen. Ja, tatsächlich, die Ohren des Tiers waren mit Diamanten gepierct.

Am Strand gab es weitere Läden, kleine Stände in den alten Fischschuppen. Dort wurden Drachen, Windsäcke und Flaggen in allen Farben und für alle Anlässe feilgeboten. Sie hielt ihren heißen Kaffeebecher mit beiden Händen fest und setzte sich in den Sand. Der Sommer war fast vorüber, und als wollte er daran erinnern, hatte sich das Blau verzogen, und schwere graue Wolken lagen über der Stadt. Das Klimpern der Windspiele klang jetzt viel lauter, denn vom Meer wehte eine kräftige Brise landeinwärts. Als sie die ersten Tropfen spürte, wusste sie, dass es Zeit war, Brian und Jet zu finden.

Sie saßen bereits in dem Lokal, das sie als Treffpunkt vereinbart hatten. Brian vibrierte vor sexueller Spannung. Offenbar teilten sie eine Vorliebe fürs Shoppen, denn sie beide waren von prallen Einkaufstüten umgeben.

»Da gibt es einen phantastischen Laden, den du dir ansehen musst«, sagte Brian. »Rubber City.« Er biss in seinen riesigen Burger und spülte mit Budweiser nach. »Dieser Laden öffnet dir die Augen, sage ich dir. Ich könnte mir gut vorstellen, hier zu leben.«

»Was würde Wills dazu sagen?«, fragte Jet lauernd.

»Oh, er würde es hassen. Er hasst alles, sogar mich.« Brians volle Lippen verzogen sich in einem leichten Bedauern, aber das hielt nur ein paar Sekunden an. »Du weißt, was ich sagen will?«

»Nein«, antworteten Carla und Jet wie aus einem Mund. Sie grinsten sich an und warteten gespannt auf das, was jetzt kommen würde.

»Er kann mir gestohlen bleiben. *Fuck him.* Er und sein verdammter Oscar Wilde«, sagte Brian triumphierend und toastete ihnen mit seiner Bierflasche zu.

»So ist es richtig, Brian«, sagte Jet und hob ebenfalls seine Bierflasche.

»Hört, hört«, sagte eine andere Stimme. Sie drehten sich um und sahen einen Tisch voller Biker. Sie trugen schwarzes Lederzeug, bunte Halstücher und waren mit Ketten und Nietenbändern behangen. Einer von ihnen zwinkerte Brian zu, der ganz lieblich errötete und ihm einen Kuss zublies. Carla stellte sich Brian zwischen diesen fünf stattlichen Kerlen vor und sah ein Bild vor sich, wie ein Filet Mignon durch einen Fleischwolf gedreht wird.

»Benimm dich«, sagte sie und gab ihm einen Klaps auf den Schenkel. »Ich denke, du bist vergeben.«

»Das denke ich nicht«, widersprach er. »Wills kann meinetwegen zum Teufel fahren.« Er zog seine Hose über die deutliche Schwellung in seinem Schritt. »Himmel, ich bin seit Wochen nicht so hart gewesen.«

»Ich habe nicht von Wills gesprochen«, sagte Carla. Jet war zur Toilette gegangen. »Weißt du nicht, dass Jet auf beiden Ufern grast?«

Der Blick auf seinem Gesicht verriet, dass er es nicht gewusst hatte.

»Und er weiß, dass du eine Schwäche für ihn hast. Deshalb hat er dich heute Morgen eingeladen.«

»Ich bin in einer Minute zurück«, sagte er hastig und verschwand.

Sie kamen gemeinsam zurück, aber sie sagten nichts, bestellten noch ein Bier und sagten, dass sie ihre Einkäufe in den Suburban verstauen wollten. Carla sagte, dass sie mehr von der Stadt sehen wollte, deshalb trennten sie sich wieder.

Sie kaufte eine Einmalkamera und nahm Bilder von verfallenden Häusern im Cape Cod Stil auf, von Männern mit hoch angesetzten Wangenknochen und aufregendem Make-up, von breiten, ausladenden Ahornbäumen und stand plötzlich vor Rubber City. Sie ging hinein, weil sie sehen wollte, was Brian so angetörnt hatte.

Dass es sich um einen Sexshop handelte, sah man auf den ersten Blick. Vibratoren in allen Formen, Größen und Farben, erotische Literatur und Reizwäsche. Carla betrachtete ein Spielzeug, das der Hersteller Klit-Knaller nannte, und nahm das Angebot der jungen attraktiven Verkäuferin wahr, das Modell vom Regal und in die Hand zu nehmen.

Es fühlte sich weich wie Tintenfisch an, klebrig und ein bisschen feucht. Carla stellte sich vor, wie es sich anfühlen würde, wenn Lee dieses Spielzeug auf seinen Penis setzte. Bei jedem Einfahren würde das kleine dicke Oval gegen ihre Klitoris knallen. Er würde zwar mit dem Ding ein wenig verschandelt aussehen, aber nun, um ästhetische Momente ging es dabei nicht. Doch Lee war sowieso nicht der Typ, der Gefallen an solchen Experimenten finden würde. Ihm war alles peinlich, was über den normalen Sex hinausging. Wobei er nichts gegen einen Blowjob hatte; im Gegenteil, den würde er jeden Tag genießen.

Sie nahm einen dicken Vibrator in die Hand und erinnerte sich, was für ein Theater er veranstaltet hatte, als er herausfand, dass sie einen besaß. Er konnte nicht verstehen, dass sie einen brauchte. Schließlich erzählte sie ihm ein paar Tage später, dass sie ihn entsorgt hatte – dabei hatte sie ihn nur in einer anderen Schublade versteckt.

»Wie gefällt dir das hier?«, fragte die Verkäuferin und hielt eine Zunge hoch, die auch aus Latex gefertigt war. Die junge Frau drückte auf einen Knopf, und nun begann die Zunge so überzeugend zu lecken und zu schnalzen, dass Carla verdutzt lachen musste. Die Zungenspitze zitterte gegen ihre Hand, und sie spürte ein reagierendes Pochen in ihrer Klitoris.

»Wenn du willst, kannst du diesen mal probieren«, sagte die Frau und reichte ihr einen dicken Vibrator mit einem Klitkitzler aus weichem Gummi. Die tüchtige Verkäuferin zeigte ihr die aufregendsten Modelle und stellte sie in einer Reihe auf. Eine Kreation hieß Caveman Club, ein Vibrator wie eine Baumwurzel. »Dieses Gerät wird meistens von Männern für ihre Frauen gekauft«, erklärte die Verkäuferin.

»Ein irres Gefühl«, murmelte Carla, als die knorrige Latexwurzel in ihrer Handfläche zuckte.

»Honey, das ist noch gar nichts. Wenn du die ausgefallenen Sachen sehen willst, folge mir.« Die junge Frau hieß Zara und führte Carla in einen Raum, der sich an den Laden anschloss. »Hier verdienen wir das meiste Geld.«

»Oh, Mann.« Carla blieb stehen und sah sich staunend um. Sie sah barbarische Gegenstände, von denen sie nicht einmal geträumt hatte. Peitschen aller Art, Knebel, Analstopfen, Lederharnische, Latexanzüge mit Reißverschlüssen, damit man Genitalien und Brüste entblößen konnte. Es gab Unterwäsche mit eingebauten Vibratoren, Nippelklemmen, bei deren Anblick Carlas Brüste in Sympathie zu brennen begannen, Handschellen und Fußmanschetten.

Es war, als wäre sie in einer Folterkammer gelandet, dachte sie. Mieder und Korsette in Leder, Latex, PVC und Seide, einige mit Federn, Nieten oder Pelz gesäumt. Sie nahm ein Modell in die Hand, das ihr am besten gefiel, ein schwarzes Korsett aus Seide, an den Brüsten mit schillernden Pfauenfedern verziert. Ihr Blick fiel auf das Preisschild.

»Fünfhundert Dollar«, murmelte sie, legte es erschrocken ins Regal und wich ein paar Schritte zurück.

»Willst du es mal anprobieren?«, fragte Zara.

»Das würde ich gern, aber das ist eine so dicke Stange Geld, und die habe ich nicht.«

»Warum probierst du es nicht trotzdem an? Ich glaube, du wirst phantastisch darin aussehen.«

»Danke, aber ich kann es mir wirklich nicht erlauben. Ich habe kein Geld, absolut nicht. Ich habe mich nur ein bisschen umsehen wollen.«

»Das ist schon okay, aber ich würde es gern mal an dir sehen.« Zaras Augen tanzten. »Komm schon, wir leben doch nur einmal. Wie heißt du eigentlich?«

Carla sagte es ihr. Ihr war ein wenig schwindlig. Die junge Frau hatte eine reizende Ausstrahlung. Lange glatte blonde Haare und ein sehr kurvenreicher Körper, der Carla um jene zehn Zentimeter überragte, die ihre Absätze ihm zusätzlich bescherten. Carla hatte sich immer schon zu attraktiven Frauen hingezogen gefühlt, aber sie hatte nie daran gedacht, ein Verlangen auszuleben, das sie sich nicht einmal eingestanden hatte. Hatte sie sich immer davor gefürchtet?

»Um ehrlich zu sein, ich langweile mich hier zu Tode«, sagte Zara. »Ich könnte einfach abschließen, und dann machen wir uns ein bisschen Spaß.«

»Spaß?«, murmelte Carla, bevor sie die Lippen der jungen Frau zart auf ihren fühlte.

Benommen ließ sie den Kuss geschehen. Zaras Lippen waren unglaublich weich. Carla spürte, wie ihre Nippel sich versteiften, und versuchsweise ließ sie die Zunge gegen die Spitze streifen, die sich zwischen die Zähne schob.

»Das ist das erste Mal«, sagte sie, als sich die Münder voneinander lösten.

»Schön?«

»Wunderbar«, gab Carla zu. Das ermutigte Zara, unvermittelt Carlas T-Shirt zu heben. Ihre Augen weiteten sich.

»Du hast herrliche Brüste!« Sie nahm sie in beide Hände und drückte die Nase in das Tal dazwischen. Carla musste über den mädchenhaften Enthusiasmus lachen. Zara hakte den BH auf und schlang das Korsett um Carlas Körper. Sie zupfte und zerrte und zog, bis die Brüste von kleinen Körbchen eingefangen waren. Die Federn berührten leicht ihre Nippel, die zur Größe von Kirschen angewachsen waren. Zara führte Carla vor einen Spiegel.

»Das sieht phantastisch aus«, sagte Carla seufzend. Ihr gefiel besonders, dass die Taille viel deutlicher zur Geltung kam. Selbst die schwarze Jeans passte dazu. »Wenn Lee mich so sehen würde, fiele er in Ohnmacht.«

»Lee? Ist das dein Typ?«

»Ja.« Sie betrachtete sich von links und rechts und konnte sich an ihrer schlankeren Gestalt nicht satt sehen. »Er ist ... nun, sagen wir, er ist ein wenig konservativ. In einem solchen Laden würde er vor Scham tot umfallen. Er glaubt, dass Vibratoren des Teufels sind.«

»Was würde er denn von der Zunge sagen?«, fragte Zara und hielt das knallig rote Gerät in der Hand, das Carla eben noch so fasziniert hatte. »Probier's doch mal.«

»Das habe ich doch.«

»Nein, ich meine richtig.« Zara lächelte sie an, süß und verführerisch. Carla zitterte vor Sehnsucht. Alle diese erotischen Spielsachen hatten sie nervös und erregt werden lassen. Es schien eine Ewigkeit her zu sein, dass sie zuletzt anständigen Sex gehabt hatte, und sie war mehr als bereit für das eine oder andere Experiment.

Sie nickte kurz, und Zara strahlte. Sie zog die schwarzen Vorhänge vor, die den hinteren Raum vor ungebetenen Blicken schützten.

»Die Türglocke sagt uns, wenn jemand hereinkommt. Ich habe das Gefühl, dass ich dich ein wenig zu deinem Glück zwingen muss.« Sie schob Carla gegen die Wand, und bevor sie sich versah, steckten ihre Handgelenke in Fesseln.

»He!«

»Beruhige dich, es passiert nichts, was du nicht willst«, versicherte Zara ihr, und tatsächlich entspannte Carla sich ein wenig. Ihre Stiefel und Jeans wurden ausgezogen, sodass sie nur im Korsett und dem winzigen Höschen an der Wand stand. Sie hörte ein leises Summen, dann nahm sie eine Bewegung durch die Seide des Korsetts wahr, das fast ihre Spalte berührte. Unwillkürlich spreizte sie leicht die Beine. Sie spürte etwas an ihren Labien. Zara schob ihr Höschen zur Seite.

»Du bist wirklich schön«, sagte sie, und dann fühlte Carla etwas, aber das war kein Kunststoff, das war eine warme menschliche Zunge, die genussvoll an den Schamlippen auf und ab fuhr.

»O ja«, stöhnte sie und ruckte vor und zurück, der Zunge immer wieder entgegen. Gerade als sie in Fahrt kam, richtete sich Zara auf.

»Wir werden einige Produkte testen«, sagte sie, ging hinaus und kam mit einem Arm voll diverser Spielzeuge zurück. »Die billigen nehmen wir uns nicht vor, sie sind meistens ihr Geld nicht wert.« Sie schob sie beiseite und griff nach den teuren Latexmodellen. Das erste schob sie behutsam zwischen die Labien.

»Wie fühlt sich das an?«

»So lala«, sagte Carla. Zara schrieb ihre Kommentare nieder. Das nächste Spielzeug war zu hart und so laut wie eine Kettensäge, und das dritte drückte zu fest auf ihre Klitoris. Aber mit jedem Instrument, das Zara bei ihr ausprobierte, spürte Carla, wie sie nasser und erregter wurde.

»Das da gefällt mir«, sagte Carla und zeigte mit dem Zeh auf einen türkisfarbenen Vibrator mit einem langen dünnen Anhängsel. »Ist das für den Po?«

»Die Kandidatin hat hundert Punkte«, sagte Zara, nahm ihn in die Hand und rieb ihn sanft über Carlas Pussylippen. Es fühlte sich gut an, aber es war viel zu kompliziert, beide Öffnungen gleichzeitig zu bedienen. Carla suchte das nächste Testmodell aus, dick, mit breiten Rillen und in einem schwarzen Wetlook, den Carla sehr sexy fand.

Sie öffnete die Schenkel unwillkürlich weiter, als Zara die Spitze zwischen die Labien schob. Das Gerät fühlte sich jetzt noch größer an. Zara rieb es mit Gleitcreme ein und drückte die Spitze entschiedener hinein. Carla hielt die Luft an – das dicke Ding pfählte sie.

»Gut?«

»Gut.« Carla schloss die Augen, als der Vibrator in ihr zu pulsieren und sich zu winden begann. Zara hielt ihn mit der Handfläche tief in ihr und lächelte über Carlas glückseligen Ausdruck.

Carla hatte ihren Körper nicht mehr unter Kontrolle. Sie konnte nicht aufhören, das Becken anzuheben und mit den Hüften zu rucken. Sie konnte nicht genug bekommen und schob sich dem Vibrator entgegen, der sie weiter mit diesen köstlichen, überwältigenden Gefühlen bombardierte.

Zara richtete sich auf und küsste sie, dann leckte sie am Korsett entlang über die Brüste. Carla sah zu, wie Zaras Zunge sich um die Nippel schlang und spürte kleine elektrische Stromstöße in ihrer schon überstimulierten Klitoris.

»Bitte, ich muss kommen«, keuchte Carla.

Zara gab ihr wieder einen Kuss, bei dem sie sinnlich an Carlas Zunge sog. Dann bückte sie sich, ging an ihr hinunter und leckte schließlich über Carlas verzweifelte Klitoris.

Carla schrie auf, und ihre Hüften bäumten sich wieder unkontrolliert auf. Zara verstand instinktiv ihre Not und leckte schneller über die Klitoris, während sie mit einer Hand zwischen den eigenen Schenkeln aktiv war.

Carla konnte sich nicht länger zurückhalten, es kam ihr mit einem tiefen, hungrigen Schrei. Sie lechzte nach jeder Sensation, die Zara ihr bereitete. Ihr Orgasmus zog sich auf unglaubliche Weise in die Länge. Sie stöhnte laut und spreizte die Beine so weit es ging. Der Vibrator war längst aus ihr geglitten, aber sie vermisste ihn nicht, denn Zaras geschickte Zuwendungen hatten ihn mehr als ersetzt.

Ganz in der Ferne hörten sie die Türglocke, aber sie waren so weit von der Wirklichkeit entfernt, dass sie nicht reagieren konnten. Zara sackte gegen Carlas Körper und nuckelte an ihren Brüsten.

»Ich hoffe, du bist mir nicht böse, aber du hast so lieblich ausgesehen, dass ich nicht widerstehen konnte und dich verführen musste«, flüsterte Zara.

»Ich fühle mich geschmeichelt«, gab Carla lächelnd zurück. Der Vorhang bewegte sich, und Brian stand im Durchgang, den Mund weit aufgerissen. Carla wollte ihm zuwinken, was aber wegen der Handschellen missriet.

»Produkttest«, sagte sie als Versuch einer Erklärung und deutete auf die erstaunliche Auswahl der Spielzeuge. Zara befreite sie von den Fesseln, dann richtete sie ihre Kleider und wurde wieder die attraktive Frau, die Carla schon beim Eintreten fasziniert hatte. Im verdutzten Schweigen zog Carla das Korsett aus und stieg wieder in ihre Alltagsklamotten. Sie bückte sich nach dem Vibrator, den sie zuletzt getestet hatten.

»Ja«, murmelte sie. »Nach reiflicher Überlegung will ich diesen hier haben.« Dabei blinzelte sie Brian zu.

»Auf Kosten des Hauses.« Zara wischte den Vibrator ab und legte ihn in eine schwarze Tragetasche. Die Frauen umarmten sich, dann trat Carla hinaus auf die Straße. Brian lief ihr hinterher, immer noch wie benommen.

»Hast du wenigstens bei Jet gepunktet?«, fragte Carla, als sie zurück zum Parkplatz gingen.

»Er schläft auf der Rückbank«, antwortete Brian verschämt. »Hast du ... ich meine ... ach, was ich sagen wollte – ich habe dich immer für ein braves Mädchen gehalten.«

»Das bin ich auch. Aber manchmal möchte ich auch gern ein böses Mädchen sein.« Sie hakte sich bei ihm unter.

»Also, zwischen Jet und mir ist es gut gelaufen. Er war der Aktive, und das war gut so.«

»He, gratuliere, Romeo!« Sie gingen schneller dem Parkplatz entgegen, um die schlafende Schönheit zu wecken.

Lee saß am alten lädierten Schreibtisch in seinem winzigen Büro unweit der Dritten Avenue und sah, dass der Aschenbecher überquoll. Es konnte doch nicht sein, was Ruth angedeutet hatte, oder? Fünftausend Dollar dafür, dass ein verdammter Millionär seine Freundin bumste? Wenn das wirklich so war, müsste Alex doch für sie zahlen.

Er stieß eine weitere Kippe auf den anderen aus und starrte hinaus auf seine jüngste Neueinstellung. Der junge Mann plagte sich mit dem Staubsauger ab, und als er den Saugschlauch herauszog, klatschte die Maschine gegen die Autotür. Lee klopfte laut ans Fenster.

»Pass auf den verdammten Lack auf!«, rief er wütend und setzte sich wieder. Seit ein paar Tagen fühlte er sich gereizt, fast immer in Verbindung mit Gedanken an Ruth. Es war ihm zuwider, dass sie glaubte, sie könnte sich seines Körpers bedienen, aber er dachte immer öfter daran, den Spieß umzudrehen und sie so sehr zu reizen, bis ihr die Augen tränten. Er würde es ihr besorgen, bis sie ihn anflehte aufzuhören.

»Oh, verdammt«, knurrte er. Nicht schon wieder einen Ständer. Er brauchte nur an sie zu denken. An seiner Hand bildeten sich schon Blasen. Er rieb kurz über die Schwellung, quetschte sie regelrecht und hoffte, dass sie von selbst verschwand. Genau in diesem Moment öffnete sich die Tür. Er blickte wütend auf, denn keiner seiner Jungs durfte es wagen, ohne anzuklopfen einfach einzutreten.

Sie stand wie ein Fleisch gewordener feuchter Traum da; kurzes enges schwarzes Kleid und hochhackige Schuhe. Es war, als hätte er sie durch das Reiben seiner Beule herbeigezaubert. Hinter ihr sah er die Jungs mit weit aufgerissenen Mäulern stehen und starren.

»He, zurück an die Arbeit!«, rief er und legte so viel Autorität wie möglich in seine Stimme. Er wollte nicht, dass sie zu lange über seine Besucherin nachdachten. Sie alle mochten Carla, weil sie ihnen jedes Mal selbst gebackenen Kuchen mitbrachte.

Ruth zog die Tür hinter sich zu. Stumm verfolgte er, wie sie um den Schreibtisch herumging und sich direkt vor ihn setzte, die Beine rechts und links von seinem Sessel. Er blieb auch noch stumm, als sie sich zurücklehnte und sich auf den Händen aufstützte.

»Na, wie geht's denn so?«, fragte sie lässig.

Es fiel ihm schwer, sie anzusehen, ohne unter ihr Kleid zu schielen. Er glaubte, dass sie kein Höschen trug.

»Alles cool«, sagte er ebenso lässig.

»Ich glaube, du bist nicht ganz ehrlich«, sagte sie und stieß mit den Füßen gegen die Sessellehne. »Ich glaube, dir ist verdammt heiß.«

»Ach, ja?« Lee sah direkt unter ihr Kleid, und er spürte, wie er wieder anschwoll. Er zog den Reißverschluss seiner Jeans auf und ließ die Beule durch die Öffnung hinaus. Wie eine Banane, die ihre Schale sprengen will. Ruths Augen weiteten sich voller Gier. Lee wurde noch mutiger, zog seine Boxershorts hinunter und ließ seinen Schaft ins Freie springen.

»Ja, klar, ich habe einen Ständer. Na und? Das ist doch ganz natürlich.«

Ruth fuhr mit der Zungenspitze über die leuchtend roten Lippen und griff mit einer Hand nach unten. Lee hielt blitzschnell ihr Handgelenk fest.

»Sage zuerst bitte.«

Er sah ihr an, dass sie an solche Forderungen nicht gewohnt war, aber die Verlockung, ihn anzufassen, rang mit ihrem Selbstverständnis, niemals die schwache Frau zu sein. Sie zog ihre Hand zurück.

»Du wirst es sein, der mich anbettelt, bevor ich mit dir fertig bin«, sagte sie, griff seine Handgelenke und pinnte sie gegen die Sessellehnen. Ihre Hände, unglaublich fest auf seinen Gelenken, hinderten ihn an jeder Reaktion, als sie sich bückte und mit der Zunge über seine Eichel strich.

Er starrte auf den vom engen Kleid fest umspannten Po, der hoch in die Luft ragte, und er musste an sich halten, um nicht vor Geilheit zu platzen.

Sie saugte ihn bis zum Anschlag ein. Ihre Mundmuskeln zuckten um die Wurzel. Er wollte diese geile Frau gern anheben, sie bäuchlings über den Schreibtisch schieben und sie nach allen Regeln der Kunst durchziehen. Aber er war viel zu erregt, um irgendwas zu unternehmen. Wann immer sie ihre

Muskeln anspannte, spürte er, dass er noch härter wurde. Auf seiner Stirn brach der Schweiß aus.

Er schnappte nach Luft und hielt an sich, um nicht viel zu schnell abzuschießen, aber da richtete sie sich plötzlich auf und hielt einen Zettel in der Hand. Sie faltete ihn auseinander und hielt ihn hoch, damit er lesen konnte, was sie geschrieben hatte.

»Ein Geschenk für dich«, sagte sie und drückte ein letztes Mal seine Erektion, die von ihrem Speichel glänzte. »Wenn du mich wirklich willst, kommst du zu dieser Adresse. Heute Abend nach zehn. Bis später, Geliebter.«

Achtes Kapitel

Die *Smooth Operator* hatte ihren Liegeplatz eine halbe Meile außerhalb von Sag Harbor. Sie war ein extrem schlankes Boot mit geschwungenen Buglinien und leuchtend weißen Flanken. Die Frauen an Bord trugen lächerlich teure Stofffetzen, die als Bikini durchgehen sollten, in denen sie ihre Ganzkörperbräune zeigen konnten, die sie sich während des Sommers in St. Tropez erworben hatten.

Nach einem köstlichen Mittagessen räkelten sie sich wie faule Leoparden an Deck und sogen jeden Sonnenstrahl gierig auf, bevor der Herbst hereinbrach. Sie schauten gelangweilt den Männern zu, die sich gegenseitig hänselten und Champagner Cocktails mixten. Sie hatten die Bankiersanzüge gegen modische Shorts eingetauscht, und ihre im Fitness-Club gestählten Muskeln spannten sich in der Nachmittagssonne.

Alex saß auf dem kleinen Oberdeck und überblickte die fröhliche Party da unten. Eine Zeit lang war er damit zufrieden gewesen, eine von Hand gerollte Havanna zu rauchen und sich am Augenschmaus da unten zu laben, und oft genug spürte er ein Ziehen in den Lenden, wenn ein Mädchen sich umdrehte oder aufrichtete und dabei Einblicke gewährte, die ihn kräftig schlucken ließen.

Petrina war auch da und flirtete ausgiebig mit dem Fotografen, dessen Namen Alex vergessen hatte. Todd war noch da, aber hauptsächlich handelte es sich um Petrinas Freunde, mit denen Alex nichts zu tun hatte. Er stellte nur die Jacht zur Verfügung, den Küchenchef und den Alkohol.

»Alex, komm her zu uns«, rief Todd. Er war bester Stimmung, weil er beim Wettangeln gewonnen hatte.

»Von hier oben habe ich den besten Überblick«, rief er zurück. Er fand die endlosen Gespräche über Beziehungen, Karriere und Geld unglaublich ermüdend, wahrscheinlich, weil er in der glücklichen Lage war, über solchen banalen Dingen zu stehen.

In schöner Regelmäßigkeit kam eine der Frauen zu ihm, um auszuloten, ob Alex ihrer Karriere auf die Sprünge helfen konnte, vielleicht durch einen guten Ratschlag oder durch ein empfehlendes Wort an der richtigen Stelle. Er wich diesen Ersuchen mehr oder weniger geschickt aus, auch dieser anschmiegsamen Juristin, die ihn den ganzen Tag schon mit glühenden Blicken verfolgt hatte.

Es wäre kein Problem gewesen, sie mit in seine Eignerkabine zu nehmen, sie ordentlich durchzuziehen und anschließend ihre Visitenkarte wegzuwerfen, damit er nicht in die Verlegenheit kam, sie anzurufen. Aber in letzter Zeit war er dieser Spiele überdrüssig geworden.

Tatsächlich fragte er sich, warum er überhaupt hier war. Er hatte keine Lust, hier zu sein unter den schlanken Körpern mit den scheuen Blicken und den Männern, die ihm bestenfalls mit Neid und sonst mit Hass begegneten. Todd hingegen fühlte sich in der Gesellschaft wohl, er war ein Yale Absolvent, aber Alex hatte nie studiert. Seit er aus dem Bauch der Mutter gekrochen war, hatte er um sein Leben kämpfen müssen.

Vielleicht war das der Grund, warum er sich in mancher Gesellschaft einfach nicht wohl fühlte. Niemand verstand ihn, außer Carla Vicenzi, die dem Erfolg so misstraute und so stolz war, dass sie sich alles erkämpfen musste.

Aber Ruth hatte ihm am Tag zuvor erzählt, Carla hätte sich sehr abfällig über ihn und The Sanctuary geäußert. Sie betrachtete den Aufenthalt als kostenlosen Urlaub. Wenn Alex dumm genug wäre, ihr diesen Urlaub zu bezahlen, wollte sie es gern annehmen. Außerdem wusste Ruth zu berichten, dass

Carla zu viel Zeit mit Jet verbrachte, »kein Wunder, dass sie nichts Sinnvolles auf die Leinwand bringt«.

Er nahm das nicht für bare Münze. Er hoffte jedenfalls, dass es nicht stimmte. Seither hatte er Carla in ein Puzzle zerlegt und sie so zusammengesetzt, wie er sie gern hätte – bis er feststellen musste, dass alle seine Phantasien nicht an die Wirklichkeit heranreichten.

Es half nichts; er musste sie wiedersehen, wenn auch nur, um sich zu vergewissern, dass sie die Person war, die er in ihr sah. Plötzlich stand er auf. Er war Millionär, verdammt, er konnte tun und lassen, was er wollte. Todd grüßte ihn froh, als er auf das Unterdeck trat.

»Zerschmettere mir das Boot nicht«, sagte Alex.

»Wohin gehst du?«

»Nach New England«, antwortete Alex und sprang hinaus ins Meer.

Die Woche war vergangen ohne einen Anruf von Lee. Carla überlegte, ob sie ihn anrufen sollte, aber die traurige Tatsache war, dass sie ihn absolut nicht vermisste. Einmal war sie sehr beschäftigt, und zum anderen hatte sich etwas geändert, seit sie im Sanctuary war.

Sie hatte mit Stilllebensstudien in Pastellfarben begonnen. Aufgeschnittene Auberginen, um das feuchte cremige Innere zu zeigen, dazu verschiedene Kürbisse und andere Gemüse, die sie im Discountmarkt gekauft hatte. Es mochte an ihren Erlebnissen in Provincetown liegen, dass ihre Gedanken in allen Gegenständen etwas Erotisches entdeckten, ganz egal, was sie malte. Sie schuf leichte, lockere Bilder, sanft und verlockend. Als sie sich das erste Bild ansah, das sie von Alex gezeichnet hatte, konnte sie kaum glauben, dass ihr diese harten, zügigen Striche von der Hand gegangen waren.

Vielleicht lag die Antwort darin, dass sie beide Stile miteinander verband. Ihre Karikaturen sollten elegant und weich und schön sein, beinahe wie die üppigen Akte von Tamara de Lempicka. Sie versuchte, sich jemanden von Alex' Statur nackt vorzustellen, aber das gelang ihr nicht, deshalb blätterte sie ihre Sammlung von Fotos aus Zeitungen und Zeitschriften durch, mit der sie vor einiger Zeit begonnen hatte.

Alex hatte eine großartige Knochenstruktur, die sie an Johnny Depp erinnerte, nur dass Alex viel wuchtiger war und über eine brutale Komponente verfügte, die bei ihr eine zusätzliche Dimension der Erregung hervorrief.

Trotzdem endeten die meisten Zeichnungen, die sie in der Nacht im Bett anfertigte, am anderen Morgen im Papierkorb, weil sie nicht wusste, was sie eigentlich hatte zustande bringen wollen.

Jet war keine große Hilfe. Er schlenderte am Nachmittag ins Studio, als sie gerade dabei war, ihr jüngstes Werk zu fixieren.

»Sehr fröhlich ist das aber nicht«, sagte er, während er auf ein Bild schaute, das Carla ›Tod der Unschuld‹ genannt hatte. Es zeigte ein geknicktes, benutztes Kondom.

»Kunst muss nicht fröhlich sein«, verteidigte sie sich.

»Aber wenn sie sich verkaufen soll, ist es bestimmt besser, wenn du fröhliche Sachen malst.«

»Jetzt hörst du dich wie Wills an!« Wills hatte sie zuletzt in eine sehr kontroverse Diskussion über Kunst und Design verstrickt, die damit endete, dass sie vom Tisch aufstand und ging, bevor sie ihm ihr Essen ins Gesicht geworfen hätte. Seither wusste er, dass er ihren Nerv getroffen hatte, und fing immer wieder von diesem leidigen Thema an.

»Nein, nein, ich meine was anderes.« Er hob die letzte ihrer Auberginen-Studien auf. Die purpurne Frucht warf einen phallischen Schatten auf eine blassgraue Wand. »Du bringst das Feminine und das Maskuline zusammen, aber ich sehe nichts von einer Wechselbeziehung und …« Er sah sie an. »Schon gut, ich halte meinen Mund.«

»Gute Idee.«

»Willst du dir Fechten ansehen? Knackige Ärsche, muskulöse Schenkel und viel Grunzen und Stöhnen.«

»Schon überredet.«

Sie gingen hinunter in die Halle. Shirley war auch da, eine kleine Gestalt in Weiß, die fasziniert zuschaute, wie zwei Männer in engen weißen Hosen und engmaschigen Masken mit Säbeln aufeinander losgingen. Es war ein sehr aggressiver Sport, fand Carla, und sehr sexy.

Die Männer schlugen Finten, täuschten an, wichen aus. Die raschen Bewegungen verlangten absolute Körperbeherrschung, denn der Kampf fand auf einer schmalen Piste statt. Die Füße bewegten sich mit der Anmut von Tänzern. Es gab viele gute Szenen, die Carla begeisterten. Sie war froh, dass sie den Skizzenblock mitgebracht hatte. Die Masken verliehen ihnen ein dumpfes, bedrohliches Aussehen, das im harten Kontrast zur Schönheit des Sports stand.

Der größere der beiden Männer musste einen Treffer auf den Solarplexus hinnehmen, und damit war das Match beendet. Es gab Applaus von den anderen Fechtern, und Shirley setzte ihre Maske auf. Mit der Maske war es leicht zu vergessen, dass eine neunundvierzigjährige Frau dahinter steckte.

Fast jeder in der Halle musste an David und Goliath denken, als sie die Matte betrat. Der Verlierer des ersten Durchgangs wandte sich ihr zu; er war doppelt so groß wie Shirley und strahlte eine geschmeidige Eleganz aus, die Carla faszinierte.

»Los, Shirley, versohl ihm den Arsch!«, rief Carla, als die mutige Frau die *en garde* Position eingenommen hatte. Der große Mann drehte sich um, weil er sehen wollte, wer gerufen hatte. Carla winkte ihm zu, und er verbeugte sich höflich.

»Sie hat ganz sicher schon länger gefochten als nur ein halbes Jahr«, sagte Jet, nachdem Shirley ein ums andere Mal den ungestümen Attacken ihres Gegners ausgewichen war. Ihre geringe Größe bescherte ihr einen unerwarteten Vorteil. Wenn der Mann nach vorn stürmte, um einen Treffer anzubringen, verkürzte sie plötzlich den Abstand, tauchte unter der Säbelhand des Gegners ab und landete einen Treffer. Ein Raunen ging durch die Zuschauer.

»Warum hat sie uns erzählt, dass sie eine Anfängerin ist? Das ergibt doch keinen Sinn«, murmelte Carla und sah die dunklen Schweißflecken auf den Rücken der Duellanten. Die Zeit tickte unerbittlich, und eine Weile sah es so aus, als befände sich Shirley auf der Verliererstraße. Aber in den letzten paar Sekunden stürmte sie völlig überraschend vor, unterlief wieder einmal die Abwehr des Gegners und erzielte einen Treffer aufs Zwerchfell. Der Trainer pfiff ab, das Spiel war beendet.

Die Gegner gaben sich die Hand und nahmen die Masken ab. Carla legte den Skizzenblock hin. Shirleys Gegner war Alex Crewe gewesen. Ohne sein Markenzeichen, die Schildpattbrille, und mit offenen Haaren sah er wie ein Räuber aus.

Jet stieß Carla grinsend an. »Ich glaube, Alex wollte dir eigentlich imponieren. Mit seinen Schwanzfedern wedeln. Jetzt hat er zweimal verloren, und das wird an ihm nagen.«

»Hast du gewusst, dass er hier sein wird?«, fragte Carla argwöhnisch.

»Er ist mit dem Privatjet eingetroffen«, antwortete er. »Seine erste Frage galt dir.«

Carla versuchte vergebens, die verräterischen Rötungen aus ihrem Gesicht zu verbannen. Sie sah, dass Alex sie beobachtete. Sie lächelte ihm zu und sagte lautlos: »Pech gehabt.« Selbst aus der Entfernung sah sie den missmutigen Zug um die Mundwinkel. Er zeigte mit einer Hand zur Tür auf der anderen Seite der Halle. Bevor sie die Chance hatte, darauf zu reagieren, hob er seine Ledertasche auf, winkte Shirley zu und verschwand durch die Tür, die er Carla gezeigt hatte. Offenbar erwartete er, dass sie ihm folgte.

»Das war eine Vorladung«, sagte Jet amüsiert.

»Leck mich«, antwortete sie wütend und ging auf die Tür zu. Sie sah, wie Alex durch den Flur schritt und voller Zorn die Farne in einem Kübel mit seinem Säbel mähte.

»Schön zu sehen, dass Sie so ein fairer Verlierer sind«, rief sie spöttisch.

Er fuhr herum, und sie sah ihm an, dass er immer noch unter Druck stand. »Halten Sie den Mund«, sagte er gepresst.

»Was, zum Teufel, ist mit Ihnen los? Wieso glauben Sie, mich kommandieren und wie Dreck behandeln zu können?«

»Wieso glauben Sie, ich müsste Sie besser behandeln?«

Damit hatte sie nicht gerechnet. »He, habe ich irgendwas nicht mitbekommen?«

Er zeigte mit einem anklagenden Finger auf sie. »Sie waren nicht ehrlich zu mir.«

Sie stieß den Finger zur Seite. »Ich habe Sie doch kaum gesehen, seit ich hier bin.«

»Das ist nicht das Thema, und das wissen Sie auch.«

Das klang nach einem Streit unter Liebenden. Carla biss sich auf die Unterlippe, um sich ein Lachen zu verbeißen. »Warum sagen Sie mir nicht einfach, was Sie nervt?«

Stimmen am Ende des Flurs wurden laut. Er griff ihren Arm und führte sie aus der Halle. Sein Griff war nicht so sanft, wie er hätte sein können. Sie traten durch eine Drehtür und gingen an der Rezeption vorbei. Das Empfangsmädchen lief Alex entgegen und wollte ihm eine Telefonnachricht übergeben.

»Nicht jetzt«, sagte er kurz angebunden und führte Carla

die Treppe hinauf, ihrem Zimmer entgegen. Als sie das Zimmer betraten, ließ er sie los und warf seine Tasche aufs Bett.

»Ist das nicht ein bisschen voreilig? Wir kennen uns doch kaum«, sagte sie flippig, aber er war nicht in der Stimmung für witziges Flirten.

»Man hat mir gesagt, dass Sie nicht gearbeitet haben, seit Sie hier sind. Sie hängen bei diesem Wichser ab, den ich Neffe nennen muss und der anderen Leuten die Zeit stiehlt.«

»Wenn das von Ruth kommt, dann ist es ausgesprochener Blödsinn. Und bevor Sie Jet angreifen, sollten Sie ihn singen hören. Warum Sie ihm nicht helfen, seinen Weg zu machen, ist mir schleierhaft. Ich kann nur annehmen, dass es daran liegt, dass er keine Titten hat und nicht mit Ihnen schläft.«

Alex' Arme schossen hoch, als wollte er sie erwürgen. »Das tun Sie ja auch nicht.«

»Und genau das ist von Anfang an Ihr Problem gewesen, nicht wahr?«

Er beobachtete sie, sichtbar um Kontrolle bemüht. »Also gut«, sagte er schließlich. »Zeigen Sie mir, woran Sie arbeiten.«

Ihr Herz sank in ihre Baseballstiefel. Sie hatte sich vor diesem Augenblick gefürchtet, aber sie wusste, dass er sich nicht vermeiden ließ. Schweigend schloss sie die Studiotür auf und öffnete sie weit. Alex trat ein und starrte auf die verschiedenen Gemüse auf dem Tisch.

»Werden Sie bei uns nicht richtig ernährt?«

Carla lehnte sich gegen den Türrahmen und sah ihm zu, wie er sich jedes Bild kurz ansah.

»Ich kann verstehen, wenn sie Ihnen nicht gefallen«, sagte sie, und es sprudelte nur so aus ihr heraus. »Gott ist mein Zeuge, ich habe es wirklich versucht, aber es ist, als ob jemand den Wasserhahn zugedreht hätte. Dieser Ort – es ist alles sehr schön, aber genau das ist mein Problem. Die Umgebung ist zu luxuriös, zu einschläfernd.« Sie hob hilflos die Schultern. »Ich bin aufgeschmissen.«

Sie sah auf seinen Rücken, noch nass vom Schweiß, dann drehte er sich zu ihr um.

»Was wollen Sie mir damit sagen? Ich soll Sie wieder in Ihre Bruchbude bringen, und schon schaffen Sie die schönsten Bilder? Erzählen Sie mir nicht solchen Unsinn! Die Kraft kommt aus Ihnen, ganz egal, wo Sie sind.«

Sie wies auf die Stillleben. »Die schaffe ich noch im Schlaf. Ich suche nach etwas, was den Unterschied ausmacht. Es muss dich wie ein Schlag in den Magen treffen, wenn du ein Bild das erste Mal betrachtest. Aber das da ... weißes Geräusch auf Papier. Es ist nichts.«

Sie trat verächtlich mit dem Fuß nach dem ersten Bild, das sie erwischte, es flog ein paar Meter über den Boden und blieb liegen, aber dahinter stand die Zeichnung, die sie von ihm angefertigt hatte, komplett mit den Adlerschwingen.

»Wann haben Sie das gezeichnet?«, fragte er verdutzt und hob das Bild auf.

»Nachdem Sie in meinem Apartment waren. Ich habe Sie gezeichnet, wie ich Sie im Kopf hatte. Danach fühlte ich mich besser«, fügte sie noch hinzu, obwohl sie sah, dass er nicht in der Stimmung für Humor war.

»Die sind gut«, sagte er und wies auf ihre Stillleben, »aber das hier ist besser.« Er stellte das Blatt hin und betrachtete es aus zwei Schritten Entfernung. »Vielleicht sollten Sie sich auf Menschen konzentrieren statt auf« – sein Blick fiel auf eine zerquetschte Eichel – »auf Gemüse und so.«

»Heißt das, es gefällt Ihnen?«

»Bedeutet es Ihnen was, wenn es mir nicht gefiele?«

»Vielleicht mehr, als ich will«, sagte sie und dachte, dass sie manchmal viel zu ehrlich war.

»Darf ich es behalten?«

Die Frage überraschte sie. »Nein. Ich brauche die Zeichnung, um mich daran zu erinnern, was Sie sind.«

»Und was bin ich?«

»Sie sind nicht zu ängstlich, gefährliche Fragen zu stellen«, antwortete sie lächelnd.

»Sie aber auch nicht. Kann ich bei Ihnen eine Dusche nehmen?«

Er wandte die Taktik wieder an. Eine kurze Frage mitten in einer heiklen Unterhaltung, und sie wurde wie immer auf dem falschen Fuß erwischt.

»Wenn Sie wollen«, sagte sie, und als er im Badezimmer verschwand, fügte sie hinzu: »Ja, sicher, warum nicht. Fühlen Sie sich wie zu Hause, nehmen Sie alles in Besitz, so haben Sie es mit meinem Apartment gehalten, mit dem Haus meiner Eltern und auch mit meinem Kopf, verdammt.« Ihr war danach zumute, gegen irgendwas zu treten, aber das Objekt, das sie am liebsten treten würde, befand sich jetzt unter der Dusche und dampfte ihren Spiegel zu.

Sie setzte sich auf ihr Bett und drückte ihre Knie unter ihren feuchten Handflächen. Die Tür zum Bad stand einen Spalt offen, aber längst nicht weit genug, um irgendwas sehen zu können. Aber sie konnte das prasselnde Wasser hören und ab und zu einen tiefen Seufzer von ihm.

Okay, dachte sie, es schadete nichts, wenn sie mal einen kurzen Blick riskierte. Mal sehen, wie die knackigen Backen in natura wirkten. Das war das pure Interesse der Künstlerin für Form und Vollkommenheit, sonst nichts.

Sie griff nach seiner Brille und setzte sie auf. Um sie herum war plötzlich alles verschwommen. »Oh, Mann, er muss blind wie eine Fledermaus sein.« Sie trat vor den Spiegel und starrte sich an. Das rechtwinklige Gestell sah bei ihrem zierlichen Gesicht gar nicht so schlecht aus.

»Hi, ich bin Alex. Unersättlicher Schürzenjäger, stets zu Ihren Diensten. Wollen Sie das Portfolio meiner Eroberungen sehen?«, fragte sie ihr verschwommenes Spiegelbild mit tiefer, sinnlicher Stimme.

Ein Hüsteln ließ sie herumfahren. Alex lehnte am Türrahmen, nackt von der Hüfte aufwärts, und schaute ihr zu. Er nahm ihr die Brille von der Nase.

»Danke.«

»Es freut mich zu sehen, dass Sie nicht vollkommen sind«, sagte sie und versuchte die Tatsache zu ignorieren, dass sie bis in die Haarspitzen errötete.

»Ich bin ungewöhnlich kurzsichtig, wenn Sie das schon wissen müssen.«

»Aber unter der Maske haben Sie keine Brille getragen. Wie können Sie ohne Brille fechten?«

Er setzte die Brille auf und lächelte Carla an. »Weil ich verdammt gut bin.«

»Sie haben zweimal verloren«, erinnerte sie ihn.

Er ignorierte sie, ging zu seiner Tasche und kramte darin herum. Carlas Blick fiel auf seine gut entwickelten Muskeln, zweifellos vom Fechten und Rollerskating. Die hellbraunen Nippel waren sehr steif, und eine Brustwarze war mit einer kleinen Silberstange durchstochen. Das Piercing schockte sie nicht, wohl aber die Striemen auf seinem Rücken.

Erst kürzlich musste er ausgepeitscht worden sein. Lange rote Striemen glühten auf der sonst blassen Haut. Sie wollte ihn fragen, woher sie stammten, aber jetzt zog er einen schwarzen Kaschmirpulli an, und die Gelegenheit war vorüber. Er holte einen Krokogurt aus der Tasche und zog ihn durch die Schlaufen der cremefarbenen Leinenhose.

»Ist das der Gürtel, mit dem Sie Jet geschlagen haben?«

Er wandte sich ihr zu, die Gurtenden in den Händen. »Ich benutzte einen breiten schwarzen Gurt mit kurzen Nieten. Ja, ich habe ihm wirklich eine Abreibung verpasst.« Den letzten Satz sprach er derb im Hillbilly Akzent, der ihr einen Schauer über den Rücken jagte.

»Ich kann das nicht komisch finden«, sagte sie kalt.

Er schnallte den Gurt um. »Er hätte sich wehren können, aber das konnte er nicht mehr, weil er so zugedröhnt war wie ich. Der Junge ist völlig neben der Spur, und das musste ich ihm überzeugend nahe bringen. Er hat seine Lektion gelernt.«

Er faltete die Fechtkleidung zusammen und verstaute sie in seiner Tasche. Dann trat er vor den Spiegel und zog einen Schildpattkamm durch seine Haare, bis sie glatt und glänzend wie das Fell eines Otters um seinen Kopf lagen.

»Haben Sie denn Ihre Lektion auch gelernt?«

Er hörte auf, sich die Haare zu kämmen. »Das war nicht erforderlich.« Er ging auf sie zu, aber sie wich nicht zurück und ignorierte das Zittern ihrer Knie. Das Aroma seines Duschgels war überwältigend. »Ich habe Appetit auf gewisse …«

»Das genügt mir«, sagte sie entschieden. »Ich will nichts davon wissen.«

Er sah sie amüsiert an. »Sind Sie sicher?«

»Ich bin absolut …« Einen Sekundenbruchteil später lag sie in seinen Armen und fühlte seinen Mund auf ihrem. Es fühlte sich so natürlich an, dass sie zu reagieren begann. Ihre Zunge verriet sie, noch bevor sie eine Chance hatte, selbst eine Entscheidung zu treffen.

Nein, nein, das ist nicht richtig, protestierte ihre gute Seite, aber sein Kuss war so hungrig, so feucht und voller Gier, dass ihre Bedenken sich in Nichts auflösten. Ihre Arme umschlangen seinen Nacken, und diesmal geschah es aus eigenem Antrieb, ungestört von zischenden Stimmen ihres Gewissens.

Er zitterte und presste seine Hüften gegen ihre. Er hielt ihren Körper fest umschlungen, während sie sich weiter küssten, heiß und ein bisschen tollpatschig vor lauter Intensität.

Es endete so plötzlich, dass Carla taumelte. Sie stolperte rückwärts, und ihre Hände hoben sich in einer defensiven Geste, die ihr immer dann eigen war, wenn sie sich bedroht fühlte.

»Okay, Alex, was sollte das denn?« Ihre Stimme zitterte. Sie wurde von einer Fülle von Emotionen heimgesucht, guten und schlechten.

»Das war meine Art zu sagen, es tut mir Leid, dass ich Sie falsch eingeschätzt habe.«

»Großartig. Aber ich glaube nicht, dass sich diese Methode beim normalen Mann auf der Straße durchsetzt.«

»Nun, bei mir doch.«

Sie wusste nicht, was sie darauf antworten sollte. Was erwartete er von ihr? Wieder hatte er nicht die Absicht, ihr aus ihrem Dilemma zu helfen. Die Spannung zwischen ihnen wuchs, aber dann klopfte es an die Tür. Ruth trat ein, und der Zauber war gebrochen.

»Ich habe dich überall gesucht«, sagte sie vorwurfsvoll. »Petrina ist am Telefon und fragt, warum du die Party heute verlassen hast. Offenbar solltest du sie heute Abend ins Le Cirque führen, aber sie fürchtet, dass du das vergessen hast.« Sie hielt ihm ihr Handy hin, und er nahm es mürrisch an sich.

»Sie hat Recht«, murmelte er. Ruth lächelte zufrieden, als sie seine Tasche vom Bett nahm und ihm aus dem Zimmer folgte. Carla knallte die Tür hinter ihnen ins Schloss.

Was lief da eigentlich ab, fragte sie sich. In ihrer Welt bedeutete es was, wenn ein Mann eine Frau auf diese Weise küsste. Es bedeutete einen Anruf am nächsten Tag und vielleicht eine Einladung zum Essen und ins Kino. Ja, verdammt, so ein Kuss hatte eine Bedeutung. Aber für einen Mann wie Alex Crewe war es vielleicht nur ein flüchtiges Vergnügen, an das er jetzt schon keinen Gedanken mehr verschwendete.

Ironie des Schicksals: Ruths selbstgefälliges Lächeln gab

den Ausschlag für Carlas neue Inspiration. Die Acrylfarben und die verschiedenen Pinsel fühlten sich wie lange vergessene Freunde an, als sie sie aus der Arbeitskiste holte. Ocker, orange, burgund – die Farben des Zorns. Carla ließ ihren Emotionen auf einem großen Stück Papier freien Lauf. In der Ferne hörte sie das Brummen einer Sikorsky, die Alex und Ruth zurück nach Manhattan brachte. Jemand sollte ihm mal sagen, dass Helikopter nicht zu einem ernsthaften Refugium passten.

Sie legte das Papier auf den Boden, darunter ein breites Plastiktuch. Sie hatte noch keine richtige Idee, was sie zu Papier bringen würde, aber dann schälte sich eine Gestalt mit Sanduhrformen heraus, mit wilden roten Locken auf dem Kopf und statt des Mundes ein klaffendes nasses Loch. Es war verführerisch, Ruth hässlich darzustellen und ihr schönes Gesicht zum Beispiel durch eine Narbe entstellen zu lassen.

Aber wie sie Ruth einschätzte, würde sie sich sogar durch eine Dramatisierung ihrer Gesichtszüge geschmeichelt fühlen. Carla arbeitete verbissen, obwohl ihre Gedanken sich immer wieder mit Alex befassten.

Was wäre geschehen, wenn Ruth nicht plötzlich aufgetaucht wäre? Würde sie Alex' Kuss erwidert haben? Hatte Ruth sie vor einer großen Dummheit bewahrt? Und was hatten die Striemen auf seinem Rücken zu bedeuten? Er sah nicht wie ein Mann aus, der sich ohne Not auspeitschen ließ.

Aber das war nicht das Thema. Würde sie mit ihm schlafen, wenn sie genug Zeit gehabt hatte, darüber nachzudenken? Ihre Mutter hatte ihn schließlich gemocht.

Irritiert schob sie diesen letzten Gedanken weit weg. Ihre Mutter mochte viele Dinge, die Carla hasste: Peperoni, Schach, und sie rauchte Virginia Slims. Sie schloss die Augen, aber was sie sah, war Alex, der den Gürtel aufschnallte und die Hose langsam zu Boden fallen ließ. Er küsste sie und hinterließ eine warme feuchte Spur auf ihrem Körper, bis sie sich für ihn öffnete wie eine Tulpe im Frühling. Alex stieß in ihren willfährigen Körper, während seine Blicke …

Sie riss sich zusammen, trat von ihrem Bild zurück und betrachtete es mit einigem Abstand. Langsam öffnete sich ihr Gesicht zu einem Grinsen. Ruth war auf die bedeutungslose Banalität einer aufblasbaren Puppe reduziert. Ihre Arme und Beine waren ein wenig plumper und auch ein bisschen kürzer als in Wirklichkeit; sie trug Plateauabsätze und die gerüschte Uniform eines Dienstmädchens, wobei das Schürzchen dicht oberhalb des Schritts endete.

Sie sah wie ein billiges Flittchen aus, und trotz der Abweichungen von der lebenden Person gab es genug übereinstimmende Züge, dass man sie erkennen würde. Es war ein Bild, wie man es in den Fahrgeschäften auf dem Rummelplatz sehen konnte.

Carla stellte das Bild auf die Staffelei und grinste es wieder an. Sie stellte sich Ruths Gesicht vor, wenn sie es das erste Mal sehen würde.

Als sie ins Bad ging, nahm sie Alex' Duft noch wahr, und nasse Tücher lagen auf dem Boden. Sie fluchte über ihn und hob ein Badetuch auf, um es wieder aufzuhängen. Dabei flatterte etwas Rotes zu Boden. Sie bückte sich und stellte fest, dass es sich um einen sehr knappen Herrenslip handelte. Er war aus Seide und leicht wie ein Spinngewebe. Hatte er den Slip absichtlich liegen lassen? Carla legte ihn im Studio auf ein Stück weißes Papier. Statt flach zu liegen blieb der Slip aufgebauscht, als schmiegte er sich noch um sein Geschlecht. Carla starrte ein paar Minuten lang auf das Bild.

Die Saat zu einer bestimmten Idee war gelegt.

»Hattest du einen schönen Abend?«, fragte Ruth am Montagmorgen, als sie den Plan für die Woche gemeinsam besprachen.

»Wenn ich das nächste Mal bei Carla bin, nimmst du den Anruf entgegen und schreibst auf, wer was von mir will«, sagte er verärgert.

Sie ignorierte den Rüffel. »Was hältst du von ihrer Arbeit?«

»Ihr fehlt das Feuer, aber das weiß sie selbst. Sie fühlt sich im Sanctuary nicht wohl. Ihre Inspiration wird da ruiniert.«

»Du gibst also zu, dass es ein Fehler war?«

Er sah sie über seine Brille an. »Das habe ich nicht gesagt.«

»Pass auf, dass du dich nicht wegen ihr zum Narren machst. Ja, sie kann hübsche Bilder malen. Aber das kann eine durchschnittliche Hausfrau auch, wenn sie lange genug Unterricht genommen hat.«

»Das Gespräch ist beendet«, sagte Alex und schlug in seinem Terminkalender nach.

Die Erkenntnis schlug bei Ruth wie ein greller Blitz ein. »Du bist in sie verliebt, nicht wahr?«

Alex ging die Abende der Woche durch, bis er beim Samstag angelangt war. »An diesem Abend führe ich sie zum Essen aus. Sagst du ihr Bescheid? Ich lasse sie um sieben mit dem Thunderbird abholen.«

»Was ist mit Petrinas Party zum fünfundzwanzigsten Geburtstag? Sie findet im Four Seasons statt, erinnerst du dich?«

»Hatte sie nicht gerade erst Geburtstag?«, fragte er verdrießlich.

»Das war Tanya.«

Er rieb sich die Anspannung von der Stirn. »Verdammt, warum war das nicht eingetragen? Dafür bezahle ich dich doch!«

»Das war ein Versehen. Entschuldige.« Sie versuchte, zerknirscht zu klingen.

»Sage Petrina, dass ich es nicht schaffe. Sie wird mich nicht vermissen.«

»Ja, gut.« Sie wartete darauf, dass er eine Bestrafung für ihr Versehen in Aussicht stellte, aber offensichtlich hatte er das Interesse daran verloren. Er war nun zu sehr berauscht von der verfluchten Carla Vicenzi.

»Und verschaffe mir den einen oder anderen freien Abend. Dieses Tempo halte ich nicht durch.«

»Hast du irgendwas Interessantes geplant?«, fragte sie und sah ihn voller Unschuld an.

»Fernsehabend, Sauftour, vielleicht ein Spaziergang mit Inuit durch den Park, wer weiß. Ich will ab und zu mal was ganz Normales tun.«

»Wie langweilig«, murmelte sie. Er sah sie streng an, die Stirn gefurcht, aber er sagte nichts.

Später brüllte Romano Capelli vor Lachen, als Ruth ihre Vermutung aussprach, dass Alex sich verliebt hatte.

»Ein Typ wie er weiß nicht, was Liebe ist, selbst wenn sie ihn anspringt und in den Arsch beißt.«

Ruth ging hinüber zu Lee, der gefesselt und geknebelt in einem Sessel lag, eine Maske über den Augen. Sie hatte ihn mitgebracht, weil Capelli sehen wollte, wie sehr sie Carlas Freund in ihrer Gewalt hatte. Sie kniete sich zwischen seine Beine und leckte über seine Genitalien.

»Hast du das gehört, Lee? Alex fickt Carla. Habe ich dir nicht gesagt, dass es so kommen würde?« Sie stülpte den Mund über seine Erektion, während er die Neuigkeit verdauen musste. Er grunzte, zu erregt und zu high auf Koks, um sich über Carla zu sorgen.

Später in der Nacht nahm Ruth ihn mit in ihr Apartment. Er schlief seinen Rausch aus, bevor er gegen Mittag zur Arbeit fuhr. Es war nicht das erste Mal, dass er den halben

Tag verschlafen hatte, und es würde nicht das letzte Mal sein. Er war Ruths Sklave geworden, süchtig nach ihrer Gewalt.

An Carla hatte er seit der ersten Nacht mit Ruth kaum gedacht. Er hätte gar nicht die Energie gehabt, an sie zu denken.

Neuntes Kapitel

Todd sah nervös zu, als Alex in seinem Büro auf und ab ging. Er befand sich in schwierigen Verhandlungen mit Jose Perez. Es gab einen neuen Bieter für Ocean, und bisher rückte Perez noch nicht damit heraus, um wen es sich bei dem neuen Konkurrenten handelte, wie viel er geboten hatte und welche Pläne er mit der Firma verfolgte. Trotzdem glaubte Alex, den Mitbewerber zu kennen: Romano Capelli.

Er setzte sich an seinen Schreibtisch und spielte mit seinem Füllfederhalter. Auf dem Blatt Papier vor sich hatte er ein paar hastige Kalkulationen gekritzelt.

»Mr. Perez«, sagte er verdrießlich ins Telefon, »ich habe keine Lust, mein Angebot zu erhöhen oder überhaupt im Spiel zu bleiben, wenn ich nicht weiß, gegen wen ich antrete.« Er schrieb eine Zahl auf und zeigte sie Todd, der energisch den Kopf schüttelte.

Das Schweigen am anderen Ende der Leitung war fast lauter, als wenn Perez gesprochen hätte.

»Nun gut«, fuhr Alex Crewe fort, »ich will Ihnen die Entscheidung leichter machen und endlich zu einem Ende kommen. Ich lege noch einmal fünfzig drauf.«

Todd klopfte sich mit der flachen Hand gegen die Stirn und ließ sich im Sessel zurückfallen. Ruth kam mit einer Kanne frisch gebrühten Kaffees herein. Sie riss die Augen weit auf, als sie die Zahl auf Alex' Papier sah. Sie blickte zu Todd, der kaum merklich nickte. Ruth streckte Todd die Zunge heraus und verließ wieder das Büro.

Fünf Minuten später hatte Alex die Zustimmung von Mr. Perez in der Tasche.

»Du bist verrückt«, sagte Todd.

»Ist das deine professionelle Meinung?«

»Ja, das ist sie. Dieser Betrag liegt weit über der Summe, auf die wir uns geeinigt hatten.«

»Rechne doch mal nach, Todd. In wie viele Teile können wir das Grundstück zerlegen? Fünf, sechs oder zehn? Da liegt ein Potenzial von fünfhundert Millionen Dollar pro Grundstücksanteil, deshalb ist unsere Investition auch jetzt noch ein Schnäppchen.«

Der Schweiß war auf Todds Stirn ausgebrochen. »Aber wir haben nicht die Mittel, um in dieser Größenordnung zu verhandeln.«

»Noch nicht, da stimme ich dir zu, aber ich glaube fest daran, dass wir das durchziehen können. Die Hälfte der Summe lassen wir von der Bank finanzieren. Ich muss ein paar andere Investitionen zurückziehen, aber denk doch nur mal an den Profit, der sich aus dem Verkauf der einzelnen Grundstücke ergeben wird.« Er malte die Ausgaben einschließlich der Zinsen auf einer Seite eines neuen Blatts auf und die erwarteten Einnahmen auf die andere Seite. »Und das ist noch eine konservative Schätzung, absolut nicht zu hoch gegriffen.«

»Aber das Risiko ...«

»Welches Risiko? Du hast Zehntausende für Gutachten, Bauvoranfragen, Rechtsberatungen und so'n Scheiß bezahlt, um sicherzustellen, dass es kein Risiko gibt.« Er grinste seinen teiggesichtigen Anwalt an. »Ich hatte nicht damit gerechnet, dass der Bastard mit mir pokert, aber er hat wenigstens mit mir geredet. Vor zwei Wochen ist er noch stumm geblieben. Das ist doch ein Fortschritt.« Er warf den Füller auf den Schreibtisch und fuhr sich mit den Händen durch die Haare. »Ich liebe meinen Job.«

Während Alex mit der Zukunft von Crewe Equities spielte, ging Ruth zehn Blocks Richtung Uptown zu einem Restaurant, in dem sie mit drei anderen schönen Frauen zu Mittag essen wollte. Man hätte sie für die Besetzung einer glamourösen Comedy Show halten können, aber in Wirklichkeit würden sie sich am liebsten gegenseitig an die Gurgel springen.

»Das ist so erniedrigend«, fauchte Tanya und attackierte ihr Thunfischsteak mit tödlicher Entschlossenheit.

»Erniedrigend? Finanziell ist es eine wahre Katastrophe, Darling«, knurrte Petrina in ihrem rauchigen russischen Akzent.

»Vielleicht für dich«, sagte Valerie anzüglich. »Ich mag mir gar nicht erst die Schlagzeilen in der Presse vorstellen, wenn die Schreiberlinge erfahren, dass ich durch eine Schickse aus New Jersey an die Wand gedrückt werde.«

»Ich bin aus New Jersey«, sagte Tanya mit einer Stimme so steif wie ihre Petticoats. Sie bauschten sich auf und betonten ihre schlanken Beine.

»Nun, ich würde es nicht an die große Glocke hängen«, murmelte Petrina. »Wenigstens hat er *meinen* Geburtstag nicht vergessen.«

»Sie hat ihn nackt gemalt, stellt euch das vor! Sobald die Ausstellung eröffnet wird, wissen alle, dass sie mit ihm geschlafen hat«, tobte Valerie. Ihre blonden Locken flogen aufgeregt hin und her.

»Wie, glaubst du, habe ich mich gefühlt, als alle wussten, dass du mit ihm geschlafen hast?«, fauchte Tanya. »Eine von vielen zu sein ist nicht das, was ich mir unter Spaß vorstelle.«

»Wem sagst du das?«, fragte Petrina seufzend. »Ich war die Erste, erst danach seid ihr zwei aufgetaucht.«

»Das glaube ich aber nicht!«, protestierte Tanya. »Mir hat er gesagt …«

»Okay, meine Damen, haltet mal für eine Weile die Luft an«, sagte Ruth. Seit einer halben Stunde hatte sie den drei schönen, verwöhnten Frauen zugehört, wie sie sich gegenseitig zu übertreffen versuchten.

»Wie stellst du dir das denn vor?«, entrüstete sich Valerie. »Wenn es zutrifft, was du gesagt hast, dann werden wir in die Wüste geschickt, und das von einem Kerl, der ohne sein Geschäft ein Nichts ist, der nicht mal in Yale studiert hat.«

»Wenn er dir so zuwider ist, warum triffst du dich dann noch mit ihm?«, fragte Tanya höhnisch.

Valerie streckte die kleinen Brüste heraus. »Nun, bisher hat er sich mit Geschenken und so nicht lumpen lassen. Ich habe viel zu tun, deshalb habe ich keine Zeit, mir auf die Schnelle einen neuen Millionär zu angeln. Aber ich habe auch keine Lust, mich von irgendeinem Magazin durch den Kakao ziehen zu lassen.«

»Das wäre nicht das erste Mal«, zischte Tanya.

»Bitte, meine Damen«, sagte Ruth streng. »Seht doch mal, gegen wen dieses unbedarfte Mädchen zu kämpfen hat. Wenn wir zusammenhalten, könnte unser Problem in einer Woche vergessen sein.«

Ihre Antipathie gegen Carla war in Hass umgeschlagen, als sie das Bild gesehen hatte, das Carla von ihr geschaffen hatte. Ruth war klug genug, sich selbst auf dem Bild zu erkennen, auch wenn Carla sie absichtlich hässlich gemalt hatte. Der klaffende Mund wie bei einer Sexpuppe. Sie konnte genau erkennen, wie Carla sie sah. Die pummeligen Beine und Arme, das zu enge Kleid mit dem tiefen Ausschnitt, aus dem beinahe ihre Brüste kullerten, die kralligen Hände. Unter das Bild hatte Carla in kleinen roten Lettern geschrieben: *Du Luder, das hast du davon, in meinem Zimmer zu stöbern.*

Das wirst du mir büßen, dachte Ruth, während Valerie, Tanya und Petrina die Krallen schärften. Wenn sie mit Alex fertig waren, würde die ach so unschuldige Carla nichts mehr mit ihm zu tun haben wollen.

Später ging sie zurück ins Büro, um mit Todd zu reden. Während des Mittagessens hatte sie immer noch die Zahl vor sich gesehen, die Alex auf das weiße Blatt Papier geschrieben hatte. Sie sah sie vor sich wie ein Fanal.

Todd grüßte sie erschöpft, als sie sein Büro betrat. Außer Alex war er der Einzige mit einem privaten Büro.

»Macht er es?«

»Wenn er herausfindet, dass wir ihn über den Tisch ziehen, werden wir morgen schon Fischfutter sein«, murmelte er düster.

»Bevor es dazu kommt, werden wir längst außer Landes sein.« Ruth gab ihm einen festen Schlag auf die Wange. »Du musst deine Sinne beisammen halten. Ich habe zu hart an dieser Sache gearbeitet und lasse nicht zu, dass du sie wegen einer Panikattacke vermasselst. Wenn es zu heiß wird, können wir das Land heute Abend schon verlassen. Wir können nicht verlieren.«

Todd atmete tief durch, abgelenkt von ihrer halb offen stehenden Bluse und den festen kleinen Brüsten. Wie immer konnte er ihr nicht widerstehen. Sie ging wie eine schleichende Katze um seinen Schreibtisch herum. »Er hat eine Verabredung zum Mittagessen im Waldorf, wir werden also nicht gestört. Denk darüber nach. Zehn Millionen Dollar von Capelli für besondere Dienste. Nicht schlecht, Mann.«

Sie legte eine Hand auf die dicke Beule seiner Hose und zog langsam den Reißverschluss hinunter. Sie presste die Lippen auf den heißen Schaft, der unter der schwarzen Seide der Boxershorts zuckte, und lauschte seinem unregelmäßigen Atem. Er schob die Boxer nach unten und stöhnte auf, als Ruth ihn in den heißen Mund nahm.

Ein paar Stunden später fuhr Ruth ins Sanctuary, um auf Lee zu warten. Es würde ihr ein klammheimliches Vergnügen bereiten, ihn nur wenige Zimmer von Carla entfernt die halbe Nacht zu vögeln. Lee gefiel diese Aussicht auch. Er war immer noch wütend darüber, dass Carla ihn mit Alex betrog, und so hatte Ruth leichtes Spiel mit ihm, genau das zu tun, was sie wollte. Gemeinsam beschlossen sie, Alex' rosarote Welt ein bisschen aus den Angeln zu heben.

Bei Carla würde es nicht lange dauern, versicherte Lee seiner neuen Freundin. Ein paar Wodka Martini am Freitagabend sollten den Job schon erledigen.

Carla musste an die Aufforderung zum Essen am Samstagabend denken und fragte sich, woher dieser Mann seine Frechheit nahm. Er hatte sich nicht einmal die Mühe gemacht, sie selbst zu fragen. Aber nach den letzten hitzigen Tagen konnte sie ihm eine Menge verzeihen.

Nacht für Nacht hatte sie in der Dunkelheit gelegen und noch einmal seine fließenden Bewegungen beim Fechten nacherlebt. Strecken, parieren, kontern. Muskeln anspannen und entspannen. Die Genauigkeit der Waffe und die tödliche Kraft dahinter. Ab und zu das Grunzen der Erschöpfung, begleitet von ihrer eigenen Atemlosigkeit; der sich ausbreitende Schweiß auf seinem Rücken, zu dem die Feuchtigkeit zwischen ihren Schenkeln korrespondierte.

Tagsüber hatte sie das Studio kaum verlassen. Die Ideen flogen ihr nur so zu und machten sie zur Sklavin von Kohlestift und Acrylfarbe. Sie fühlte sich lebendiger als seit Wochen, und selbst Jet konnte sie nicht von der Arbeit weglocken.

Sie war erregt von den Visionen eines neuen, sinnlichen Alex, befreit von den Fesseln der Konvention, bereit, sich endlich einmal gehen zu lassen. Die Striemen auf seinem Rücken verfolgten sie. Vielleicht brauchte er den Schmerz, um Lust überhaupt empfinden zu können, denn sie schätzte ihn so ein, dass er sich nicht entspannen konnte.

Warum eigentlich nicht? Sie hatte bestimmte Ahnungen, aber es waren nur undeutliche Andeutungen, die sie durch die dunklen Fenster seiner Seele wahrnahm.

Sie sehnte sich danach, ihn vor sich ausgestreckt zu sehen, nackt, verloren in der Lust, verletzlich und vertrauend. Es machte sie heiß, sich ihn so vorzustellen, und je mehr sie sich erregte, desto lebendiger wurde sie und desto mehr verbesserte sich ihr Malen.

Sie war alarmiert, als Lee am Freitagabend unerwartet mit einem großen Blumenstrauß und vielen Entschuldigungen und Küssen im Sanctuary auftauchte.

»Warum hast du nicht angerufen?«, fragte sie, weil sie glaubte, dass er diese Frage erwartete.

»Viel zu tun, Baby, du kennst das ja.« Er küsste ihre Scheinproteste von ihren Lippen. »Nachher mache ich es dir wieder gut«, versprach er.

Das hoffte sie. In diesem Moment fühlte sie sich ziemlich verzweifelt, süchtig nach Sex mit ihm, aber als sie versuchte, ihm das Hemd auszuziehen, hielt er sie zurück. Er wollte zuerst auf ein paar Cocktails in die Bar gehen. Sein Zieren steigerte ihre Frustration.

Die Bar war gut besucht, und ab und zu hörte man über dem normalen Geräuschpegel gut gelaunter Menschen ein ausgelassenes Lachen. Als die Sonne unterging, begannen die kleinen Lichter in den Bäumen zu blinken. Roy war in bester Stimmung und forderte andere Gäste zum Armdrücken auf, die das aber höflich ablehnten.

Alles lief so gesittet ab, so geschmackvoll und öde, dass Carla sich wünschte, dass Jet mit seiner Gitarre hereinkommen und jedem mit ein paar wüsten Songs von Jimi Hendrix einen Tritt in die Weichteile geben würde, aber er war an diesem Abend mit Brian und Wills ins nahe gelegene Casino geflohen. Es schien, dass die Ferienromanze zu einem Feriendreier geworden war.

Um die Tatsache zu verbergen, dass sie und Lee sich nicht mehr viel zu sagen hatten, fand sie Spaß daran, verschiedene Cocktails zu probieren. Sie arbeitete sich durch Manhattans, Singapore Slings und Pink Cadillacs durch, obwohl sie wusste, dass sie das am nächsten Tag bereuen würde. Aber jetzt brauchte sie das trunkene Abhängen nach der intensiven Arbeit der ganzen Woche.

Schließlich führte Lee sie aus der Bar. Sie fühlte sich gut, ausgelassen und heiter, wenn auch ihre Beine so unsicher waren wie bei einem neugeborenen Fohlen. Als Lee die Tür ihres Zimmers hinter sich ins Schloss fallen ließ, küsste er sie auf diese heiße, feuchte Art, die ihr sagte, dass er so erregt war wie sie selbst. Sie griff blindlings nach dem Lichtschalter, aber er fiel ihr in den Arm und führte sie zu ihrem Bett.

Im Dunkeln drängten die Gefühle aus ihr hinaus, die sie seit Tagen unterdrückt hatte. Sie konnte Alex riechen und seinen heißen Atem in ihrem Nacken spüren. Lee kämpfte mit ihren Kleidern, und sie küsste ihn mit neuer Gier. Er streifte ihre Stiefel ab und dann ihren Rock. Als sie fühlte, dass er etwas Leichtes, Seidenes über ihre Augen legte, fragte sie lachend, was er mit ihr anstellte.

»Das ist eine Augenbinde«, antwortete er und küsste sie voller Leidenschaft.

»Ich kann doch sowieso nichts sehen«, kicherte sie. Sie war viel zu scharf auf ihn, um sich gegen die Augenbinde zu wehren, und dann hatte sie sie auch schon vergessen, denn er küsste sich jetzt an ihrem Körper entlang. Sein Atem war wie ein heißer Wind, der durch ihre geschorenen Härchen wehte. Sie spürte, wie sie sich öffnete, wie sie ihn brauchte, und ihre Hände streckten sich nach ihm …

Jemand anders war da. Sie hielt die Luft an, als Lees Zunge zwischen ihre Schenkel glitt. In der samtenen Dunkelheit gab es noch jemanden auf ihrem Bett. Eine warme Hand drückte gegen sie, glitt ihre Arme hoch, näherte sich ihrer Brust. Ihre Nippel hatten sich vor Schock und Erregung gehärtet.

Die Finger fanden einen Nippel und zupften zärtlich daran. Carla war verwirrt; sie war trunken und berauscht und lechzte nach Erlösung. Als sie fühlte, dass ihre Brustwarze geleckt wurde, biss sie sich auf die Unterlippe und bog den Rücken durch.

Wusste Lee, dass sich noch eine andere Person im Zimmer befand? Jemand, der kühn genug war, sie zusammen mit ihm zu befriedigen? Was, wenn es Alex war? Oh, Himmel, ja, was würde sich daraus ergeben? Sie war versucht, seinen Namen zu wispern, aber das hätte Lee gehört, und dann wäre der Zauber mit einem Mal vorbei gewesen. Sie aber wollte weiter Lees Zunge spüren und auch mehr von diesem geschickten Fremden erleben, der nun fast die ganze Brust in seinen Mund saugte.

Wie benommen spürte sie, dass ihre Hand geführt und gegen einen pelzigen, schweren Sack gedrückt wurde. Er war voll und gespannt, und darüber fühlte sie einen Schwanz, so dick, dass ihr das Wasser im Mund zusammenlief.

Als ob ihr geheimnisvoller Partner ihre Gedanken lesen könnte, drehte er sich herum, damit sie ihn in den Mund aufnehmen konnte. Erst jetzt wurde ihr bewusst, dass sie ziemlich betrunken war, aber das beeinträchtigte ihre Arbeit nicht. Sie ließ die Zunge über die pralle Eichel gleiten, die salzig, klebrig und sehr erregt schmeckte.

Sie glaubte zu bemerken, wie sehr sich der Besitzer dieses stolzen Exemplars bemühte, ganz still zu bleiben, um sich durch seine Stimme nicht zu verraten. Er kniete über ihr und ließ sie saugen, während Lee sich auf ihre Pussy konzentrierte. Er war besser, als sie ihn in Erinnerung hatte.

Carla zupfte an ihren geschwollenen Nippeln. Einer davon fühlte sich nass und schlüpfrig vom Speichel des Fremden an.

Sie hatte sich in ihrem ganzen Leben noch nie so lüstern gefühlt, so gefährlich gierig nach Sex.

Dies ist genau das, was ich gern mit Alex tun würde, dachte sie, als sie den Fremden tief in den Mund nahm. Wenn es doch nur eine Chance dazu gäbe. Dieses Mal war das gedämpfte Grunzen hörbar, aber Lee brach nicht ab, um zu fragen, wer außer ihm noch da war. Also war er eingeweiht.

Der Fremde löste sich von Carla und legte sich neben sie. Er nahm wieder ihre Hand und führte sie zu seiner Erektion, damit sie ihn bequem reiben konnte. Alles war so entspannt und so sinnlich, sodass sie auch keine Einwände vorbrachte, als sie jemanden auf ihrer anderen Seite spürte, der ihre Haare streichelte, ihren Kopf zu sich drehte und eine samtene Eichel über ihre Lippen rieb. Sie öffneten sich wie von selbst, während Lee seine Zunge unermüdlich in ihre Pussy stieß.

Sie spürte, wie ihre Pobacken angehoben wurden. Lees Zunge flatterte gegen ihre Öffnung. Er zog die Backen auseinander und stieß forschend mit der Zunge hinein, bis sie vor Lust aufschrie, wobei der Penis des Fremden ihren Schrei dämpfte.

Wo hatte Lee das gelernt? Nicht, dass sie das in diesem Moment interessierte. Ihr Körper wand sich, während Lee noch tiefer und kräftiger zustieß und das rosige Loch eroberte. Dann wechselte er wieder zur Klitoris, und voller Wonne schluckte sie noch mehr von der Erektion des Fremden, während sie den anderen masturbierte.

Die Hände der Männer waren auf ihren Brüsten, zupften an ihren Warzen und zogen sie in die Länge. Die anschwellenden Wellen der Lust überfluteten ihren ganzen Körper, und sie begann zu stöhnen, worauf der Mann über ihr seine eigene Leidenschaft herausgrunzte. Carla raste und tobte und brannte, eingehüllt von schmutziger blinder Lust, während der Mann sich versteifte und seinen Samen über ihre Brüste versprühte.

»Besorg's mir«, keuchte sie.

Niemand antwortete, aber sie fühlte Hände auf ihrem Körper, die sie auf Hände und Knie bugsierten. Ihr Rücken wurde nach unten gedrückt, sodass ihr Po hoch in die Luft reckte. Sie ahnte, dass jemand vor ihr stand oder kniete.

Ich könnte es mit der ganzen Welt aufnehmen, dachte sie verträumt, und dann wurde sie von hinten und vorn penetriert. Lee stieß keuchend zu, er schien sich im Wettbewerb mit dem Fremden zu sehen, der ihren Mund in Besitz genommen hatte. Wer konnte härter pumpen, wer konnte schneller kommen? Sie fühlte, wie der dritte Mann unter ihren Leib kroch und ihre pendelnden Brüste zu lecken begann.

Das gab ihr den Rest. Sie kam mit gutturalen krächzenden Lauten. Ihr Mund und die vaginalen Muskeln spannten sich um die Invasion der beiden Männer, und dann zogen sich beide wie auf ein geheimes Kommando aus ihr zurück und explodierten auf ihrem Körper. Sie sackte hilflos aufs Bett, keuchend, beschmiert und total befriedigt.

Als sie nach einer Weile wieder zu sich kam, lag Lee neben ihr und nahm ihr die Augenbinde ab. Im Zimmer war es immer noch dunkel. Sie streckte sich wohlig, drehte sich auf die Seite und sank in einen tiefen Schlaf.

Lee und Ruth waren ins Büro gefahren und saßen vor dem Computer. Ruth hatte die Fotos der Digitalkamera eingespeist, und auf dem Schirm waren die kleinen Bilder zu sehen.

»Ich hatte keine Ahnung, dass sie so heiß sein kann«, sagte Lee voller Staunen. »Man könnte fast glauben, sie hätte es nicht das erste Mal getan.«

»Vielleicht war es auch nicht ihre erste Orgie.«

Lee lachte, war sich aber plötzlich nicht sicher. Ruth wählte Fotos zur Vergrößerung aus und lächelte Lee boshaft an.

»Es geht doch nichts über die moderne Technik, was?«, sagte sie und fuhr sich mit der Zunge über die Lippen. Lee stand auf und zog den Reißverschluss seiner Jeans auf. Sein Schaft sprang heraus und direkt in ihren wartenden Mund.

»Amen«, sagte er.

Lee war nicht mehr da, als Carla am anderen Morgen aufwachte. Auf der Frisierkommode lag ein Zettel von ihm. Er würde sie anrufen, stand da. Ihr war es ganz Recht, dass sie nicht mit ihm reden musste, denn sie hätte nicht gewusst, was sie sagen sollte. Wahrscheinlich ging es ihm ähnlich.

Es war Nachmittag, bevor sie sich wieder halbwegs wie ein Mensch fühlte. Jet fand sie über einem Cappuccino im Café. Er grinste von Ohr zu Ohr.

»Du siehst so aus, als wäre Elvis gerade in deinem Kaffee gekommen«, sagte sie.

»Die Blue Lobster Bar am Strand von Westport? Heute Abend?« Er trommelte einen Beat auf das rot karierte Tischtuch, was verärgerte Blicke von Gästen an Nachbartischen hervorrief. Er hörte auf und hob wie in einer Kapitulation die Hände. »Ich spiele da«, sagte er lässig.

Carla vergaß ihren Kater und kreischte laut, dann stand sie auf und warf die Arme um seinen Nacken. »Oh, Mann, du bist ein Geheimniskrämer!« Dann, entsetzt: »O nein, ich kann nicht. Alex führt mich zum Essen aus.«

Er sah sie verzweifelt an. »Aber du musst dabei sein.«

»Ach, was rede ich? Natürlich werde ich da sein. Ich bringe ihn mit.«

»Er wird nicht kommen.«

»Das muss er schon, wenn er mit mir essen gehen will.«

An diesem Abend trug sie das schwarze Kleid mit schwarzen Stiefeln und einer silbernen Stola, um ihre Schultern warm zu halten. Alex klopfte um halb acht an ihre Tür, wie sie ihm am Nachmittag aufgetragen hatte.

»Hübsche Stiefel«, sagte er.

»Danke.«

Sie war amüsiert. Vor allem anderen nahm er die Stiefel wahr. War er nicht nur ein Masochist, sondern auch noch ein Schuhfetischist?

»Sind Sie sicher, dass wir das Auto nicht brauchen?«, fragte er.

»Es ist nur eine Meile von hier, aber wenn Sie Ihren schicken Sportwagen unbedingt vorführen wollen, können wir fahren. Doch Sie sollten sich selbst einen Gefallen tun – und Sie sparen auch noch Benzin.«

»Okay, ich gehe sowieso lieber zu Fuß«, sagte er.

Es war ein stiller Abend und ein angenehmer Spaziergang am Hafen vorbei zur Lobster Bar. Carla empfand eine gewisse Befriedigung, dass sie den Ablauf des Abends bestimmte. Es gefiel ihr auch, dass Alex sie wie zerbrechliches Porzellan behandelte. Er versuchte nicht, sie auf irgendeine Weise zu berühren; er nahm nicht einmal ihre Hand in seine. Auch beim Reden hielt er sich zurück. Wieso traute er sich nicht? Schätzte er sie für so prüde ein? Was würde er wohl von ihr halten, wenn er wusste, was gestern Nacht geschehen war?

»Sind Sie sicher, dass wir in dieser Bar gut aufgehoben sind?«, fragte er zweifelnd, als er den verschachtelten Holzschuppen sah, auf dessen Dach ein großer Hummer von blauem Neonlicht angestrahlt wurde. Auf dem Parkplatz standen einige Harleys, und Mitglieder der Bart-und-Bandanna-Fraktion saßen an mehreren Picknicktischen und tranken Sam Adams aus der Flasche.

»Ja, das bin ich«, sagte sie und führte ihn durch die Tür. »Entspannen Sie sich. Das Essen ist gut.«

Sie wurden zu einem Tisch auf der Veranda geführt, und von dort hatten sie freien Blick auf den Atlantik.

»Jetzt hätten wir im Rainbow Room sitzen können«, sagte Alex, als er ein wenig angewidert die Speisenkarte mit den Eselsohren in die Hand nahm.

»Ist das nicht ein bisschen langweilig?«

Über dem oberen Kartenrand fing er ihren Blick auf. Er lächelte zögernd, als würde ihm gerade bewusst, dass er ungestraft etwas tun konnte, was überhaupt nicht zu ihm passte. Er antwortete nicht, aber das war auch nicht nötig.

Während des Essens redeten sie über die Ausstellung, die in zwei Monaten stattfinden sollte. Carla fühlte, wie es ihr heiß und kalt über den Rücken lief. Endlich hatte sie ein gutes Gefühl bei dem, was sie produzierte – aber was würde Alex dazu sagen? Ihr wurde bewusst, dass sie das erste Mal daran dachte, wie er auf ihre Arbeit reagierte.

Der Hummer war gut, er stammte aus dem Fang, der am Morgen an Land gebracht worden war. Dazu gab es Bier und *Caesar's Salad*. Während Alex redete, fiel Carla ein Fleck Mayonnaise auf seiner Oberlippe auf. Er wusste nichts davon, aber sie würde sich erst auf das konzentrieren können, was er sagte, wenn er die Mayonnaise entfernte. Sie versuchte, nicht auf seine Lippe zu starren, aber der verdammte Fleck musste weg. Schließlich gewahrte er, dass sie ihm nicht zuhörte.

»Was ist denn los?«

»Entschuldigen Sie, aber ich muss das tun.« Sie griff über den Tisch und wischte die Mayonnaise mit dem Daumen ab. Dabei berührten ihre Finger seine Wange.

Er griff ihre Hand und presste sie auf seine Wange, und dann drückte er seine Lippen auf ihre Handfläche. Es war offenkundig, dass er ihre Absicht völlig falsch ausgelegt hatte.

»Carla«, sagte er mit einer tiefen Stimme, die ganz anders klang als bisher.

Er sah so ernst und feierlich aus, und ihr gelang es nur

mühsam, ein Lachen zu unterdrücken. So unauffällig wie möglich zog sie ihre Hand zurück.

»Sie hatten ein bisschen Mayo auf der Oberlippe«, erklärte sie.

»Oh.« Er setzte sich aufrecht hin. Ihr gefiel seine Verunsicherung. Er hielt einen Kellner an und bestellte einen Bourbon pur.

»Entschuldigen Sie, was wollten Sie eben sagen?«, fragte Carla.

Er wiederholte die Details zur Ausstellung und war dankbar, dass er ein Thema hatte, über das er sich auslassen konnte. Aber sie hörte immer noch nicht zu, denn sie konnte nur daran denken, wie sich seine Lippen auf ihrer Hand angefühlt hatten, die auch jetzt noch glühte. Seine Stimme klang noch in ihr nach, als er ihren Namen mit dieser Intensität ausgesprochen hatte.

Als sie den Kaffee servierten, hatte sich die Bar bis auf den letzten Platz gefüllt, und eine gespannte Erwartung lag wie eine schwere Wolke über dem Lokal. Eine angenehme Männerstimme drang aus den Lautsprechern und bat um einen freundlichen Willkommensapplaus für Jet Sanders.

Alex drehte sich um, damit er Jet sehen könnte, aber er sah nur Köpfe. Carla legte eine Hand auf seinen Arm, als er aufstand und gehen wollte.

»Hören Sie ihm wenigstens zu. Er ist wirklich gut.« Jet spielte die ersten Takte von ›Pride and Joy‹, Tadellos, und den Leuten gefiel es. Als er zu singen begann, explodierte die Bar. Die rauchige Emotion in seiner Stimme brachte sogar Männer zum Heulen. Als er in eine andere Richtung blickte, wusste Carla, dass er Alex gesehen hatte, denn der Onkel stand jetzt vor der Bühne, seine Hände zu Fäusten geballt.

Alex wandte sich ab und bahnte sich einen Weg durch die dicht gedrängte Menge. Erst draußen holte Carla ihn ein.

»Was ist denn los?«

»Sie haben mir nicht gesagt, dass er hier auftritt.«

»Sie wären nicht mitgekommen, wenn ich es Ihnen gesagt hätte, und ich wollte, dass Sie ihn sich anhören. Er ist nicht dazu geboren, mit Schlips und weißem Kragen durch die Gegend zu laufen, Alex, warum können Sie das nicht akzeptieren?«

»So einen Unsinn muss ich mir nicht anhören«, schimpfte er laut. »Ich selbst hatte keine Wahl, ich wurde in einen Anzug mit Schlips und weißem Kragen gesteckt, und entweder ging ich darin unter oder ich überlebte. Deshalb brauche ich keine Belehrungen, auch nicht von Ihnen.«

Sie blinzelte bei seinem unerwarteten Ausbruch und sah, wie er mit staksigen Schritten die Straße hinunter ging.

»Warten Sie.«

Er verlangsamte seinen Schritt, und sie holte ihn ein. »Ich habe in einem Zeitungsartikel über Sie gelesen, dass man Sie den Großen Macher nennt. Liegt das daran, dass Sie alles beißen, was Ihnen zu nahe kommt?«

»Sind Sie wieder auf dem Therapietrip?«

»Ich bin nur neugierig. Sie haben alles, und doch sind Sie ...« – sie machte eine hilflose Geste – »elend dran.«

»War ich heute Abend elend dran?«

»Nein, aber Sie sind verkrampft.«

»Ich habe allen Grund dazu. Ich habe die Zukunft meiner Firma auf ein einziges Geschäft gesetzt. Nächste Woche werde ich um fünfzig Millionen Dollar ärmer sein.«

Sie führte ihn auf einen Park mit Schaukeln und einer Rutsche zu. Niemand war weit und breit zu sehen. Sie setzte sich auf eine Schaukel und wies mit dem Kopf auf die andere.

»Warum tun Sie das, wenn es Sie unter Stress setzt?«

»Ich kriege einen Ständer davon.« Er lächelte nicht, als er das sagte.

»Es gibt preiswertere Methoden.«

»Sicher, aber wenn das Geschäft klappt, bringt es mir ein Vielfaches.«

»Hoffen Sie.«

»Wie ich schon sagte, es ist eine Art Zockergeschäft. Aber ich rechne nicht damit zu verlieren.«

»Damit rechnen Zocker nie.« Sie setzte die Schaukel langsam in Bewegung, die Füße noch auf dem Boden. Wo sie auch bleiben würden, schwor sie sich. »Erzählen Sie mir von Ihren Geschäften«, sagte sie. »Läuft es so ab wie das Einkaufen von Mangos?«

»Nun, ein bisschen komplizierter sind sie schon.« Er begann ihr von der Grundidee zu erzählen, marode Firmen aufzukaufen und zu zerschlagen, um die Einzelteile zu veräußern.

»Nein, nein«, rief sie nach drei Sätzen. »Das verstehe ich nicht. Ich weiß nicht, was Durchschnittsmarkttransaktionen sind, und habe keine Ahnung von Wertabschreibungen.«

»Oh, entschuldigen Sie.« Er fing von vorn an, und diesmal dauerte es länger, bevor sie ihn wieder unterbrach.

»Wie fühlt es sich denn an, wenn man weiß, man hat satten Profit gemacht auf Kosten der Leute, deren Leben man zerstört hat?«

»Leben zerstören ist ein emotionsgeladenes Wort. In meinem Job muss man spärlich mit Emotionen umgehen.«

»Mein Vater hat nach seiner Entlassung nie wieder einen richtigen Job gefunden. Er hat damals seine Pensionsansprüche verloren, einfach alles.«

»Das erklärt einiges«, antwortete Alex trocken.

»Jet hat mir erzählt, Sie hätten keine gute Kindheit und Jugend zu Hause erlebt. Sind Sie deshalb so ein gemeiner Bastard geworden?«

Alex ließ sein Feuerzeug aufflammen. Sein Gesicht lag im Schatten, als er das Feuer an die Spitze seiner Zigarre hielt. »Ich schätze, dass Jet eine Menge gequatscht hat, da brauchen Sie dasselbe nicht mehr von mir zu hören.« Er hörte sich so ernst an, dass sie am liebsten seine Schultern massiert hätte.

»Es sei denn, Sie wollen es.«

»Ich ziehe es vor, über die Zukunft nachzudenken und nicht über die Vergangenheit.«

Im folgenden Schweigen konnten sie das Rauschen der Wellen hören, die letzten Zikaden im Gras und ferne Musik. Carla legte sich auf der Schaukel zurück und blickte hoch zu den Sternen. Er tat es ihr nach.

»Ist das die Milchstraße?«, fragte er und zeigte auf eine nur schwach sichtbare Sternenlinie.

»Vielleicht. In New York kann man sie nicht sehen. Zu große Luftverschmutzung.«

»Deshalb gefällt es mir hier oben. Die Ruhe, die Vögel, die Farben der Bäume. Ich wünschte, ich könnte noch viel öfter herkommen.«

Sie setzte sich auf und sah ihn an, streckte sich waagerecht auf der Schaukel und stieß mit dem Fuß gegen seinen. »Dann kann man ja noch Hoffnung für Sie haben.«

Er stieß sich von der Schaukel ab und zog Carla auf die Füße. »Zeigen Sie mir, woran Sie gerade arbeiten?«

»Aber nicht heute Abend.«

»Warum nicht?«

»Weil ich nicht von gestern bin.«

Schweigend gingen sie zum Sanctuary, aber es war eine angenehme Stille zwischen ihnen.

»Danke fürs Essen«, sagte sie, als sie vor ihrer Zimmertür standen.

»Es war mir ein Vergnügen. Danke, dass Sie mir zugehört haben.«

»Es ist ... ach, schon gut.«

Schweigen. Sie hielt den Schlüssel schon in der Hand.

»Darf ich Sie küssen?«, fragte sie. Schmetterlinge flatterten in ihrem Bauch. In diesem Moment wollte sie nicht noch mehr Zeit vergeuden.

»Warum fragen Sie jetzt? Bisher haben Sie mich nicht gefragt.«

Sie lächelten beide. Er nahm den elektronischen Schlüssel aus ihrer Hand und schob ihn in den Schlitz; eine symbolische Geste, die ihr verriet, dass sie beide dasselbe wollten.

»Alex, du bist zurück!« Trippelnde Schritte, dann schob sich ein Wesen in wehendem Chiffon zwischen sie und bot Carla einen Blick auf den makellosen Rücken. »Igitt! Du stinkst nach Rauch! Warst du etwa den ganzen Abend in einer verräucherten Bar? Wie schrecklich.«

Alex drehte sich zu Carla um. »Carla, das ist Valerie.«

Valerie Clarke war ein exquisites Porzellanpüppchen mit perfekter Haut, perfekten Lippen und perfekt geschwungenen hellblonden Haaren, mit perfekten Zähnen und einem perfekten Körper, wie geschaffen dazu, perfekte Kleider vorzuführen. Sie hatte blaue Augen, die so durchdringend blickten, dass sie selbst auf eine Entfernung von fünfzig Schritt eine potenzielle Bedrohung darstellten.

»Oh, du bist die Künstlerin aus Nu Joisy«, rief sie mit einem hellen trillernden Lachen. Carla lächelte süß. Es juckte sie in den Fingerspitzen, mit den Nägeln über das spöttische Gesicht zu fahren. Stattdessen ignorierte sie die andere Frau und lächelte Alex an.

»Danke für das Essen. Noch einen schönen Abend«, sagte sie steif und ging in ihr Zimmer. Oh, verdammt, dachte sie noch einige Male, bevor sie endlich Schlaf fand.

Alex führte Valerie in seine Suite und verschloss die Ohren vor ihrem New Yorker Partygirlgeplapper. Er wollte sich zwingen, das heiße Begehren, das er noch für Carla empfand, abzuwürgen, denn selbst Valerie würde begreifen, dass seine

Erektion nicht ihr galt. Sie plauderte unentwegt weiter, diesmal über ihre Agentin, die Großes mit ihr vorhatte.

Du wirst es nie schaffen, dachte Alex, du hast zu wenig Ambition und keine Disziplin. Nach ihren ersten Erfolgen war Valerie offenbar davon ausgegangen, dass ihr nun alles in den Schoß fallen würde und sie nicht mehr hart an sich arbeiten musste.

»Baby? Du bist doch nicht böse mit mir?« Ihre mädchenhafte Stimme nervte ihn. Sie sah ihn mit schmollenden Lippen an. »Liebst du sie mehr als mich?«

»Dieser Abend mit ihr war rein geschäftlich«, sagte er und schaute sie an, während er sein Hemd aufknöpfte.

Sie trug einen fast durchsichtigen Unterrock, durch den ihre Mädchenfigur schimmerte. Der Ausschnitt gab den Blick auf ihre zierlichen Brüste frei, was ihm gefiel, denn dadurch wurde das Verlangen, das Carla geweckt hatte, wach gehalten.

»Oh!« Valeries Augen weiteten sich, als er sich nackt aufrichtete. Er löschte das Licht und drückte ihren Oberkörper aufs Bett.

»Aber ich wollte doch, dass du meinen Unterrock bewunderst«, protestierte sie. »Er ist von Chanel.«

»Ich habe ihn gesehen. Er ist ein Gedicht.«

»Ach, du hast ihn überhaupt nicht beachtet.«

»Meinst du dieses Ding hier?« Er schob das hauchdünne Material grob über ihre Schenkel und spreizte sie.

»Oh, pass doch auf, sonst zerreißt es! Alex, was ist denn los mit dir?«

»Ich will dich vögeln.«

»Sei nicht so vulgär.« Sie sträubte sich, und dann hörten sie beide einen leisen Riss. Valerie quiekte entsetzt. »Wie konntest du nur?«

»Oha, das ist aber dumm gelaufen. Aber jetzt ist der Schaden einmal angerichtet.« Alex riss den Unterrock entzwei und drang hart und schnell in sie ein. Er ignorierte ihr wütendes Quietschen und auch die trommelnden Fäuste auf seinem Rücken. Schließlich aber wich ihr Zorn der Lust, als ihr Körper auf seine Stöße zu reagieren begann.

»Du bist ein Tier«, stöhnte sie und umschlang ihn fest, während er ihren zierlichen Körper tief in die Matratze trieb.

Er sagte nichts dazu, konnte es auch nicht, denn was er hätte sagen wollen, hätte sie schockiert und bei ihr einen hysterischen Anfall ausgelöst. Aber er brauchte sie in diesem Moment; er benutzte sie, wie er wusste, dass sie ihn benutzte. Sie kreischte vor Lust, und ihre Hände klatschten auf seinen Rücken, als sie vom Orgasmus erfasst wurde und sie spürte, wie er sich sprühend in ihr ergoss.

Er rutschte aus ihr heraus und legte sich neben sie, erschöpft und ausgelaugt. Sein Hunger war für den Augenblick gesättigt, aber das genügte ihm nicht. Oh, verdammt, dachte er einige Male, bevor er endlich seinen Schlaf fand.

Am nächsten Morgen verzichtete Carla aufs Frühstück, denn ihr war der Gedanke unerträglich, eventuell Alex mit Miss Amerika zu begegnen. Aber kaum hatte sie die ersten Kringel der Acrylfarbe auf ihre Palette gedrückt, als sich die Tür öffnete und Alex ihren Namen rief. Sie wollte nicht, dass er sah, woran sie arbeitete, deshalb ging sie aus dem Studio und zog die Tür hinter sich zu.

»Ich weiß, dass Sie arbeiten, aber Sie müssen essen«, sagte er. Hinter ihm trat ein Kellner ins Zimmer, in seinen Händen ein Silbertablett mit frischen tropischen Früchten, einem griechischen Joghurt, kleinen Pasteten und einer Kanne Vanillekaffee.

»Danke.«

Alex trat auf sie zu. »Mir hat der gestrige Abend wirklich gut gefallen. Ich hatte keine Ahnung, dass Valerie plötzlich auftauchen würde.«

»Ja, klar.« Sie wollte, dass er wieder ging, aber er blieb unbeweglich vor ihr stehen.

»Sie sind bestürzt, das sehe ich Ihnen an.«

»Nein.« Sie war immer schon eine lausige Lügnerin gewesen, dachte sie.

»Doch, das sind Sie. Sagen Sie mir warum.«

Sie hätte es noch eine Weile abstreiten können, aber Carla glaubte an das Prinzip Ehrlichkeit. Sie hielt seinem Blick stand.

»Ich werde offen zu Ihnen sein. Wenn Sie mich haben wollen, dann rücken Sie mit der Sprache heraus. Aber ich sage Ihnen gleich, ich habe kein Interesse daran, nur eine von Ihren zahlreichen Eroberungen zu sein. Nennen Sie mich naiv, wenn Sie wollen, aber wo ich herkomme, geht man sogar mit einem Kuss schon eine kleine Verpflichtung ein. Wenn Sie damit ein Problem haben, sollten wir unsere Beziehung streng professionell halten.«

»Ist es das, was Sie wollen?«

»Ich weiß nicht, was ich will! Vor ein paar Tagen haben Sie mich ...« – sie suchte das richtige Wort, fand es aber nicht – »so durcheinander zurückgelassen. Ich wusste nicht, was ich davon halten sollte. Ich wusste nicht ...«

»... ob ich dasselbe fühlte?«

»Ja! Nein! Woher wissen Sie, was ich fühle? Ich kenne den Unterschied zwischen der Anmache auf einer Party und etwas, was sich richtig anfühlt. Wie hat es sich für Sie angefühlt?«

Oh, Mist, das war so erniedrigend. Ihr Gesicht brannte, aber seinen durchdringenden blauen Augen konnte sie nicht entfliehen.

Draußen waren Schritte zu hören, die sich näherten. Es klopfte kurz an die Tür, die im nächsten Moment schon geöffnet wurde. Alex starrte an die Decke, frustriert über die erneute Störung. Valerie stand da, winzig und perfekt in engen weißen Jeans und einem pinkfarbenen Top. Sie hatte ein strahlendes Lächeln aufgesetzt, aber Carla ließ sich nicht täuschen.

»Es scheint, dass er sich nicht von dir trennen kann«, sagte sie mit fröhlicher Stimme, so künstlich wie ihre kecken aufragenden Brüste.

»Du auch nicht«, sagte Carla spitz. Sie sah keinen Grund mehr, nett zu ihr zu sein.

Valerie schlang einen langen Arm um Alex' Bizeps. Es war ein Griff wie von einer Boa Constrictor. »Du warst ganz schön heftig letzte Nacht«, gurrte sie. »Du hast mich wieder auf den Geschmack gebracht. Komm, vorher frühstücken wir noch gemeinsam.«

Alex sah irritiert aus. Es war offensichtlich, dass er nicht gehen wollte. Carla hatte einen frivolen Gedankenblitz.

»Alex wollte sich gerade meine letzten Bilder anschauen«, sagte sie und öffnete die Studiotür. Alex warf ihr einen verwunderten Blick zu, während er sich von Valeries Arm löste und an ihr vorbei zur Tür schritt. Carla biss sich auf die Unterlippe und sah ganz unschuldig aus.

Sie hatte vier Bilder vollendet, das fünfte lag auf der Staffelei. Alle Bilder waren auf Leinwand, einsachtzig mal neunzig, in schwarzem Acryl vor weißem Hintergrund. Das Gesicht des Modells war leicht unscharf gehalten, auch die feine Knochenstruktur des Kopfs war nur angedeutet. Trotzdem hätte eine liebende Frau ihn erkannt.

Er war in verschiedenen Posen gemalt; einmal lag er zwischen zerwühlten Laken, dann stand er am Fenster und schaute hinunter auf etwas zwischen seinen Füßen. Die Haare verdeckten fast das ganze Gesicht. Das Auge des Betrachters wurde unwillkürlich auf den einzigen Farbtupfer gelenkt, und das war der kleine Slip, den er trug. Manchmal war er darunter sichtlich erregt, während er auf anderen Bildern so posierte, dass man ahnte, wie gut bestückt er sein musste. Jedes Bild strahlte ein Sichgehenlassen aus, erotische Freude, aber auch den Hauch von Frustration und sogar ein bisschen Hoffnungslosigkeit.

»Ich werde die Reihe ›Verführung‹ nennen«, erklärte Carla. »Insgesamt wird die Reihe aus zehn Bildern bestehen.« Sie sah, dass Valerie vor Wut kochte. »Ich habe meine Phantasie spielen lassen müssen«, fügte sie lächelnd hinzu, erntete aber nur einen unfreundlichen Blick.

»Verführung«, murmelte Alex und strich mit einer Hand über den Schenkel des Modells, gerade so, als wollte er fühlen, ob er aus Fleisch und Blut wäre. »Das ist ein guter Titel.« Er sah Carla in die Augen. »Er passt genau.«

»Sie sind sehr gut«, sagte Valerie, das Gesicht versteinert, dann ging sie ohne ein weiteres Wort aus dem Studio. Alex schloss die Tür hinter ihr ab.

»Ich glaube, Sie sollten auf der anderen Seite der Tür sein«, sagte Carla.

»Sie kann warten.« Seine blauen Augen blickten wie im Fieberglanz. »Ich weiß nicht, was ich sagen soll. Sie sind umwerfend.«

»Nun, es sind Bilder von Ihnen«, sagte sie beschwingt. »Sie gehen jetzt besser, bevor sie Ihnen Ihre Eier in Scheiben geschnitten vorsetzt.«

»Sie sind schmutzig.«

Sie grinste ihn an. »Ich weiß.«

»Ich meinte Ihre Hände.« Alex fasste sie am Handgelenk und führte sie ins Badezimmer. Sie öffnete den Mund, um etwas zu sagen, aber er legte eine Hand auf ihren Mund und hinderte sie am Sprechen. Er zog seine Ärmel hoch und entblößte schlanke, sehnige Gelenke mit seidig schwarzen Haaren, dann griff er von hinten um sie herum und drehte die beiden Hähne des Porzellanbeckens auf.

Draußen klopfte jemand an die Tür. »Alex? Die Tür lässt sich nicht öffnen. Lass mich hinein.«

»Das ist aber schade«, murmelte er. Sein Atem an ihrem

Ohr ließ sie erschauern, und es war ihr sehr bewusst, dass ihr Gefühl von Anstand ihn in die Schranken weisen sollte, aber sie schob ihn nicht von sich.

Sie fand es ungeheuer aufregend, dass er das Risiko auf sich nahm, es sich mit seiner schönen Mätresse zu verderben. Er drückte sich von hinten gegen Carla und testete das Wasser. Sie konnte ihn spüren, seine Beine gegen ihren, als er ihre Hände unter das warme Wasser hielt. Die Seife, duftend und glitschig, schlüpfte durch ihre Finger und bedeckte sie mit dickem Schaum, den er in jeden Finger einzeln einmassierte. Sie erinnerte sich, dass ihr Vater sie auf diese Weise gewaschen hatte, als sie ein kleines Mädchen gewesen war.

Aber die Gefühle, die Alex in ihr wachrief, waren alles andere als harmlos. Sie spürte seine Erregung, die gegen ihren Po drückte, und es kostete sie alle Willenskraft, ihren Hintern nicht gegen die strotzende Erektion zu reiben.

Das Wasser färbte sich grau, also zog er den Stöpsel und ließ frisches Wasser nachlaufen. Carla hörte, wie er in ihr Ohr flüsterte, und sie fühlte, wie sich sein Körper immer dichter an ihren schmiegte.

Er legte eine Hand unter ihr Kinn, und sie hob den Kopf und legte ihn in den Nacken, damit Alex sie küssen konnte. Seine Zunge flatterte in ihrem Mund. Es war ein behutsamer Kuss, wunderbar weich austariert, und doch voller Leidenschaft. Schließlich drehte er sie um und hob ihre Hände an seine Lippen. Er küsste jeden Finger, und ihr war, als rasten ihre Nervenenden auf der Überholspur.

»Sobald du bereit bist, werde ich eine ganze Nacht mit dir Liebe machen«, raunte er, und dann war er verschwunden. Carla verharrte auf der Stelle, fest geschweißt von der Hitze in seiner Stimme.

Zehntes Kapitel

Ruth hatte Alex' Anweisung, ihm mehr Freizeit beim Tagesablauf zu verschaffen, schlicht ignoriert. Frustriert sah er auf den Wochenplan. Mittwoch Baltimore, Unterzeichnung der Besitzübergabe von Ocean; Dienstag und Donnerstag Geschäftsessen mit potenziellen Klienten, die das dicke Minus auf seinem Konto wieder ausgleichen könnten, das der Ocean-Deal verursacht hatte.

Jede Stunde konnte für das Überleben von Crewe Equities entscheidend sein, aber im Moment sehnte er sich nach Heathcliffe Sanctuary und nach Carlas Schenkeln, die er sich fest um seine Hüften geschlungen vorstellte.

Er stand am Ufer, blickte auf das heruntergekommene Lagerhaus von Ocean und malte sich aus, wie er das ganze Terrain neu gestalten würde. Ihm gefiel die Idee mit einem weiteren eleganten Wolkenkratzer aus Glas und Stahl. Sein Beitrag zur Skyline der Stadt.

Der Kontrast zwischen dem Alten und dem Neuen faszinierte ihn. Auf der einen Seite die honigfarbenen steinernen Wolkenkratzer der Dreißiger mit ihren schönen Kuppeln und den schrägen Dächern, mit Kupfer ausgelegt, auf der anderen Seite die monolithischen schlanken Fassaden des modernen Designs. Ja, es war jammerschade, dass er nicht über das Kapital verfügte, ein solches Projekt zu verwirklichen.

»Hübsche Aussicht, was?«, fragte eine Stimme und riss ihn in die Wirklichkeit zurück.

»Man sollte uns nicht zusammen sehen«, tadelte Alex ungehalten, wandte dem Fluss den Rücken zu und schaute hinüber nach Brooklyn.

»Hier wird uns niemand sehen.« Der Mann stieß Alex' Ellenbogen an und hielt ihm einen Flachmann hin. »Hier, das brauchen Sie vielleicht.«

Alex zögerte, bevor er dann doch nach der Flasche griff. »Berichten Sie.«

Der Mann stellte sich neben ihn und lehnte sich gegen das Geländer. Er war der Mann, den Alex engagiert hatte, um Flanigan zu finden. Ein englischer Privatdetektiv, importiert aus dem Land, in dem es sie in Hülle und Fülle gab. Für ihn sprach, dass er Detective bei der englischen Kriminalpolizei gewesen war, und außerdem konnte er eine Menge Referenzen vorzeigen.

»Sie sollten sich ab und zu Ihre Kontoauszüge ansehen«, sagte Roy Smith fröhlich. »Jemand hat Ihre Investmentkonten angezapft und auf verschiedene Firmen in Übersee umgeleitet.« Er reichte ihm eine ausgedruckte Liste. »Das sind die Namen der Firmen, auf deren Konten das Geld geflossen ist.«

Damit hatte Alex nicht gerechnet. »Das sind keine Firmen von mir«, sagte er düster. »Von welchen Summen reden wir?« Er nahm einen Schluck Bourbon und wartete.

»Schwer zu sagen. In den letzten achtzehn Monaten mindestens zwei Millionen Dollar.«

Alex fühlte, wie ihm die Farbe aus dem Gesicht wich. Zwei Millionen Dollar. Eine Delle, nicht genug, um ihm ernsthaft Schaden zuzufügen, aber mehr als genug, um ihn zum Gespött der ganzen Stadt zu machen.

Roy kratzte sich am Ohr. »Was das andere Problem angeht, habe ich Ihre Mitarbeiter überprüft. Die meisten haben eine weiße Weste, mal abgesehen von ein paar Knöllchen wegen falschen Parkens. Nur eine ist so unschuldig wie ein neugeborenes Baby, und so was weckt mein Misstrauen.«

»Und?«, fragte Alex ungeduldig.

»Sie heißt Susan Fitzgerald, aber Sie kennen sie als Ruth

Sewell. Sie ist mit einem Mann namens Romano Capelli befreundet, der sich auf falsche Papiere spezialisiert hat, von Reisepässen bis zu Führerscheinen. Sie kennen ihn eher als Größe, was Liegenschaften am Hafen betrifft. Meine Theorie ist, dass Ruth die langen Finger hat. Ich bin sicher, dass sie drauf und dran ist, sich nach Europa abzusetzen.«

Alex warf den Zigarrenstummel wütend in den Fluss.

»Zuletzt haben sie sich im Hilton getroffen«, fuhr Roy fort. »Einer der Kellner hat mir gesteckt, dass Romano Capelli ein Callgirl bestellt hat. Und Lee Simpson war auch dabei.«

Alex sah ihn verdutzt an. »Simpson? Er gehört auch dazu? Oh, verdammt.« Er nahm wieder einen Schluck Bourbon.

»Ja, er ist offenbar ihr Sklave. Der Typ, mit dem ich geredet habe, hat ihn splitternackt und gefesselt auf dem Boden von Capellis Suite gesehen, allerdings hatten sie ihm eine Kapuze über den Kopf gezogen.«

»Und woher will der Kerl ihn erkannt haben?«

»An einem riesigen tätowierten Herz auf dem Unterarm. Ich habe das überprüft.«

Wieder setzte Alex den Flachmann an die Lippen. »Ich habe nichts dagegen, wenn mich eine schöne Frau über den Tisch zieht«, murmelte er, »aber ich möchte gern wissen, ob ich dafür auch noch zahlen muss.«

»Tatsächlich?«, fragte Roy Smith grinsend. »Am liebsten zahle ich nichts.«

»Eine naive Einstellung in dieser Zeit, oder?«

»Was ist mit Carla Vicenzi?«

Alex ruckte den Kopf herum. »Was soll mit ihr sein?«

»Sie ist eine sexy Lady, wie ich sie seit langer Zeit nicht mehr gesehen habe. Sie ist sauber, frisch wie ein Pfirsich und süß wie Honig. Zu gut für Leute wie Sie und mich«, fügte er grinsend hinzu.

Alex erwiderte das Grinsen nicht.

»Wie geht's jetzt weiter?«, fragte Roy, weil er das Thema wechseln wollte.

»Sagen Sie Ihrem Freund im Hilton, dass es sein Schaden nicht sein wird, wenn er uns weitere Informationen beschafft.« Ihm fiel etwas ein. »Ruth hat mal erzählt, dass sie in Europa gearbeitet hat, aber sie hat nicht gesagt, wo. Ich weiß, dass sie fließend Französisch spricht. Überprüfen Sie das. Vielleicht hat sie so ein Ding ja schon mal durchgezogen.«

Auf dem Weg zurück ins Büro hätte er Ruth am liebsten sofort zu sich bestellt, um die Wahrheit aus ihr herauszuprügeln. Aber als er im Büro war, hatte er sich beruhigt. Sie war bei einem Essenstermin in Uptown. Er rief sie an und trug ihr auf, nachher zu Gucci zu gehen. Dort gab es ein Halsband aus Platin und Diamanten, das Petrinas Begehrlichkeit geweckt hatte. Ruth sollte es kaufen – eine Wiedergutmachung dafür, dass er ihre Party vor einer Woche verpasst hatte. Er war sich nicht sicher, aber er glaubte, dass es eine halbe Million kostete.

Wie gewöhnlich stockte Ruth auch diesmal nicht der Atem. »Von welchem Konto?«, fragte sie kühl.

»Wie immer«, antwortete er und lächelte grimmig, als er den Hörer auflegte.

Am folgenden Freitag wartete er in der maskulinen Umgebung der Manhattan Cigar Bar auf Petrina. Ihre Arbeit hatte kein früheres Treffen ermöglicht, aber ihre Agentin hatte ihn angerufen und ihm ausgerichtet, dass Petrina sich für das schöne Geschenk bedankte. Arrogante Ziege, dachte Alex, aber dann nistete sich ein Gedanke bei ihm ein, der ihm nicht gefiel: Sie hat von dir gelernt.

Er nippte an seinem dritten Cocktail (zweiundsechzig Dollar das Stück) und hoffte, dass der Alkohol half, die unerfreulichen Bilder zu verdrängen, die sich wie ein Film in seinem Kopf abspulten.

Gerade, als er gedacht hatte, die Woche könnte schlimmer nicht werden, wurde vor zwei Tagen ein großer brauner Umschlag anonym in seinem Büro abgegeben. Er enthielt Fotos von Carla, wie sie von drei jungen Männern zu erotischer Lust getrieben wurde. Die Fotos waren mit einer Digitalkamera aufgenommen worden.

Sie sah wunderschön aus. Ein schwarzer Latexschal diente als Augenbinde. Samen glitzerte auf ihren Brüsten, die vollen Lippen waren gierig geöffnet. Alex hatte lange auf die einzelnen Fotos gestarrt und war sich nicht schlüssig, ob er sie in kleine Fetzen reißen oder als Wichsvorlage benutzen sollte. Seitdem erging er sich in Trübsinn und verfluchte Carla, weil sie ihn wieder einmal in tiefe Unsicherheit gestürzt hatte.

Carla hatte ihn eingelullt. Nach ihrem Verhalten hatte er glauben müssen, dass sie anders war als die anderen, natürlich, normal, vielleicht ein bisschen langweilig. Er hatte das akzeptiert und sich darauf gefreut, sie zur vollen Blüte zu bringen. Aber nachdem er diese Bilder gesehen hatte, zwickte es in seinen inneren Organen wie ein hartnäckiger Fall von Sodbrennen. Was war es, was er von ihr wollte?

Wie gewöhnlich verspätete sich Petrina, aber das gab ihm Zeit, genug zu trinken, um den Abend halbwegs anständig durchzustehen. Er warf einen Blick auf seine Platinuhr, bei der jede Zahl mit einem Brillanten besetzt war. Petrina hatte sie ihm geschenkt, was ihm bewies, dass sie inzwischen genug Geld verdiente und seins nicht mehr benötigte.

Er hoffte, dass sie ihm sagte, es wäre aus. Wenn er die Beziehung beendete, konnte er sicher sein, dass sie darauf bestand, das Apartment in der Uptown zu behalten, und außerdem würde sie eine beträchtliche Abfindung als Pflaster für ihre untröstliche Seele verlangen.

Bei den beiden anderen, Valerie und Tanya, würde es kaum

anders sein. Wenn er wirklich klar Schiff machen wollte, würde es ihn ein Vermögen an wertvollen Immobilien mitten in Manhattan kosten.

Er stieß einen tiefen Seufzer aus und leerte seinen Cocktail. Als er einen neuen bestellte, näherten sich ihm drei sinnliche Frauen, zwei Blondinen und eine Brünette. Mit langsamen Schritten kamen sie wie in Zeitlupe auf ihn zu. Sie kreisten ihn ein, küssten seine Wangen, schmusten und strichen seine Krawatte glatt. Er hatte genug getrunken, um das Gefühl zu haben, dass Weihnachten und Ostern auf einen Tag fielen. Wenn Petrina weiter ihre Brüste über seinen Rücken rieb, würde er jeden Moment kommen.

Aber er war nicht dumm. Er löste sich von ihnen, schob ihre Arme weg und lächelte sie an.

»Was ist denn mit euch los, Mädchen?«

»Wir wissen, dass du in letzter Zeit viel Stress ausgehalten hast«, schnurrte Tanya.

»Deshalb haben wir beschlossen, dich ein wenig zu verwöhnen«, ergänzte Petrina und ließ die langen Wimpern flattern.

»Und um das auszuführen, seid ihr plötzlich beste Freundinnen geworden?« Er lachte ungläubig.

»Du könntest uns wenigstens einen Drink spendieren«, sagte Petrina und zog einen Schmollmund.

»Natürlich«, sagte er und schnippte nach dem Barkeeper. Drei weitere 62nd Street Specials. Alex wusste, dass sie was im Schilde führten, aber eine schleichende Hand stahl sich über seine Hose und lähmte seinen Verstand. »Wie habt ihr euch das mit dem Verwöhnen denn vorgestellt?«

Die schleichende Hand gehörte zu Tanya. Sie trug ein enges Latextop, das auf dem Rücken geschnürt war, und dazu den passenden Rock, der ihre Scham nur knapp bedeckte. Ihre Stiefel reichten bis zur Mitte der Oberschenkel. Als sie ihre Beine um seinen Schenkel presste, malte er sich aus, wie Carla in einem solchen Outfit aussehen würde. Die dynamische Vorstellung füllte seinen Penis mit Blut. Tanya spürte es sofort, drückte leicht zu und bedachte ihn mit einem verschwörerischen Lächeln.

»Du kannst alles haben, was du willst«, flüsterte Valerie in sein Ohr. »Und wir meinen alles.« Ihr weißes Kleid war bis zur Taille geschlitzt und hatte keinen Rücken, aber der Rock war lang und *ladylike,* wenn da der hohe Schlitz nicht gewesen wäre.

Alex hätte wetten wollen, dass sie keine Wäsche darunter trug. Er wollte sich gleich Gewissheit holen und schob eine Hand zwischen die seidigen Falten, nur um weitere seidige, unbehaarte Falten zu finden. Er zog seine Finger zurück und saugte den Mittelfinger sauber. Valeries Augen weiteten sich.

»Du bist aber sehr unanständig.«

»Ich glaube eher, dass ich betrunken sein muss.«

»Das hoffe ich aber nicht. Du sollst dich eine lange Zeit an diesen Abend erinnern.«

Die Cocktails wurden gebracht, und er musste ihre erregenden Berührungen und die gewisperten obszönen Dinge noch fünfundvierzig Minuten ertragen. Sein Überlebenstrieb warnte ihn, doch in den Cocktails war der Cognacanteil zu stark gewesen. Außerdem war er noch zu wütend auf die versaute Carla und zu erregt von den drei Schönheiten, um auf die leisen Warnungen seiner inneren Stimme zu hören.

Als sie schließlich vorschlugen, die Bar zu verlassen und zurück in die Suite im Ritz Carlton zu gehen, konnte er sich kaum noch auf den Beinen halten. Sie halfen ihm in eine große weiße Limousine, und als sie alle untergebracht waren, kannten die Frauen kein Halten mehr.

So wollüstig hatte Alex keine der Frauen je erlebt. Es war, als spornten sie sich gegenseitig an, als wollte eine die andere übertreffen. Zwei von ihnen gingen vor ihm in die Knie, während Valerie eine Hälfte ihres Kleids zur Seite schob und ihren Nippel zwischen seine Lippen steckte. Er saugte begierig und war glücklich, die Kontrolle zu verlieren und seine Sorgen zu vergessen.

»Ladys, Ladys«, murmelte er, als sie gerade noch rechtzeitig seinen Reißverschluss hoch zogen, ehe die Limousine vor dem Foyer des Hotels anhielt. Er nahm keinen anderen Menschen zur Kenntnis, als die Frauen ihn zu den Aufzügen führten, gesittet und scheinbar besorgt, als könnten sie kein Wässerchen trüben – bis sich die Aufzugtüren hinter ihnen schlossen.

Was war eigentlich los? Es ging nicht in seinen benebelten Kopf. In der Penthouse Suite wurde er sofort aufs Bett gedrückt, und Tanya hing wie eine Klette an seinen Lippen. Die beiden anderen knieten rechts und links von ihm, und er wusste, dass er jeden Moment abschießen würde. Aber dann ließen sie für einen Moment von ihm ab, und Petrina grätschte über ihm und führte seinen Schaft in ihre glühende Pussy. Sie begann ihn sanft zu reiten.

»Champagner?«, fragte Valerie fröhlich und schenkte in vier schlanke Flöten ein, die neben dem Bett standen.

Bevor Alex' Sinne endgültig schwanden, trat er voll auf die Bremse. Die Frauen wussten alle, dass er Champagner hasste, und gewöhnlich konnten sie sich gegenseitig nicht ausstehen. Es war ausgeschlossen, dass sie das Kriegsbeil begruben, nur um ihn einen Abend gemeinsam zu verwöhnen. Dafür waren sie zu egozentrisch und aufeinander zu eifersüchtig.

Mit Mühe raffte er sich auf und rettete sich aus dem Sirenenteich, in dem er zu ertrinken drohte. Er stand vom Bett auf und stieß die Frauen aus dem Weg. Mit einem Mal empfand er eine ungeheure Erleichterung.

»Was ist denn los?«, fragte Valerie, als er sich die Reste von Tanyas Lippenstift aus dem Gesicht wischte. Er sah sie an, wie sie unschuldig wie frisch geschlüpfte Küken auf dem zerknautschten Bett saßen. Zauberhafte Frauen, eine wie die andere, aber mit den kalten Herzen von Vipern.

»Ich weiß nicht, was ihr vorhabt, aber es stinkt«, sagte er. »Sucht euch einen anderen reichen Narren, der euch in Designerklamotten hält. Ich steige aus.«

Als er das Hotel verließ, fühlte er ein schweres Gewicht von seinen Schultern gehoben. Er zündete sich eine Zigarre an und ging mit zunächst noch unsicheren Schritten zu seinem Apartment zurück. Er würde sich wieder Carlas Fotos ansehen und hoffte, lange genug wach zu bleiben.

EINE FUSION ZUVIEL FÜR DEN MILLIONÄR? Das war die Überschrift in der Samstagszeitung, die nur vom Klatsch lebte, und darunter war ein Foto abgebildet, das Alex mit Tanya, Valerie und Petrina in der Cocktailbar zeigte.

Normalerweise fand diese Zeitung nicht den Weg ins Sanctuary, aber Ruth hatte einen Kellner gebeten, sie in einem unbemerkten Augenblick auf Carlas Platz zu legen. Dieser Augenblick ergab sich, als Carla am langen Obst- und Salatbuffet stand und ihr Frühstück zusammenstellte.

Allein schon Überschrift und Foto reichten, um Carla den Appetit zu verderben. Sie las den Artikel unter dem Bild gar nicht, sonst hätte sie erfahren, dass gerüchtweise ihr Name als vierte Kandidatin geraunt wurde, um Alex Crewes unersättlichen sexuellen Appetit zu stillen.

»Oh, das ist ja köstlich«, rief Jet, als er das Foto sah.

»So würde ich es nicht nennen«, gab Carla grimmig zurück. Seit einer Woche hatte sie nichts mehr von Alex gehört. Jetzt wusste sie, warum. Er hatte offenbar nichts von dem ernst genommen, was sie ihm gesagt hatte.

»Ich werde diesen Schund entsorgen«, sagte Jet und fasste die Zeitung mit spitzen Fingern an.

»Rolle sie fest zusammen, und wenn du ihn siehst, rammst du sie ihm in die Arsch«, zischte Carla.

Sobald er das Foto sah, wusste er, dass seine Chancen bei Carla endgültig auf dem Nullpunkt angelangt waren, wenn er nicht sofort zu ihr fuhr und alles erklärte. Als er am Nachmittag im Sanctuary eintraf, war sie nicht da. Jet sagte, sie würde aber bald zurück sein. Nein, glücklich wäre sie nicht gewesen, als sie das Foto in der Zeitung gesehen hatte. Er wiederholte ihren letzten Kommentar wortwörtlich.

»Ich habe es nicht anders verdient«, sagte Alex seufzend und nahm Jets Gitarre in die Hand. Er setzte sich aufs Bett zurück und zupfte die Saiten.

»Du warst gut neulich in der Bar«, sagte er.

»So gut, dass du abgehauen bist.« Jet zündete sich eine verbeulte Zigarette an und sah seinem Onkel zu.

Alex spielte die ersten Akkorde von *Under The Bridge.* Vor vielen Jahren hatten er und Jet oft zusammen gespielt. Wann hatte sich ihr Verhältnis so sehr verändert?

»Wenn dies dein Weg ist, werde ich dich unterstützen.« Alex spielte weiter.

»Danke«, sagte Jet, nachdem er einige Züge geraucht hatte. »Aber ich werde meinen Weg auf meine Weise gehen.«

Alex reichte ihm die Gitarre und stand auf. »Lass mich wissen, wenn du deine Meinung ändern solltest.«

Weitere Worte waren nicht erforderlich. Das Gleichgewicht zwischen ihnen war wiederhergestellt.

Nach einem Morgen auf den Felsen, wo sie Zigarillos geraucht und trüben Gedanken nachgehangen hatte, ging Carla zurück in ihr Studio. Aretha Franklin passte zu ihrer Stimmung, als sie die Haare im Nacken mit einer Bandanna zusammenfasste, damit sie ihr nicht in die Farbe fallen konnten. Dann breitete sie eine große Kunststoffplane auf dem Boden aus.

Das Bild sollte groß und abstrakt werden, wieder in Acryl, doch diesmal überlagert von einer Collage aus Textilien, die sie gesammelt hatte; aus ihnen gestaltete sie Drachen am bleigrauen Himmel. Ein Schnappschuss aus Provincetown hatte sie dazu inspiriert.

Auf ihren Knien strich sie den Pinsel über das Papier, und mit den Fingern malte sie die schwungvollen Wellen. Als sie gerade richtig in Elan geriet, hörte sie das Klicken der Studiotür. Genervt schaute sie hoch. Alex stand da, lehnte gegen den Türrahmen und sah großartig in seinem schwarzen Anzug aus.

Sie richtete sich auf den Knien auf. »Es überrascht mich, dass du noch den Nerv hast, herzukommen.«

»Du hast den Artikel gesehen.«

»Am liebsten würde ich dich jetzt schlagen, aber ich will mir die Finger nicht schmutzig machen.«

Er sah sie bewundernd an. »Sie haben mich reingelegt, und als ich das begriff, bin ich gegangen. Leider war es für das Foto nicht früh genug.«

»Sie?«

»Tanya, Valerie und Petrina. Da sie die Hotelsuite, den Champagner und alles andere mit meiner Kreditkarte bezahlt haben, fällt mir nichts zu meiner Verteidigung ein.« Er schlenderte in den Raum, die Hände in den Hosentaschen. »Wie auch immer, ich habe bei mir ausgemistet, deshalb können wir jetzt von vorn beginnen. Oder sollte ich noch was über dich wissen?«

»Was denn? Ich weiß nicht, wovon du redest.«

Alex' Schuhe schabten langsam über den Boden. Sie schaute auf seine Schuhe und wusste, dass Mutter Mia einverstanden gewesen wäre.

»Du hast mir also nichts zu sagen?«, fragte er.

Etwas in seinen Augen warnte sie, dass er mehr wusste, als er zu erkennen gab. Ihr blieb nichts anderes übrig, als ganz ehrlich zu sein. Schließlich erwartete sie das auch von ihm.

»Kann sein, dass es da noch ein paar Dinge gibt«, sagte sie vage und kam auf ihre Füße. Sie wollte nicht auf dem Boden bleiben, da fühlte sie sich zu verletzlich.

»Ein paar Dinge?«, wiederholte er. Er hob seine Augenbrauen in echtem Erstaunen. »Erzähle weiter.«

Sein Gesicht blieb reglos, während sie von der Frau in Provincetown erzählte. Er grinste, hörte amüsiert zu und fragte: »Und sonst?«

»Die Feuerwache im einundfünfzigsten Bezirk«, sagte sie leise. »Manchmal koche ich für die Jungs, aber zuletzt waren sie nach der Suppe noch hungrig ...« Sie hob die Schultern und wartete auf seine Explosion, aber sie kam nicht.

»Noch etwas?«

»Nun, vor ein paar Tagen, genau an dem Tag vor unserer Verabredung, kam Lee plötzlich hier an und ...«

»Und was?«

Sie erzählte es ihm. Es war schwer einzuschätzen, wie er es aufnahm. Während sie redete, zog er etwas aus der Innenseite seines Jacketts. Es waren Fotos, aber sie konnte nicht sehen, was sie zeigten.

»Ich hatte ein paar Cocktails zu viel getrunken«, gestand sie. »Ich schätze, mir ging es so wie dir, als sie das Foto für die Zeitung geschossen haben.«

Er erwiderte ihren herausfordernden Blick mit einem Lächeln. »Sehr gut. Gehe über Los. Ziehe zweitausend Dollar ein.« Er warf ihr die Fotos vor die Füße. Sie sah sich in ihrer nackten Lust in allen nur erdenklichen Positionen. Sie schnappte nach Luft und riss den Mund weit auf.

»Du wolltest mich reinlegen«, sagte sie.

»Die Fotos wurden vorgestern anonym in meinem Büro

abgegeben. Vielleicht solltest du sie dir ganz genau ansehen und dich fragen, wer dich in diese heikle Situation gebracht haben könnte.«

Sie wusste sofort, was und wen er meinte. »Aber warum würde Lee mir das antun?«

»Vielleicht dachte er, wir wären ein Liebespaar.«

»Aber das sind wir nicht ...«

Er streckte eine Hand aus und zog die Bandanna zärtlich aus ihren Haaren, die nun wie ein seidiger Vorhang über ihren Rücken fielen. Sie wartete. Dies war sein Signal – er erwies sich als perfekter Rhett Butler, nahm sie auf seine Arme und trug sie zu ihrem breiten Bett. Sie ergab sich seinen leidenschaftlichen Küssen.

He, nun spinn mal nicht. Dies war das einundzwanzigste Jahrhundert, da spielte niemand mehr wie Rhett und Scarlett. Außerdem kam Alex nicht aus den Südstaaten; er war ein New Yorker. Sie stieß den Atem aus, den sie lange angehalten hatte, und fühlte sich ihm gegenüber verblüffend stark. Ihr bot sich die perfekte Gelegenheit, die Kontrolle der Situation zu übernehmen, bevor er das tat.

»Du stehst in meiner Farbe.«

Als er nach unten schaute, schlang sie ein Bein um seins und brachte ihn mit lautem Krach zu Fall. Ein Manöver, das sie in der Selbstverteidigungsklasse gelernt hatte. Verdammt, das funktioniert ja wirklich, dachte sie verwundert, als sie ihn am Boden sah, mitten in der nassen Farbe und zwischen den Fotos, die er auf den Boden geworfen hatte.

Welche Proteste er ausstoßen wollte, kam nie heraus, denn sie erstickte sie mit ihren Lippen. Er schmeckte nach Bourbon, und die Vorstellung, dass er sich Mut antrinken musste, bevor er sich bei ihr sehen ließ, erregte sie sehr.

Ihr Kuss war fordernd und forschend. Sie ließ ihm keine andere Chance, als den Kuss zu erwidern, obwohl er sich bestimmt noch nicht von der Erkenntnis erholt hatte, dass sein teurer Anzug ruiniert war. Die Farbe breitete sich auf ihren Sachen aus, während sie auf dem Boden miteinander um die Oberhand rangen. Sie waren beide entschlossen zu gewinnen.

Dies ist der reinste Wahnsinn, dachte sie, benommen von ihrem verrückten Spiel.

Als sie die Lippen von seinen löste, lag er wieder auf dem Rücken, atemlos, verdutzt, in Farbe getaucht. Sie nahm seine Brille ab, die vom heißen Atem so vernebelt war, dass er sowieso nichts sehen konnte.

»Carla ...«

»Pst. Ich habe das schon immer unbedingt tun wollen.« Sie fuhr mit ihren farbbeschmierten Händen durch seine glatt zurückgekämmten Haare, zerzauste und beschmutzte sie und schuf kleine blaue Highlights, die zu seinen Augen passten.

Alex fand die Lücke zwischen T-Shirt und Dungarees, schlüpfte mit einer Hand in ihre Hose und legte die andere Hand um ihre warme, volle Brust.

»Himmel, du fühlst dich wie Samt an«, stöhnte er und strich mit dem Daumen über ihren Nippel. Er küsste sie und hielt ihre Hände über ihrem Kopf fest. Die Art, wie ein Mann küsst, ist ein zuverlässiger Indikator, wie geschickt er ist, wenn er weiter nach Süden zieht, dachte sie, und nach Sekunden wurde ihr klar, dass Alex – kein Wunder bei der üppigen Praxis – sehr geschickt sein musste.

Ihre Schenkel öffneten sich wie von selbst, als seine Zunge über ihre Lippen strich. Sie rieb ihren Schoß wie eine heiße Katze an seinem Bein. Er ließ ihre Hände los, und sie half ihm, Jackett und Hemd auszuziehen, wobei sie Rot und Orange und noch ein bisschen Blau über seinen Oberkörper schmierte. Während der Kuss anhielt, schoben sie gemeinsam ihre Dungarees über die Hüften, zusammen mit dem Slip. Carla trat die Hosen die Beine hinunter und schüttelte sie ab wie lästige Meeresalgen nach einem Bad in der See.

Alex warf ihre Sachen quer durchs Zimmer, wobei er einen Topf mit Pinseln umwarf, und außerdem flogen Zeitschriften und Bücher aus dem Regal.

»Trage nie wieder diese albernen, hässlichen Sachen«, warnte er sie, während sie den Rest seiner Kleidung wieder gemeinsam auszogen.

Im nächsten Moment wälzten sie sich erneut über den Boden und nahmen die Farbe gar nicht wahr, in die sie ihre nackten Köper tauchten. Seine Haut war glitschig auf ihrer. Er bescherte ihr Gefühle wie noch nie. Nun, sie hatte auf nasser Farbe noch nie Liebe gemacht. Sie griff seine Hände und rieb sie durch die klebrige nasse Farbe.

»Ich hatte dich eigentlich verführen wollen«, sagte er.

»Das hast du schon getan, als du die Mangos gefühlt hast.«

Er blinzelte sie verdutzt an. »Und warum hast du mich dann so lange warten lassen?«

»Weil du nicht ›bitte‹ gesagt hast. Ich habe dir doch gesagt, dass dein Hund bessere Manieren hat als du.« Dann fügte sie hinzu: »Aber ich bin nicht scharf auf deinen Hund.«

Er lachte, und ihr wurde sofort bewusst, es war das erste Mal, dass sie ihn lachen hörte. Sie stieß ihn mit der Hüfte an. »Komm, fang an. Ich habe lange genug gewartet.«

Das ließ er sich nicht zweimal sagen. Er schob sich mit einer geschickten Drehung zwischen ihre offenen Schenkel. Kein Fummeln, kein vergebliches Suchen. Sein Schaft fand ihren geschmolzenen Honigtopf sofort und nahm auf Anhieb bis zum Anschlag Besitz von ihm. Er füllte sie so sehr aus, dass sie glückselig ausrief: »Oh, Alex, ja!«

Als sie ihre inneren Muskeln um seinen Schaft spannte, war es an ihm, lustvoll aufzustöhnen. Er stieß tiefer hinein und barg sein Gesicht an ihrem Hals. Seine Hüften bebten, als er sich langsam aus ihr zurückzog, fast so weit, dass sie getrennt wurden, aber dann spießte er sie wieder auf, und beide genossen jeden kostbaren Augenblick.

»So eine schöne Muschi. Ich hätte nie gedacht ...« Er konnte nicht weitersprechen, weil ihm ihre Enge, ihre Wärme und Nässe den Atem raubten.

Sie lag hilflos und willig auf dem Boden und konnte nichts anderes tun, als ihn zu empfangen und zu genießen. Ihre Füße glitten bei jedem Stoß über den glitschigen Boden und suchten nach einem Halt. Als sie ihn gefunden hatte, konnte sie endlich die Hüften anheben, um seinen Stößen zu begegnen, und dadurch verlor er völlig die Kontrolle, und seine Stimme war nur noch als lustvolles Krächzen zu vernehmen.

Sein hörbares Entzücken, sein Begehren und die Lust auf ihren Körper lösten Carlas Orgasmus aus. Einige Momente war alles um sie herum ausgeblendet, sie suhlte sich in seinen mahlenden Stößen und seiner brennenden Ekstase und fühlte, wie er sich tief in ihr ergoss.

Sie lagen da und atmeten schwer. Alex sackte auf sie, und nach einer Weile wurde sein Gewicht zur Last. Sie tupfte ihm auf die Schulter.

»Ich glaube, wir brauchen eine Dusche.«

Er erhob sich, und seine blasse Haut hatte noch nie so viele Farbschattierungen gesehen. Er wirkte großartig auf Carla. Sie liebte den Ausdruck wilder Befriedigung auf seinem Gesicht. Sie liebte die feinen Muskeln seines Körpers, und selbst nach diesem starken Erlebnis lechzte sie nach ihm. Sie wollte ihn überall berühren, das Gewicht seiner Hoden in der Hand wiegen, seinen Schwanz streicheln. Stattdessen nahm sie seine Hand und führte ihn ins Bad.

Als die Farbe abfloss und Alex' eingeschäumte Hände über ihren Körper glitten, fühlte sie sich wie eine Göttin. Die Feuerwehrmänner hatten sie nicht so behandelt, auch wenn sie lieb und rücksichtsvoll gewesen waren. Alex behandelte sie, als wäre sie ein kostbares Metall und streichelte sie an den empfindlichsten Stellen. Er senkte den Kopf und saugte einen pinkfarbenen Nippel in den Mund, und wohlige Schauer rannen durch ihren erhitzten Körper.

Als sie dran war, ihn zu waschen, nahm sie sich ausgiebig Zeit, die feine Muskulatur seiner Gestalt zu bewundern, den flachen Bauch und die festen Schenkel. Er hielt den Atem an, als sie mit den glitschigen Händen über seine Hoden strich. Es war neu für sie, die unbehaarten Hoden eines Mannes zu fühlen, so glatt und so geschmeidig.

Voller Wonne strich sie an seinem Schaft entlang, der sich schon wieder regte, und mit viel Umsicht schob sie die Vorhaut zurück und suchte grinsend nach Farbresten.

Er war angespannt und wartete auf ihren Mund, aber sie richtete sich wieder auf und schäumte den Rest seines Körpers ein. Er drückte sich gegen die Wand, während sie seine Backen knetete. Alex zitterte, und als sie ihm ins Gesicht sah, war es dunkel vor Begierde.

»Ah, es ist eine Wonne, bei dir schmutzig zu werden«, ächzte er.

»Noch schmutziger?«, fragte sie glucksend.

»Ja, ja, ja.«

»Ich bin dafür. Ich kann noch viel schmutziger sein«, sagte sie und nahm seinen Schaft in die Hand.

»Gut, gut«, raunte er, bevor sie ihm mit dem Mund die Lippen verschloss.

Schweigend trockneten sie sich gegenseitig ab. Er zog sie an sich, und Carla fand es unglaublich, dass sie ihn erst vor einem Monat aus ihrem Apartment geworfen hatte.

»Oh, Hilfe«, flüsterte sie, als er sie zum Bett führte.

»Was ist los?«

»Nichts. Ich schätze, nach dreißig Jahren begreife ich endlich, dass meine Mutter immer Recht hat.«

Er beugte sich über sie und küsste sie wieder. Die Hitze des Kusses erhöhte sich noch durch seine Hand, die sich zwischen ihre Schenkel und dann langsam höher schob. Sie stieß ihn behutsam von sich und kletterte vom Bett.

»Wohin gehst du?«

Sie griff nach dem ›Bitte, nicht stören‹ Schild, öffnete die Tür einen Spalt und hängte das Schild um den runden Knopf, bevor sie abschloss.

»Jetzt wird dich niemand mehr ans Telefon rufen, es sei denn, ein Atomkrieg bricht aus.«

Später wachte sie von einem leichten Klopfen an der Tür auf. Jemand rief leise ihren Namen. Mitternacht war längst vorbei. Alex schlief tief und fest neben ihr, einen Arm um ihre Körpermitte geschlungen. Vorsichtig kroch sie unter dem Arm hinweg und ging zur Tür.

Jet blinzelte durch den Spion. Carla zog leise die Tür auf.

»Kannst du nicht lesen?«, flüsterte sie.

»Du bist schon so lange da drinnen, dass Brian dachte, du hättest in einem Anfall von künstlerischer Depression Harakiri begangen.«

Carla warf einen Blick über die Schulter zu Alex, der unter den Laken verborgen war. »Sage ihm, dass er sich getäuscht hat.«

»Ja, gut. Wer ist denn bei dir?« Er versuchte, über ihre Schulter auf die Figur im Bett zu schauen, aber sie blockierte seine Sicht.

»Sage es ihm jetzt, Jet.«

»Du willst, dass ich gehe?« Er sah sie grinsend an.

»Gut erkannt.« Sie blies ihm einen Kuss zu und drückte die Tür wieder ins Schloss.

Alex regte sich, aber er war nicht wach geworden. Er lag jetzt auf dem Rücken, die schwarzen Haare auf dem zerknüllten weißen Kissen. Mondschein fiel durch die offenen Fenster und warf einen silbernen Schimmer auf seine blasse Haut, als

Carla das Laken zurückgeworfen hatte. Sie kniete sich zwischen seine Schenkel und leckte mit langen Zügen über seine Hoden.

»Carla«, stöhnte er, immer noch zu Dreiviertel schlafend. Seine Hand griff ins Kissen, als sie die Zunge wieder wandern ließ. Der große Beutel fühlte sich seidig an. Seine Schenkel hoben und senkten sich langsam. Als sie mit der Zunge an seinem Schaft entlangleckte und schließlich die Eichel in den Mund nahm, schlug er die Augen auf.

»Was für eine genussvolle Art, geweckt zu werden«, sagte er leise. Inzwischen war seine Erektion ganz ausgefahren, aber sie war noch nicht bereit, davon zu profitieren. Sie labte sich an dem Bild, wie seine Hände sich ins Kissen verkrampften, wie sein Bauch zuckte, wann immer sie mit der Zunge über die Eichel strich, und wie seine Schenkel sich weiter spreizten, damit sie näher rücken konnte.

Sie schob die Hände unter seine Backen, spreizte sie, spielte mit den Fingern um seine hintere Öffnung und stieß mit der Zungenspitze wieder gegen seinen Hodensack, der inzwischen ganz gespannt war. Sie lauschte seinem Stöhnen und den Bitten, dass sie nur nicht aufhören sollte.

Sein Schwanz klatschte gegen seinen Bauch, als wollte er sie daran erinnern, dass ihm auch Aufmerksamkeit zustand. Carla stieg über einen Schenkel hinweg und kniete sich neben ihn. Jetzt konnte Alex mit einer Hand über ihren Rücken und den Po streicheln.

»Setz dich auf mein Gesicht«, raunte er. »Ich will dich schmecken.«

»Noch nicht.« Gnadenlos strich sie mit den Lippen über seinen Schaft. Sie würde ihn nicht ganz in ihren Mund aufnehmen können, dachte sie und fühlte, wie er gegen die inneren Wände ihres Mundes pulsierte. Ihre Lippen schmerzten, aber sie zwang den Rachen, sich zu entspannen, damit sie Alex ganz schlucken konnte.

Aber es gelang ihr nicht. Sie zog den Kopf zurück und versuchte, den Hustenreiz zu unterdrücken, aber sie hustete trotzdem.

»Das hast du davon, dass du so gierig bist«, sagte Alex und gab ihr einen Klaps auf den nackten Po. »Du musst einen kleinen Mund haben.«

»Nein! Du hast einen verdammt großen Schwanz!« Sie grätschte über ihm und führte ihn in ihre nasse Pussy. Sie ließ nur die Eichel einfahren und hakte ihre Füße unter seine Schenkel ein, damit er von unten nicht drücken konnte. »Ein massiver Liebesspeer mit einem purpurnen Kopf«, schnurrte sie und ließ sich ein paar Zentimeter tiefer hinab. »Eine Armani Anakonda.« Er lachte, aber das Geräusch wurde abgewürgt, als sie noch ein paar Zentimeter mehr von ihm aufnahm.

Er knirschte mit den Zähnen, als sie ihn weiter quälte. Sie hob sich wieder und zwar so weit, dass er fast aus ihr flutschte, dann begann wieder die Folterung, Inch für Inch. Er begann am ganzen Körper zu zittern, und seine Augen rollten. Ein tiefes gutturales Stöhnen entwich seinem Mund.

»Du schaffst mich«, ächzte er. »Komm her und küss mich.«

Sie beugte sich zu ihm hinunter, aber er hielt sie zurück. »Nicht so. Ich will, dass du mich mit deiner Muschi küsst.«

Die Art und Weise, wie er *Muschi* aussprach, ließ ihre Haut am ganzen Körper prickeln. In der warmen, sie einschließenden Dunkelheit lag sie auf ihm und bugsierte ihre Pussy an seine Lippen. Er drückte kleine heiße Küsse auf ihre Scham, auf die dunklen krausen Härchen. Er blies dagegen, kraulte sie, teilte sie mit den Fingern und schob seine Zunge, seine unglaublich lange Zunge, hinauf in ihr Zentrum.

Sie attackierte die Matratze mit den kleinen Fäusten und ihren Füßen, und ihr Unterleib schwebte ihm entgegen, als seine Zunge sich in ihr bewegte, als wollte er ihr Innerstes auswaschen. Dann konzentrierte er sich auf ihre Klitoris, er saugte und nagte, tupfte und rotierte mit der Zungenspitze.

Er murmelte in ihre Pussy hinein und widmete sich ihr mit sklavischer Ergebenheit. Sie spürte seinen heißen Atem auf ihren inneren Falten. Er saugte an ihren Labien, zupfte mit den Lippen an ihnen und leckte sie mit der Zunge ab, ehe er, oh, welche Wonne, zur Klitoris zurückkehrte.

»Bleib da«, wisperte sie, als der unvermeidliche Orgasmus einsetzte, viel zu schnell, aber wie hätte sie sich dagegen wehren sollen? Er war so sehr auf ihre Nöte eingestimmt, dass es sie überkam, noch bevor sie die ganze Fülle seiner Liebesdienste hatte auskosten können.

Ihr blieb keine Zeit, ihre gestammelten ekstatischen Schreie zu mäßigen oder die obszönen Worte zu zensieren, die über ihre Lippen purzelten. Als ihr ganzer Körper bebte, schlang sie ihre Lippen um seinen Schaft und ließ ihn die Kraft ihres Orgasmus an beiden Enden spüren.

Er war schrecklich hart, aber diesmal nahm sie keine Rücksicht mehr auf sich und versenkte die ganze Länge in ihrem Schlund. Nur Sekunden später spürte sie alle Anzeichen, und sie hielt ihn tief in sich, und dann schoss es auch schon aus ihm heraus. Sie schluckte so gierig und so lange, dass er ihr sagen musste, sie sollte aufhören, so intensiv war seine Lust.

»Du bringst mich noch um«, sagte er, als sie sich an ihn schmiegte.

»Wieso das denn? Hältst du nicht Schritt mit mir?«

»Das wirst du noch bereuen«, sagte er und küsste ihre Schulter. Er wand seinen Körper um ihren, und fast gleichzeitig schliefen sie ein. Eine Hand umfasste im Schlaf ihre Brust.

Elftes Kapitel

Sie hatte es also getan. Sie hatte mit dem Feind geschlafen. Er lag in ihrem Bett, atmete friedlich, ein leises Lächeln im Gesicht. Dunkle Wimpern weichten die harten Wangenknochen ein wenig auf. Im Schlaf umfasste er das Kissen mit langen, eleganten Fingern und murmelte ihren Namen.

Sie setzte sich auf und schaute ihm zu. Sie wollte wütend auf sich sein, weil sie keine Disziplin gezeigt hatte, aber das gelang ihr nicht. Sie hatte nicht wegen seiner teuren Anzüge, wegen seines Geldes oder wegen seiner Macht mit ihm geschlafen. Sie hatte ihn gevögelt – nein, sie hatte Liebe mit ihm gemacht, weil er eine simple Handlung wie das Händewaschen zu einem erotischen Erlebnis gestalten konnte. Weil er Tiere liebte, und weil er nur so zum Spaß auf Rollerblades fuhr. Und weil er an sie glaubte, und weil er ihre Eltern respektierte, und weil sie nicht mehr sicher war, was für ein Mensch er war. Und …

Zum Teufel, dachte sie und kuschelte sich wieder an ihn. Du hast ihn begehrt, seit er das erste Mal in deiner Wohnung war. Genieße ihn, solange es dauert.

Es war Morgen, als sie wieder aufwachte. Fast neun Uhr. Es war ein heller und kühler Morgen, und Alex wachte neben ihr auf und sah sie an.

»Hi«, sagte sie.

»Hi.« Sein Lächeln war so zaghaft wie ihres. Er roch nach Sex, warm und moschusartig. Weiter unten konnte sie eine lange dicke Beule sehen, die um Berührung zu betteln schien. Sie griff mit der Hand danach und spürte seinen Penis pochen.

»Oh, Mann«, stöhnte er. Er packte sie und zog sie hinunter aufs Bett, seine Hände in ihren Haaren. Sie fühlte seine Erregung, die gegen ihren Bauch drückte, und sofort wollte sie alle Spielereien einstellen und ihn in sich haben.

Lüstern spreizte sie die Beine, und er verstand, was sie wollte und sah ihr durchdringend in die Augen. Sein Körper fand den heißen Weg in ihren. Dies war Liebe in ihrer ursprünglichsten, primitivsten Form; sie bedurfte keiner Worte und bestand aus dem uralten Tanz der Glieder, die sich wie seidene Stricke umeinander legten.

»Sieh mich an«, befahl er jedes Mal, wenn ihre Lider sich schließen wollten. Sie fühlte sich berauscht vor Entzücken, während er sie mit tiefen, langsamen Stößen bediente und seine Finger sich in ihren Haaren fingen.

Das Klopfen begann dezent und wurde beharrlicher, bis es ihr Liebemachen rüde unterbrach.

»Carla, ich muss mit Alex sprechen. Es ist wichtig.«

Es war natürlich Ruth, die ihre Ich-weiß-schon-was-ich-tue-Stimme einsetzte, die keinen Widerspruch duldete.

»Ignoriere sie«, sagte Alex abgehackt. Er setzte seine fließenden Bewegungen fort. Er war seinem Höhepunkt nahe. Eine sich ausbreitende Röte legte sich über seine blasse Haut.

Das Klopfen wurde lauter. »Alex, ich muss mit dir sprechen!«

Er gab auf und sprang fluchend auf die Füße. Er gab sich nicht die Mühe, irgendwas über seine Nacktheit zu werfen, schritt zur Tür und riss sie auf.

»Was, verdammt, steht auf diesem Schild, Ruth?«

»Du hattest heute Morgen ein Treffen mit Mr. Sakamoto.«

Carla sah ungläubig hin, als Ruth mit einer Hand über Alex' Hoden strich. Er klopfte ihr auf die Finger.

»Schau in deinem Kalender nach. Dieses Treffen findet

nächsten Dienstag statt. Wenn du uns noch einmal störst, bist du gefeuert«, sagte er und schlug ihr die Tür ins Gesicht.

»Was sollte das denn?«, fragte Carla und zog das Laken über sich. Plötzlich war eine Kühle ins Zimmer gezogen.

»Ruth war mal wieder ein bisschen zu übereifrig.«

»Nein, das meine ich nicht. Ich rede davon, wie sie dir einfach an die Juwelen gegangen ist.«

Zum ersten Mal sah sie ihn nachdenken. »Nun, in der Vergangenheit war das okay«, sagte er dann. »Aber jetzt ist es nicht mehr okay.«

»Weiß sie das?«

»Sie weiß es jetzt.«

»Vielleicht solltest du anständig mit ihr reden. Ich meine, ihr eins auf die Finger geben und ihr die Tür ins Gesicht knallen, das sind keine wirklich guten Signale für eine Frau. Sie hat vielleicht ein offenes Wort verdient.«

»Ruth kennt das Spiel. Wir hatten ein professionelles Arrangement, das ist alles.«

»Und deshalb glaubst du, du brauchst ihr und auch den anderen drei nichts zu erklären?« Carla hoffte, dass sie sich nicht so gereizt anhörte, wie sie sich fühlte. Alex musterte sie genau, und sie kam sich so vor, als stünde sie vor Gericht.

»Tu mir das nicht an, Carla. Das ist wirklich nicht erforderlich. Ich brauche das nicht.«

»Was brauchst du dann? Eine Frau, die nichts sagt, wenn deine Privatassistentin dich mal kurz zwischen den Beinen krault? Wenn das so ist, dann kann ich diese Frau nicht sein. Tut mir leid.« Sie rutschte aus dem Bett und zog sich rasch an. Er stand da und sah ihr stumm zu, und plötzlich verlor sie die Geduld.

»Oh, verdammt, nun versuche wenigstens, mich aufzuhalten!«

»Wie kann ich das tun, wenn du unbedingt gehen willst?«

Er sah so unglaublich verletzlich aus, dass sie plötzlich an Flynn denken musste, an seine sanften grauen Augen und die frühzeitig grau gewordenen Haare. Aber einen Moment später sah sie das Lächerliche der Situation.

»Ich kann gar nicht gehen«, sagte sie. »Dies ist mein Zimmer.«

»Willst du, dass ich gehe?«

»Nein.« Sie hörte auf, mit den Knöpfen ihrer Jeans zu fummeln. »Entschuldige, aber diese Frau bringt mich auf Hundert, und irgendwie habe ich das Gefühl, dass sie dich nicht so schnell aufgibt.«

»Ich habe ihr nie gehört, deshalb gibt es auch nichts aufzugeben.«

»Eifersucht macht mich zu einem hässlichen Menschen. Ich will nicht, dass du mich hasst, weil ich eifersüchtig bin.«

Das Schweigen lastete schwer zwischen ihnen.

»Hast du noch Gefühle für sie?«, fragte sie schließlich.

Alex lachte kurz auf. »Himmel, was für eine Frage!«

»Aber das ist doch eine ganz normale Frage. Schließlich seid ihr ...«

»Was sind wir? Ich beschäftige sie, und sie erledigt ihre Arbeit gut. Und sie fickt gut. Jetzt habe ich dich kennen gelernt, und es ist vorbei. Ende der Geschichte.«

»Bist du sicher?«

»Was willst du von mir? Soll ich es dir mit meinem Blut schreiben?«

»Sei nicht so überdramatisch.«

»Dramatisch? Und das sagst ausgerechnet du?«

»Du kennst mich doch kaum.«

»Du bist eine Künstlerin. Alle Künstler sind dramatisch. Es liegt ihnen im Blut.«

»Ach, da wir gerade bei Verallgemeinerungen sind – alle Millionäre sind Arschlöcher.«

»Also, das stimmt nun wirklich nicht.« Er drohte ihr mit dem Zeigefinger.

Sie schob den Finger weg. »Nach meiner Erfahrung ja.«

»Das war die erste Beleidigung, deshalb hast du in diesem Streit verloren. Außerdem wirst du dich auf der Stelle ausziehen und aufs Bett legen.«

»Das beweist doch meine Aussage!«, rief Carla triumphierend. »Außerdem hast du damit angefangen.«

»Ich habe dich dramatisch genannt, und du beschimpfst mich darauf als Arschloch. Was ist wohl die größere Beleidigung?«

»Die, die am wenigsten gerechtfertigt ist.«

»Ha!« Er lachte laut auf. »Dafür wirst du bezahlen!«

»Oh? Wie denn?«

Er reichte ihr das Telefon. »Rufe Lee an. Sage ihm, dass du dich in einer intensiven kreativen Phase befindest und nicht gestört werden willst. Wir können jetzt nicht auch noch ihn gebrauchen, wenn er mit einer Schrotflinte auf seine Ex losgeht.«

Carla schüttelte den Kopf über seinen Nerv. »Auf seine Ex?«

»Natürlich.« Er zog sie in seine Arme. »Ich habe nicht vor, dich mit irgendeinem zu teilen. Ich bin nicht weniger eifersüchtig als du, und glaube mir, ich kann auch verdammt hässlich werden.« Er drückte seine Lippen auf ihren Mund, damit sie nichts mehr erwidern konnte. Als der Kuss endete, lagen ihre Kleider wieder auf dem Boden.

Am Montagmorgen fand Ruth die Nachricht von Alex vor, dass sie seine Verabredungen für die nächsten zwei Tage absagen sollte. Sie ging die einzelnen Kalendereintragungen durch und schüttelte den Kopf. Da war die sorgsam geplante Telefonkonferenz mit mehreren Finanziers, das Abendessen im Plaza Athénée mit wichtigen Investoren, die eigens aus England anreisten, und schließlich würde er den Termin mit den inzwischen überlebenswichtigen japanischen Klienten verpassen. Am liebsten würde sie jetzt schon aussteigen.

Aber sie wollte unbedingt die letzte Zahlung von Capelli noch mitnehmen. Sie wurde in dem Moment fällig, in dem der Ocean Vertrag endlich unterschrieben war, und das sollte am Donnerstag stattfinden. Eine Million Dollar, nicht die fünf Millionen, die sie verlangt hatte, aber eine hübsche Summe, die ihrem Konto auf der Schweizer Bank gut zu Gesicht stehen würde.

Sobald sie sich davon überzeugt hatte, dass Alex neuer Besitzer der Ocean war, würde sie ein Zimmer im Flughafenhotel in Newark buchen und auf Lee warten, der ihr das Geld von Capelli bringen sollte. Lee, angelockt von der Aussicht eines völligen Neubeginns und eines luxuriösen Lebens, würde alles tun, was sie von ihm verlangte, ganz egal, wie gefährlich es war. Er hatte sich praktisch ruiniert, um ihr zu gefallen. Lächelnd griff sie zum Telefon.

Carla und Alex waren wie zwei Kinder, die barfuß durch die verlassenen Straßen einer fremden, zauberischen Stadt liefen. Er hatte sie in sein Penthouse in Manhattan mitgenommen, und als Erstes hatte er die Telefone abgestellt. Danach hatte er ihr den Raum gezeigt, den er für sexuelle Spiele eingerichtet hatte. Stundenlang hatten sie gespielt.

Er machte sie mit flüssigem Latex bekannt, den sie in strahlenden Farben über seinen Körper rieb, der ihr als Leinwand diente, bevor sie den gehärteten Milchsaft des Gummibaums mit den Zähnen von seiner Haut abzog. Er zeigte ihr die exquisite Folter, als er heißes Wachs auf ihren Körper träufelte, und er brachte ihr bei, es auch bei ihm zu tun. Sie weidete sich daran, ihn zu quälen und stundenlang in einem halb erigierten Zustand zu halten, ehe sie ihm gestattete, auf dem harten Marmorboden über sie herzufallen. Hart und brutal nahm er sie, und auch diese neue Seite von ihm gefiel ihr gut.

Am folgenden Tag schmerzten Rücken, Po und Schultern, aber sie begann zu begreifen, dass Schmerzen als zusätzliche Dimension ihrer Lust wahrnehmbar waren.

Aber vor einer Sache schreckte sie zurück: Sie weigerte sich, ihn auszupeitschen.

»Ich könnte dich verletzen«, hielt sie ihm entgegen, als er die Peitsche wieder thematisierte.

»Aber darum geht es doch.«

»Wieso?«

Er lachte, als könnte er nicht glauben, dass sie es nicht begriff. »Weil ich darauf abfahre.«

»Nun, ich nicht«, sagte sie entschieden und verließ das Zimmer, um ihm klar zu machen, dass sie diese Grenze nicht überschreiten wollte.

Um ihn vom Peitschen abzulenken, ging sie mit ihm zu einem Laden in der 32. Straße und zeigte ihm ein ähnliches Korsett wie das, welches sie mit sinnlichen Resultaten in Provincetown anprobiert hatte. Die Umkleidekabinen waren geräumig und mit dunkelroter Seide ausgeschlagen. An zwei gegenüberliegenden Seiten hingen Rokokospiegel. Leise Saxofonklänge schufen eine schwüle Atmosphäre, die gut zu dem Repertoire passte, das hier feilgeboten wurde.

Alex schlang das Korsett um Carlas Taille und schloss die Haken in die Ösen ein. Sie verfolgte im Spiegel, wie er die Schnüre festzog, und wie ihre Taille zu schrumpfen begann und der Bauch immer flacher wurde. Ihre Brüste schoben sich immer mehr aus den Körbchen, sie sahen aus wie aufgehende Hefekuchen in einem heißen Ofen.

»Das genügt«, ächzte sie, als sie spürte, dass die Luft immer dünner wurde.

»Noch nicht ganz.« Er stützte sich mit einem Fuß an der Wand neben dem Spiegel ab, um mehr Kraft zu gewinnen, damit er die Schnüre noch enger ziehen konnte.

»Ich kriege keine Luft mehr«, wisperte sie mit schwacher Stimme.

Er zog noch einmal, und sie glaubte, sie würde jeden Moment in Ohnmacht fallen. Er drehte sie herum, und sie stellte fest, dass sie an den Rändern ihres Gesichtsfelds nur noch schwarze Flecken sah.

»Keine Sorge, du wirst nicht lange so bleiben«, sagte er, und es klang wie aus weiter Ferne. Jeder Atemzug wurde zur Folter, weil das Korsett sie immer enger einschnürte, was zur Folge hatte, dass noch weniger Luft ihre Lungen erreichte. Trotzdem war es erregend, so eingesperrt zu sein, besonders, als er sie auf den kleinen mit Samt bezogenen Stuhl setzte und ihre willenlosen Beine spreizte.

Sie fühlte, wie er kleine nagende Küsse auf die Innenseiten ihrer Schenkel presste. Dann biss er hart zu, und sie schnappte nach Luft.

»Das hast du absichtlich getan«, wisperte sie heiser. Ihre Brüste sahen gewaltig aus; sie quollen über den Rand des Korsetts, während sie um Luft rang. Wenn er das Korsett noch ein bisschen enger zog, würden die Brüste aus den Körbchen fallen. Die Nippel rieben sich schon an der umsäumten Spitze.

»Oh, nein«, rief sie keuchend. Das war Folter der allerfeinsten Art. Er hielt die Schnüre gespannt, während seine Zunge zart und unerbittlich gegen ihre Klitoris strich. Sie keuchte und wusste, dass jeder Atemzug sie der Ohnmacht näher brachte. Ihre Schenkel öffneten sich weiter, denn sie wollte, dass er sie schnell ans Ziel brachte.

Zu schwach, um sich ihm zu entziehen, bebte und stöhnte sie, während die Wellen der Lust über ihr zusammenschlugen. Er baute sich zwischen ihren Schenkeln auf und drang in ihre nasse Höhle ein. Er brauchte höchstens fünf Stöße bis zum Orgasmus. Er barg sein Gesicht an ihren Brüsten, um seine orgasmischen Schreie zu dämpfen.

Er zog sich aus ihr zurück, säuberte sich flüchtig und verfolgte zufrieden, wie Carla nach ein paar tiefen Atemzügen wieder zu Kräften kam.

»Du hast Sportflecken auf deiner Hose«, sagte sie, als sie wieder sprechen konnte.

»Oh, verdammter Mist«, fluchte er. »In diesem Zustand muss ich über die Fifth Avenue gehen.«

»Das geschieht dir Recht, schließlich hast du an mir fast Nekrophilie verübt«, schimpfte sie.

Er lachte, und in seinen Augen lauerte der Schalk. »Willst du mich jetzt bestrafen?«

»Aber nicht so, wie du dir das vorstellst«, warnte sie.

Er griff mit den Händen um ihren Körper und drückte ihre Brüste, die er derb knetete.

»Irgendwann wirst du es tun«, sagte er zu ihrem Spiegelbild.

Sie wusste, dass er von der Peitsche sprach. »Aber nur in deinen Träumen«, gab sie zurück.

An diesem Abend gingen sie zu einem diskreten, entsetzlich teuren Restaurant an der Upper West Side. Sie trug ein Designerkleid, das er am Nachmittag in einem Schaufenster auf der Park Avenue gesehen hatte. Sie nahm das Kleid zwar an, ließ aber nicht zu, dass er noch weitere Dinge für sie kaufte. Für ihn sprach, dass er sie nicht weiter bedrängte. Im Gegenteil, er sagte, er wünschte, es gäbe mehr Frauen wie sie.

Das war eine ideale Überleitung für sie, ihn auf seine anderen Frauen anzusprechen. Warum glaubte er, so viele andere Frauen gleichzeitig haben zu müssen?

»Das hat sich einfach so ergeben«, antwortete er achselzuckend. »Ich habe in sie investiert und hatte meine Freude daran, ihre Entwicklung verfolgen zu können. Ruth hat sich um die logistischen Dinge gekümmert. Geburtstage, Verabredungen, Geschenke und so.«

»Es ging also nie um Liebe?«

»Nein. Sie waren zu sehr mit sich selbst beschäftigt, und ich auch. Ich hatte keine Zeit, eine echte Beziehung mit jemandem aufzubauen, für den man was empfindet. Das ist mir erst jetzt widerfahren.«

»Was war mit deiner Ex-Frau?«

»Eine kleine Episode.«

»Wie charmant. Wie lange wart ihr zusammen?«

Alex wartete, weil der Kellner gerade Wein nachschenkte. »Drei Jahre. Sie war ein Irrtum.«

»Hat sie auch über dich so gedacht?«

»Nein. Für sie war ich eine Sprosse auf der Erfolgsleiter.«

»Du hast ein Händchen, dir die richtigen Frauen auszusuchen.«

»Mein Schwanz sucht sie aus. Mein Kopf läuft hinterher und muss anschließend die Scherben einsammeln.« Er sah sie über den Rand seiner Brille an. In seinem Apartment hatte sie mindestens dreißig verschiedene Brillenfassungen gesehen – eine für jeden Anzug, hatte er ihr erklärt.

Der Hauptgang wurde serviert, gegrillter Seeteufel für Alex, Kalbstournados auf einem Röstibett, umgeben von einer Rotweinsauce, für Carla. Sie bemerkte, wie Alex begehrlich auf ihren Teller starrte und schluckte. Mit einem Seufzer tauschte sie die Teller.

»Endlich eine Frau, die mich versteht«, sagte er strahlend, und plötzlich verspürte sie einen Hauch von Angst, die sie nicht näher deuten konnte. Während sie sich am Seeteufel labte – er schmeckte cremig und war hervorragend gewürzt, dazu die kleinen Prinzessbohnen –, musste sie ernsthaft darüber nachdenken, warum sie hier war und was sie wollte.

Hatte es mit Liebe zu tun? Es war zu früh, sich darauf festzulegen. Lust? Ja, eindeutig ja. Oh, verdammt, und wenn es Mitleid war? An diesem Abend am Meer hatte er ihr so gut wie gestanden, dass er sich einsam fühlte und es satt hatte, sich von habsüchtigen Frauen über den Tisch ziehen zu lassen. Sie hatte seine Verzweiflung gesehen.

Jetzt bot er ihr einen Bissen des Filet mignon von seiner Gabel an und betrachtete sie mit einem Hunger, der sofort mit jeder erotischen Zone ihres Körpers kommunizierte.

»Hast du dich schon mal anal nehmen lassen?«, fragte er, als spräche er vom Wetter.

Erschrocken ließ sie ihre Gabel auf den Teller fallen. Sie sah sich errötend nach allen Seiten um, und plötzlich glaubte sie, dass ihr Tisch im Mittelpunkt des Interesses in dem kleinen intimen Raum stand.

»Eh, nicht so richtig.« Sie errötete stärker, und das ärgerte sie. »Und du?«

»Ja, Ruth hat es ein paar Mal mit einem Dildo versucht, aber ich musste das abbrechen. Sie war zu grob.«

»Ich würde es zärtlicher machen.« Sie streckte ein Bein und berührte sein Knie mit den Zehen. »Aber nur bis zu einem bestimmten Punkt.«

»Autsch«, sagte er grinsend. Sie konzentrierten sich eine Weile aufs feine Essen, und Carla schob ihre tiefsinnigen Gedanken beiseite, sie würden ihr höchstens Sodbrennen bescheren. Zum Dessert nahmen sie beide ein Sorbet von der Passionsfrucht, serviert auf einem Bett aus Mangostreifen und garniert mit einem Schuss Brandy.

»Wenn ich kein eifersüchtiger Mann wäre, würde ich zwei stämmige Männer anheuern, die dich bei mir zu Hause ordentlich durchziehen, und ich schaue dabei zu.«

»Ach, wirklich?« Ihre Stimme klang kühl. »Nun, nur mit

Zuschauen kommst du mir nicht davon. Du müsstest dich auf mein Gesicht setzen und mich voller Hingabe lecken.« Sie leckte das Sorbet vom Löffel ab und sah ihn herausfordernd an. Er beugte sich vor, die Augen vor Lust verengt.

»Dann würde ich dich mit in mein Büro nehmen. Meine Mitarbeiter würden sich wie hungrige Wölfe auf dich stürzen, während ich zuschaue, und obwohl sie dich schon alle durchgezogen haben, willst du meinen Schwanz haben. Kein anderer genügt dir.«

Sie schob einen Löffel mit Sorbet in seinen Mund. »Ich werde dich in Fesseln legen, und während ich dich mit dem Mund verwöhne, greift dich jemand von hinten an. Du willst ihm entkommen, aber du bist hilflos und musst den Fremden ertragen, wie er in dich eindringt und ...«

Ihre Phantasie raubte ihr den Atem. Ihre Augen sprühten Funken, genau wie seine.

Er lehnte sich über den Tisch und küsste sie; es war ein nasser, pornographischer Kuss. »Lass uns gehen, bevor ich den ersten Schuss abfeuere.«

»Aber ich habe mein Dessert noch nicht aufgegessen.«

»Ich gebe dir ein Dessert, das noch viel besser schmeckt.«

Sie schafften es bis in die Gasse hinter dem Restaurant und stiegen über Mülltonnen und Konservendosen in einen tiefen Hauseingang. In der Dunkelheit presste er sie gegen die Tür. In panischer Hast duellierten sich ihre Zungen.

Sie konnte seine Erregung spüren, eisenhart und gewaltig. Dazu passte die schwüle Hitze zwischen ihren Schenkeln, die er mit seinen forschenden Fingern fand. Entschlossen stieß er in sie hinein. Die andere Hand klaubte an ihrem Kleid, bis ihre Brüste freigelegt waren. Er beugte sich zu einem Nippel und saugte ihn tief in den Mund.

»Himmel, du bist klatschnass«, murmelte er an ihrer Brust und ließ sich auf den schmutzigen Boden nieder. Er raffte ihr Kleid in der Taille zusammen, damit er sein Gesicht in ihr

Delta drücken konnte. Heiß atmete er in die Seide, die ihre Scham bedeckte. Als er die Zunge gegen ihre Klitoris stieß, musste sie sich an seinen Schultern festhalten, denn ihre Knie wurden weich. Er überwand die seidene Barriere und attackierte ihr nasses, heißes Fleisch; eine glitschige Invasion, die sie kaum ertragen konnte.

Sie lehnte sich mit dem Rücken gegen die Hausmauer und wuselte mit beiden Händen in seinen Haaren. Er leckte zart um die glühende Klitoris, immer und immer wieder, bis ihre Hüften im einsetzenden Orgasmus zu kreisen begannen.

Sie musste sich auf die Lippen beißen, um nicht laut aufzuschreien. Nur wenige Schritte von ihnen entfernt gingen Leute die Straße auf und ab. Jeder hätte sie sehen können, aber das störte Alex nicht. Er küsste sie wieder und rieb sich heiß und ungeduldig an ihrer Haut.

»Mach mich fertig«, wisperte er in ihr Ohr.

»Nicht hier.« Sie biss in seinen Hals und griff gleichzeitig an seine gespannten Hoden. Sie spürte seinen heißen Atem auf der Wange.

Er griff nach seinem Handy und rief den Wagen herbei, wobei er große Mühe hatte, das Keuchen aus seiner Stimme zu halten. Sie sahen den Wagen in die Gasse einbiegen und liefen darauf zu, viel zu erregt, um normal gehen zu können.

In seinem Apartment legte er sich auf das Le Corbusier Sofa und zog sie auf sich. Sie setzte sich auf ihn, gepfählt auf seinem Schwert, während er sie entkleidete.

»Benutz die Peitsche«, flüsterte er. Sie beugte sich vor, und er saugte an ihren langen steifen Nippeln. Sie hob und senkte sich langsam auf seinem Schaft.

»Nein«, sagte sie. Wenn er seine Brille nicht trug, war sein Ausdruck unscharf, aber das mochte auch am Cognac liegen, denn er hielt den Schwenker in einer Hand, während die andere Hand mit ihren Brüsten spielte.

Sie ritt jetzt etwas schneller auf seinem Schaft, und seine Augen wurden glasig vor Verlangen. Er stellte den Schwenker unter den Sitz, kippte Carla hinterrücks auf das schwarze Lederkissen und zog ihre Beine um seine Taille.

»Eines Tages«, sagte er, »werde ich dich so wütend auf mich machen, dass du dir nichts sehnlicher wünschst, als mich auszupeitschen.«

»Ich habe nie geglaubt, dass ich das mal sagen würde, aber ich bin sicher, dass ich niemals so wütend werden kann«, antwortete sie leise.

»Du unterschätzt dich.« Seine Lippen lutschten an ihrem Hals entlang. »Du würdest eine hervorragende Domina abgeben.« Seine Stimme klang heiser und aufgeregt. »Rotes Korsett, schwarze Stiefel, lange schwarze Handschuhe und die Peitsche ...«

»... und die ziehe ich dir über deinen Körper, und jeder Schlag ist eine Bestrafung für deine Missetaten. Und als du glaubst, dass ich dich kommen lasse, schütte ich deinen besten Cognac über deine Wunden, und ich sehe dich zucken ...«

»Oh, Himmel«, stöhnte er. »Ich habe doch gesagt, dass du gut bist.«

Sie konnte die Agonie und die Ekstase sehen, die sich auf seinem Gesicht ablösten, die schiere Erlösung, als er loslassen konnte, und dann einen langen, wunderbaren Orgasmus, den sie so hingerissen verfolgte, dass sie beinahe ihren eigenen Höhepunkt vergaß.

»Eines Tages vögelst du mich noch zu Tode«, keuchte er.

»Aber vorher musst du mich noch einmal herrlich lecken, du fauler Bastard.«

Das erste Bild aus der Reihe ›Verführungen‹ war schon vor ein paar Tagen in die Galerie von Abel Knight geschickt worden. Carla war ganz aufgeregt und konnte kaum erwarten zu sehen, wo die Bilder schließlich hängen würden. Die Innenwände waren so weiß, dass sie Schneeblindheit auslösen könnten. Gleißende Scheinwerfer waren in die Decke jedes Raums eingelassen.

Abel Knight grüßte Alex mit überschwänglicher Fröhlichkeit und gab Carla zwei Küsse über den Ohren.

»Caspar ist hingerissen von Ihrer Arbeit, Carla. Die ›Verführung‹ ist wirklich sehr erotisch.«

»Danke.« Sie hasste diesen Teil der Kunstszene. So viele falsche Beteuerungen, und niemand wusste, was echt war und was nicht. Der große Caspar Cheek zum Beispiel hasste alles, was nicht von ihm war. Er war ein berüchtigtes *enfant terrible,* bekannter für seinen Promi-Status als für sein Talent, mit dem er sich heftig an die Arbeiten von Lichtenstein und Warhol anlehnte.

Wie auch immer, viele Leute der höheren Gesellschaftsschichten Manhattans fanden es auch jetzt noch chic, eines seiner minimalistischen Bilder in ihr Apartment zu hängen, und niemanden schien es zu scheren, dass seine letzte größere Arbeit über eine Dekade zurücklag.

Jetzt befand er sich in einer Phase der konzeptionellen Kunst mit unverständlichen knappen Titeln wie ›Sucht‹ für ein raumhohes Bild von geschmackvoll arrangierten Kleiderbügeln oder ›Geburt eines Malochers‹ für einen männlichen Fötus in einem Anzug von Brooks Brothers. Aber der Galerist hielt sie offenbar für die Arbeiten eines Genies.

Carla fragte sich, welche Riesensumme Alex wohl hingelegt hatte, um Abel zu überreden, ihre Arbeiten neben dem Gott der modernen Kunst auszustellen.

Sie verdrängte den Gedanken für den Moment, denn jetzt überwog ihre Freude, als sie sah, wie beeindruckend ihr großes Gemälde, ›Preis des Ruhms‹, an der weißen nackten Wand wirkte. ›Beute des Wahnsinns‹, hauptsächlich in Grau und Schwarz gehalten, lebte von einem roten Fleck, der sich über den Boden der New Yorker Börse ergoss, und auch dieses Bild sah schrecklich dramatisch aus.

Carla spürte das Flattern ihrer Nerven im Bauch. Ja, dachte sie, das könnte tatsächlich gelingen. Eine Stunde lang diskutierte sie mit den Assistenten über die Positionen und die Anstrahlung ihrer Bilder, damit sie im wahrsten Sinne des Wortes ins beste Licht gerückt wurden.

»Und nun, junge Lady«, sagte Abel hinter ihr, »warten Sie nur, bis die Kritiker Sie sehen. Wir müssen Sie in Versace präsentieren. Knallgelb, glaube ich. Das würde Ihre wunderschönen dunklen Augen und die olivfarbene Haut besonders betonen.« Er fasste ihre Haare im Nacken zusammen und zog sie straff über ihren Kopf. »O ja, Sie sehen wie die Wiedergeburt von Georgia O'Keefe aus. Zum Hinknien schön. Flic, Liebling, komm, das musst du dir ansehen.«

Er rief eine junge Frau, die sich langsam näherte, ganz in Schwarz gewandet. Sie musterte Carla durch eine schlanke, schwarz gerahmte Brille.

»Oh, das ist unheimlich.« Sie hob die sorgsam gezupften Augenbrauen und verschwand wieder.

Alex sah Carla grinsend an. Sie wandte den Kopf und befreite ihre Haare aus Abels Griff.

»Das klingt zwar sehr gut«, sagte Carla, »aber mein Etat reicht nicht für Versace. Jedenfalls noch nicht.«

Abel sah händeringend auf Alex. »Aber sie braucht Versace. Sie wissen, dass es Sinn macht. Sie wollen doch nicht, dass sie nach Proletariat aussieht.«

Obwohl sie wie eine Proletin aussieht, sah Carla ihn denken. »Also, ich halte das für übertrieben«, sagte sie laut.

Alex trat neben sie. »Die Ausstellung geht gut voran, mir gefällt, was ich sehe, Abel. Dann also bis zur Eröffnung.« Er trat zwei Schritte zurück und vermied es geschickt, von Abel wieder auf beide Wangen geküsst zu werden. Er führte Carla aus der Galerie hinaus.

»Du wirst mir kein Kleid kaufen«, sagte sie, sobald sie auf der Straße standen.

Er antwortete nicht.

»Hörst du?«

Er blieb stehen und sah sie durchdringend an. »Ich habe fünf Millionen Dollar in die Galerie investiert. Glaubst du, dass ein paar tausend da noch ins Gewicht fallen?«

Sie schluckte, als sie seine Offenheit hörte. »Ist das der Grund, warum er meine Arbeiten akzeptiert hat? Wegen deiner Investition?«

»Ob es dir gefällt oder nicht, aber so funktioniert es.«

»Nicht immer.«

»Nein, aber es wäre naiv, den Zusammenhang zu leugnen. Da draußen laufen viele talentierte Leute herum. Die meisten werden nie die Gelegenheit erhalten, sich zu beweisen. Du hast diese Gelegenheit, also sei dankbar dafür.« Er ging weiter, und ihr blieb nichts anderes übrig, als ihm hinterher zu laufen.

»Von wegen dankbar sein!«, rief sie. »Du hast doch nicht meinetwegen die fünf Millionen investiert! Das hat nichts mit mir zu tun!«

Er blieb wieder stehen. »Na, schön. Ich will dir ein Versace kaufen, weil ich glaube, dass du großartig darin aussehen wirst. Ist das ein akzeptabler Grund?«

Sie stieß mit der Schuhspitze wütend gegen eine leicht erhöhte Betonplatte auf dem Gehweg und mied es, ihm in die Augen zu sehen. »Ich hasse knallgelb. Und ja, ich bin dankbar, aber du hast schon genug für mich getan.«

Er legte seine Finger unter ihr Kinn und hob ihren Kopf, damit sie ihn anschauen musste. »Lady, ich habe mich nicht einmal warm gelaufen.«

Das Bild wurde am anderen Morgen in einem der Klatschblätter veröffentlicht. Sie wussten nichts davon, bis Alex einen Anruf von Janice erhielt, die noch giftiger war als sonst.

»Bist du wirklich nicht in der Lage, dein Ding in der Hose zu halten?«, spuckte sie. »Wie viele dieser Schlampen brauchst du eigentlich? Ich wundere mich, dass du noch keinen Herzinfarkt bekommen hast.«

»Ich habe dir schon früher geraten, dir ein paar Spielknaben zuzulegen, Janice. Dann wirst du dich vielleicht ein bisschen mehr für dein Sexleben interessieren als für meins.« Er knallte den Hörer auf und blies Carla einen Kuss zu. Sie arbeitete am fünften Bild der ›Verführung‹.

»Ich schätze, dann wird auch Lee Bescheid wissen«, sagte sie, und das schlechte Gewissen stand ihr im Gesicht.

»Ohne ihn bist du besser dran.«

»Weißt du, er hat mich immer gut behandelt. Ich meine, bevor Ruth ihn in die Klauen nahm.«

»Menschen ändern sich.« Er zog sich an und fummelte mit den Manschettenknöpfen, Platin mit Diamanten besetzt, die sich partout nicht durch beide Löcher stecken ließen. »Ich habe mich verändert, aber das ist natürlich deine Schuld.«

»Natürlich.« Carla wusch sich die Hände und half ihm mit den Manschettenknöpfen. »Wie, glaubst du, hast du dich verändert?«

»Nun, ich will zum ersten Mal überhaupt jemanden in meiner Nähe haben. Es beunruhigt mich, diesen Jemand nicht um mich zu wissen.«

Sein Geständnis rüttelte sie durch. »Ich freue mich, dass du so ehrlich zu mir bist.«

Er blieb vor ihr stehen, während er seine Krawatte band. »Ich werde immer ehrlich zu dir sein.«

»Nichts weniger erwarte ich.« Sie reichte ihm sein Jackett und war plötzlich ganz froh, dass sie für ein paar Stunden allein sein würde. Niemand, der ihren Nacken küsste, ihre

Füße massierte und Liebe mit ihr machen wollte. Sie war nicht an diese permanente Nähe gewöhnt. Und auch nicht an die Gefühle, die er in ihr auslöste. Das letzte Mal, als sie es probierte, hatte Liebe (oder deren Ende) wehgetan. Sie wollte diesen Fehler nicht noch einmal wiederholen.

Am Abend bereitete sie ein Essen zu, und er mixte Margueritas. Schweigend arbeiteten sie Seite an Seite und lauschten Billie Holliday, die den Blues sang. Es war das erste Mal, dass die Rauchglasküche wirklich genutzt wurde, abgesehen von den seltenen Anlässen, zu denen die Haushälterin etwas gekocht hatte, weil er zu Hause essen wollte.

Er sah zufrieden zu, wie Carla die schweren Töpfe jonglierte und mit den tödlichen Messern umging, als wären es Federn. Schließlich war das Lamm im Ofen, und sie konnte eine Weile entspannen. Er holte zwei dickbäuchige Gläser von einem hohen Regal.

»Kann ich dir einen Cocktail anbieten? Er heißt Pussy Paradiso, und ich habe ihn selbst kreiert.«

»Hört sich gut an.«

»Aber ich brauche etwas von dir.« Er drückte sie gegen den Kühlschrank und fuhr mit einer Hand unter ihren Rock. Sie sog zischend die Luft ein, als seine Finger unter ihren Slip griffen. Seine Finger waren so geschickt, dass Carla innerhalb von Sekunden feucht und gierig auf ihn war, aber er zog sich sofort wieder zurück und zeigte ihr lächelnd seine vor Nässe glänzenden Finger.

Er fuhr mit den Fingern über die Ränder der beiden Gläser und drückte sie dann auf einen Teller mit Maldon Salz. Das Salz blieb am feuchten Rand haften. Alex schenkte den schäumenden, dickflüssigen Cocktail aus frischen Mangos und altem Hennessy aus dem Shaker in die Gläser, sprenkelte ein wenig Minze darüber und reichte Carla ihr Glas.

Sie nippte daran, schmeckte das Salz und etwas sehr Subtiles, das sie nicht hätte deuten können, wenn sie nicht gewusst hätte, was es war, aber ob sie es sich einbildete oder nicht – der Hauch von Sex setzte ihre triebhaften Impulse in Gang.

»Das muss der gefährlichste Drink sein, den ich je gekostet habe, abgesehen von dir«, sagte sie. Er küsste sie, langsam und innig, und seine Hand wanderte wieder zwischen ihre Körper.

»Wie schmutzig willst du denn heute Abend sein?«, fragte er und lächelte auf sie hinab.

»Du hast die Kontrolle darüber«, antwortete sie, ein wenig verunsichert. Sein langer Mittelfinger erwischte wieder einen ihrer Lustpunkte, und sie spürte, wie ihre Knie schwach wurden.

»Keine Grenzen?« Er schob den Finger ein bisschen tiefer und löste einen neuen Schwall Nässe aus.

»Keine Peitsche«, sagte sie.

»Nicht heute Abend. Diese Nacht ist für dich.« Er ließ sich auf die Knie nieder und drückte seinen Mund direkt auf ihre Spalte. Seine Zunge strich die geschwollenen Labien entlang, glitt dazwischen, schmeckte sie, lockte noch mehr von ihrem köstlichen Honig heraus und stieß dann mit der Zungenspitze so tief in sie hinein, wie ihm möglich war.

Sie griff keuchend in seine Haare und spannte ihre inneren Muskeln an. Sie hörte ihn gedämpft stöhnen. Ihr Körper lechzte danach, von seiner Zunge verwöhnt zu werden, aber dann hörte sie die Zeituhr am Herd, und er hob den Kopf. Er freute sich aufs Lamm. Die Pussy lief ja nicht weg.

Zwölftes Kapitel

Carla konnte sich nicht erinnern, jemals so zufrieden gewesen zu sein. Es war ein wunderschöner Abend gewesen; er hatte sie bis tief in die Nacht hinein verwöhnt, und sie hatte jede Sekunde genossen.

In einem von Alex' Bademänteln trat sie hinaus auf den Balkon und atmete die frische Morgenluft ein. Auf der Höhe des vierzigsten Stockwerks schien die Luft klarer und frischer zu sein, und in der windgeschützten Ecke strahlte die Sonne schon warm. Die alten Wolkenkratzer auf der Upper West Side ragten über das Laubwerk des Central Parks hinaus, das die schönen Herbsttöne in Gold und Rubin zeigte.

Sie streckte sich auf einer Liege aus. Innuit lag neben ihr, und sein bauschiger Schweif klopfte jedes Mal, wenn sie seinen seidigen Silberkopf kraulte. Auf einem niedrigen Tisch stand ein Tablett mit frischem Kaffee, Orangensaft und einer Auswahl von leckeren Pasteten, die Alex bestellt hatte.

»Wie geht es dir?«, fragte er und strich mit der Hand über ihren flachen Bauch.

»So gut wie noch nie.«

Er streichelte über ihren Schamberg, den er in der Nacht mit Wachs enthaart hatte, und noch bevor sie etwas sagen konnte, tauchte sein Gesicht zwischen ihre Schenkel. Er leckte sie mit neuem Ehrgeiz, und sie spürte, wie ihr Verlangen zurückkehrte. Seine Zunge tippte gegen ihre Klitoris, und Carla schloss die Augen und musste an die vielen Orgasmen der vergangenen Nacht denken.

»Oh!« Sie stöhnte, spreizte die Beine weiter und suhlte sich in der Erinnerung an seinen wunderbaren Schaft.

»Oh, Mann«, ächzte Alex, als er sich aufrichtete und Luft holte, »ich wäre da unten bald ertrunken.« Sein Gesicht glänzte von ihren Säften.

»Was erwartest du denn? Du hast mich zu deiner Sexgöttin gemacht. Jetzt bin ich unersättlich. Du wirst von deiner eigenen dekadenten Erfindung vernichtet.« Im nächsten Moment drückte sie ihn auf die Liege und sprang auf ihn. Sie waren so heftig dabei, dass man um die Liege fürchten musste.

Später genoss sie den Luxus einer ausgiebigen Dusche, und beim Frühstück blätterte sie in einem Klatschmagazin. Trotzdem nahm sie sich vor, sich von dem Reichtum, der sie zurzeit umgab, nicht blenden zu lassen. Sie wusste, wo ihre Wurzeln waren, sie hatte genug Wirklichkeit getankt, um zu wissen, dass dies nicht das richtige Leben war.

Sie hatte einen freien Morgen und beschloss, in die Gegend zu fahren, in der sie sich am besten auskannte.

Sie fand den Benz, den Alex ihr für Besorgungen in der Stadt zur Verfügung gestellt hatte, und fuhr in die Lower East Side. Unweit von Mikey's Diner fand sie eine Parklücke. Sie wollte sehen, wie es Flynn in den letzten Wochen ergangen war, ehe sie ihre frühere Kollegin Mel begrüßte.

Flynn war nirgendwo zu finden. Sie ging die Straße hinauf und hinab, schaute in die Hauseingänge und fragte nach ihm. Niemand hatte ihn in letzter Zeit gesehen. Carla fühlte sich besorgt und niedergeschlagen, als sie Mikey's betrat.

Mikey schwitzte in der Küche und redete in schrillem Italienisch auf den jungen Koch ein, der Speck und Eier briet. Die Kellnerin, die Carlas Nachfolgerin geworden war, hübsch und blond, sagte ihr, dass Mel in zehn Minuten wieder da sein würde.

»Kennst du einen Mann namens Flynn? Er gehört zu den Obdachlosen, aber dreimal in der Woche kommt er immer zum Frühstück.«

Das Mädchen runzelte die Stirn. »Ja, ich habe ihn kennen

gelernt, aber Mikey hat ihm gesagt, er sollte nicht mehr kommen. Seither habe ich ihn nicht mehr gesehen. Kaffee?«

»Danke.« Carla zündete sich ein Zigarillo an und wartete. Es war erst ein Monat vergangen, und doch fühlte sie sich schon als Fremde in ihrer einstigen Umgebung. Wie leicht würde es für sie sein, in das alte Leben zurückzufinden, die eigene Wäsche zu waschen, den Müll zu entsorgen, den Straßenlärm, die Sirenen und den Gestank zu ertragen? Darüber grübelte sie noch, als Mel hereinkam.

»Vermisst du uns schon?«

»Ja, so ungefähr.« Sie unterhielten sich eine Weile, redeten über Mels zweiten Job als Tänzerin und darüber, dass Sly sich bei einer Gasexplosion verletzt hatte. Schließlich fragte Carla, ob sie Flynn gesehen hätte.

»Mikey wollte ihn hier nicht mehr sehen. Flynn sagte, er würde die Stadt verlassen.« Sie griff in ihre Kitteltasche. »Er hat mich gebeten, dir das hier zu geben.« Sie reichte ihr ein gefaltetes Blatt Papier.

Carla strich das Papier glatt. »Gehe in den Westen. Wenn Du einen Freund brauchst oder eine Unterkunft, bin ich für Dich da.« Er hatte eine Adresse angegeben und eine Telefonnummer. Ganz unten stand: »PS. Gehe zum YMCA an der North Street. Da gibt es etwas, was Dich interessieren sollte.«

Sie steckte den Brief ein und fragte sich, wieso Flynn glaubte, dass sie einen Freund und gar eine Unterkunft brauchte. Ein kalter Schauer lief ihr über den Rücken. Mel stand auf.

»Ich muss gehen, sonst dreht Mikey wieder durch. Lass dich mal wieder sehen. Wir könnten zusammen essen gehen, dann haben wir mehr Zeit zum Reden.«

»Ja, gern.« Sie umarmten sich, und Carla trat auf die Straße. Im YMCA an der North Street gab ihr ein großer schwarzer Mann einen alten Schuhkarton. »Grüße Flynn von mir«, sagte er. »Er ist ein guter Bursche.«

Carla nickte und dankte. Sie war gespannt auf den Inhalt

des Schuhkartons, hielt vor einem Deli an und kaufte Bagels mit Hüttenkäse sowie einen gemischten Obstsalat. Sie machte es sich wieder auf dem Balkon gemütlich, nippte an der Limonade, biss in den Bagel und öffnete den Deckel des Schuhkartons.

Obenauf lag ein Brief, an sie adressiert, und darunter sah sie eine Menge Zeitungsausschnitte, die sieben Jahre alt waren. Irgendwie wusste sie, dass ihr der Inhalt der Zeitungsberichte nicht gefallen würde, deshalb begann sie mit der Lektüre des Briefes.

Carla,

wenn Du das liest, bin ich Dir dankbar. Selbst wenn Du nur neugierig bist, ist es mir ein Trost zu wissen, dass jemand mehr über mich erfahren will. Es gäbe so viel zu sagen, aber ich habe durch bittere Erfahrungen lernen müssen, mich kurz zu fassen.

Ich habe Dich vor Alexander Crewe gewarnt. Auf eine Art wünschte ich, dass er Dich schon verletzt hat, dann wäre das, was ich zu sagen habe, nicht so ein Schock für Dich. Wenn nicht, bitte ich um Entschuldigung, aber Du hast es verdient, die Wahrheit über ihn zu erfahren.

Der Mann, mit dem Du Dich eingelassen hast, kennt kein Recht und kein Gesetz. Ein paar Jahre lang war ich sein Fechtpartner, und ich dachte, wir wären Freunde. Damals war ich Finanzdirektor einer angesehenen Schifffahrtsgesellschaft. Wir durchliefen gerade eine schwierige Zeit, und ich vertraute mich Alex an und war froh, jemanden gefunden zu haben, der ein offenes Ohr für meinen Stress hatte, denn ich stand zwischen den Forderungen der Investoren und den Angriffen aggressiver Konkurrenten, die uns übernehmen wollten.

Damals wusste ich noch nicht, womit Alex sein Geld verdiente. Er hatte mir gesagt, er wäre Buchhalter. Ich hatte ein gutes Team, und in ein paar Monaten wäre es uns gelungen, wieder schwarze Zahlen zu schreiben, aber inzwischen hatte Alex alle Informationen, die er brauchte. Er kaufte die Aktien, als sie im Keller waren, und dann war es ein Leichtes für ihn, die Firma zu übernehmen. Innerhalb weniger Monate hatte er die Gesellschaft, die sich in fünfundzwanzig Jahren einen guten Namen gemacht hatte, auf die Hälfte reduziert. Die meisten Leute, die den Aufbau begleitet hatten, wurden gefeuert – ich auch.

Ich ging zu Alex und versuchte, nicht als Bettler vor ihn hinzutreten, aber ich wollte ihm klarmachen, dass ich ein wesentlicher Teil der Firma war; ich kannte die Investoren und hatte alle wichtigen Kontakte. Weißt Du, was er gesagt hat? Er könnte es sich nicht erlauben, jemanden zu beschäftigen, der so geschwätzig sei wie ich. Er machte sich lustig über mich, nannte mich einen Waschlappen und warf mir vor, nicht belastbar zu sein. Wahrscheinlich hatte er sogar Recht, aber das von jemandem zu hören, dem ich vertraut hatte, tat sehr weh.

Meine Frau war offenbar auch der Meinung von Alex, denn sie verließ mich, zog mich nackt aus und heiratete ihn. Erst viel später habe ich erfahren, dass sie seit über einem Jahr ein Verhältnis unterhielten. Inzwischen hat er sie längst abgeschossen, und ich fürchte, dieses Schicksal wirst Du mit ihr teilen.

Warum habe ich nicht stärker gekämpft? Aber wofür hätte ich kämpfen sollen? Ich hatte alles verloren, ich hatte kein Geld mehr, keine Bleibe und keinen Job. Ich konnte meinen Beruf nicht mehr ausüben, dafür hatte Alex durch viele Interviews gesorgt. Ich fing an zu saufen, und in einem albernen Racheversuch wollte ich sein Haus auf Long Island in Brand stecken.

Zum Glück war er nicht zu Hause. Als ich aus dem Gefängnis entlassen wurde, stand ich genauso mittellos da wie vorher; jetzt lebte ich auf der Straße, und irgendwann traf ich Dich. Deine Freundlichkeit war eine Wohltat für mich. Ich begriff, dass Du mich nicht verurteilen würdest, ganz egal, wie tief ich gesunken war.

Nach der Prügel, die ich bezog, hat Deine Fürsorge mich beinahe zum Weinen gebracht. Ich konnte Dir damals nicht sagen, dass Alex dafür verantwortlich war. Er wollte mich aus der Stadt treiben, und ich ließ es geschehen. Ein zufälliges Treffen mit einem Freund aus Gefängnistagen zeigte mir den Ausweg, denn es hatte keinen Sinn mehr, länger in der Stadt zu bleiben. Die Verlockung, Alex Crewe auf Dauer zu schädigen, war einfach zu groß.

Es tut mir leid, wenn Dich das alles schockiert hat, aber nichts im Leben ist sicher – abgesehen von der Falschheit des Alexander Crewe.

Andrew P. Flanigan (Flynn)

Der Bagel schmeckte ihr plötzlich nicht mehr, es war, als kaute sie auf Karton. Sie legte den Brief hin und griff zu den vergilbten Zeitungsausschnitten. Da sah sie Alex, schneidig, elegant und siegessicher, nicht lächelnd, vor einer Meute von Fotografen. Auf einem anderen Foto sah sie einen Mann in tadellosem dunklem Anzug und mit weißem Hemd und Krawatte. Das gut geschnittene Gesicht erinnerte sie an jemanden, aber es dauerte noch eine Weile, bis sie begriff, dass es Flynn war, wie er vor sieben Jahren ausgesehen hatte: dunkle Haare und glatt rasiert. Er war ein gut aussehender Mann gewesen, und es gab so gut wie keine Ähnlichkeit mit dem Penner, der unter seinem Parka zitternd in den Hauseingängen kampierte.

Jeder Zeitungsausschnitt erzählte die Geschichte von damals, und immer wieder wurden die Artikel mit Fotos der beiden Kontrahenten garniert. Alex hatte die Firma zerschlagen, die profitablen Abteilungen verkauft und die anderen liquidiert. So ging es eben in diesem Job zu. Pech, wenn du dem Druck nicht gewachsen warst.

Im Laufe der Jahre hatte er weitere Ausschnitte über Alex und seine extravaganten Frauen gesammelt, darunter auch einen Artikel, der in einem primitiven Klatschblatt veröffentlicht worden war: *Vorm Sex braucht Crewe eine Nase Koks*, geschrieben von einem jungen Starlet, das sich auf diese Weise dafür rächen wollte, dass Alex es gegen eine Neue ausgetauscht hatte.

Carla entschied sich dagegen, einen Bericht darüber zu lesen, wie Alex seine Initialen in Kokain auf die Brust einer jungen Opernsängerin schrieb. Sie legte alle Ausschnitte zurück in den Karton, dann sackte sie auf ihre Liege zurück.

Sie waren wie ein Weckruf gewesen. Die letzten paar Tage waren wie in einem Rausch von Sex und Schlemmen vergangen. Dabei hatte sie ihn vorher wegen seines Lebensstils und seiner Geschäfte verhöhnt. Er musste sie mit einem Zauber belegt haben, der sie hatte vergessen lassen, wer er war. Sie hatte sogar ihre eigene Wirklichkeit vergessen.

Sie überlegte, was sie tun konnte. Eigentlich gab es nur eine Option, obwohl sie sich geschworen hatte, so etwas nie zu tun. Es lag nicht in ihrer Natur, vor Problemen davonzulaufen. Aber sich in Cognac saufende Kapitalisten zu verlieben, war auch nicht ihre Natur.

Alex schaute kurz in Todds Büro, als er daran vorbeikam. Es sah so aus, als wäre er noch nicht eingetroffen. Stirnrunzelnd sah er auf seine Uhr. Todd war gewöhnlich spätestens um acht Uhr da, und Alex war gegen zehn eingetrudelt. Er fragte bei Judith nach, aber sie hatte nichts von Todd gehört.

Um zwölf Uhr fand das Ocean Treffen statt; das erste, bei dem er den Vorsitz übernehmen würde. Das versprach eine lebhafte Angelegenheit zu werden.

»Sagen Sie Todd, ich will ihn sofort in meinem Büro sehen, wenn er endlich eingetroffen ist«, rief er Judith zu.

Fünf Minuten später klopfte Judith bei ihm an. Sie hielt ein Päckchen in der Hand, das von Fed Ex geliefert worden war.

»Wo ist Ruth?«, fragte er und nahm das Päckchen an sich.

Sie wusste es nicht, aber sie wollte versuchen, sie ausfindig zu machen. Sie zog sich zurück, und Alex öffnete das Päckchen. Er erwartete Dokumente aus Boston, aber es gab keinen Absender. Ein rascher Blick auf die Uhr sagte ihm, dass es schon fast Zeit war, sich auf die Sitzung vorzubereiten. Todd hatte Nerven. Vielleicht stand er im Stau. Aber selbst dann hätte er anrufen können.

Judith kam herein und sagte, dass sie Ruth nirgendwo erreichen konnte, weder in ihrem Apartment noch in Heathcliffe. Niemand hatte sie gesehen, und ihr Handy hatte sie ausgeschaltet.

Er zog die Papiere aus dem Päckchen und überflog sie. Es waren Kopien der Grundstücksurkunden, und alle betrafen die einzelnen Parzellen, auf denen die Gebäude von Ocean standen. Er hatte nicht gerechnet, sie so schnell zu erhalten oder dass sie von Fed Ex zugestellt würden. Er hatte genug Grundstücksurkunden gesehen, um zu erkennen, dass sie authentisch waren.

Alles schien in Ordnung zu sein, bis er die letzte Seite aufschlug, auf der seine Unterschrift stehen sollte. Aber da hatte schon jemand unterschrieben.

Romano Capelli.

Kalte Panik erfasste ihn. Ein übler Scherz. Er rief Todd an. Keine Antwort. In seiner Verzweiflung rief er Jimmy Perez an. Man sagte ihm, Mr. Perez wäre nach Baltimore verreist.

»Aber das ist unmöglich! Heute um zwölf findet eine Sitzung statt, an der er teilnehmen muss!«

»Sie müssen sich irren«, antwortete die aalglatte Frauenstimme. »Er wird die ganze Woche nicht im Büro sein.«

Weder Drohungen noch Beleidigungen, auch nicht Entschuldigungen und eine Charmeoffensive konnten die Frau am Telefon dazu bringen, ihm Perez' Handynummer zu geben. Er konnte nichts anderes tun, als darauf zu warten, dass der Mann ihn anrief, aber Alex wusste genau, dass dies nie geschehen würde.

Judith klopfte wieder an. Sie sah in sein aschfahles Gesicht und fragte, ob alles in Ordnung wäre.

»Ich brauche einen Kaffee«, schnarrte er.

»Ein Mr. Capelli hat angerufen. Er sagte, er säße in Paddy O'Grady's Bar auf der Siebenundfünfzigsten. Sie wären um halb zwölf mit ihm verabredet. Hat das seine Richtigkeit?«

Alex nickte stumm und legte die Grundstücksurkunden in seine Aktentasche. Er würde den Broadway hinaufgehen. Vielleicht verschaffte ihm die frische Luft einen klaren Kopf.

Die Bar war verräuchert und schmutzig und um diese Uhrzeit auch nur schwach besucht. Alex bestellte sich einen doppelten Bourbon und sah sich nach Capelli um. Es war nicht schwer, ihn zu finden.

Er saß allein an einem Tisch, groß und wuchtig in einem weiten italienischen Anzug. Die fetten Finger versteckten sich hinter goldenen Ringen. Er gab sich nicht die Mühe aufzustehen, als er Alex auf sich zukommen sah, aber er schob ihm einen Stuhl hin und bedeutete ihm, Platz zu nehmen.

»Sie hätten auf Ihren Anwalt hören sollen«, sagte Capelli fröhlich. »Kluger Mann für sein Alter. Und klug genug, mit der ersten Maschine die Staaten zu verlassen, nachdem ich ihm seinen Anteil ausgezahlt hatte.«

Es war Alex, als hätte man ihm einen Schlag in die Magengrube versetzt. Ausgerechnet von Todd hätte er das nie erwartet.

»Was ist mit Ruth?«, fragte er mit belegter Stimme. »Haben Sie Ruth auch ausgezahlt?«

Capelli steckte sich eine dicke Zigarre zwischen die Lippen und setzte sie in Brand. »Sie hat einen prächtigen Arsch, was? Aber Sie sollten sich nicht um Ruth sorgen, sondern um Ihre Firma.« Er zeigte auf Alex' Bourbon. »Sind Sie sicher, dass Sie sich den noch erlauben können?«

»Verdammt, Capelli, ich werde das schon wieder ausbügeln, verlassen Sie sich drauf.«

»Wie denn? Alle Dokumente sind echt und nicht angreifbar. Das Geld, das Sie gezahlt haben, ist schon an Oceans frühere Aktionäre verteilt worden, und zum Glück befinden sich die meisten Aktien ...«

»... in Ihrem Besitz«, ergänzte Alex.

»Ja, richtig. Perez hing bei mir in der Schuld, und nach einigem Überreden hat er seine Schulden mit den Grundstücksrechten bezahlt. Ich hätte es dabei bewenden lassen können, aber dann haben Sie den Druck auf Perez erhöht, und diese Chance konnte ich mir nicht entgehen lassen.« Er grinste boshaft. »Das ist das Ende des großen Machers, was? Ich habe ihn mit einer Harpune erlegt, die ihm den Arsch gespalten hat.«

Alex sprang auf, griff über den Tisch und packte Capelli an den Revers. »Ich schneide dich in Streifen, du Schwanz lutschender Bastard.«

In den Schatten neben der Theke warteten ein paar schwere Jungs, deren Aufgabe es war, jeden Ärger im Keim zu ersticken. Alex wurde von Capelli zurückgerissen und wieder auf seinen Stuhl befördert.

»Gehen Sie, oder ich rufe die Polizei«, sagte der Wirt.

Alex wusste, dass er keine Chance hatte. Sein Name war in den Dreck gezogen worden, und von der Polizei nach einer Kneipenschlägerei festgenommen zu werden, würde seinen Ruf nur noch weiter in den Schmutz ziehen.

Er stolperte ins grelle Tageslicht und war gerade dabei, ein Taxi anzuhalten, als ihn ein Blitzlicht blendete. Sofort darauf hielt ihm jemand ein Mikrophon unter die Nase.

»Mr. Crewe, was sagen Sie zu den Gerüchten, dass Crewe Equities kurz vor dem Ruin steht?«

»Wichser«, spuckte Alex und stieg ins Taxi.

Die frostige Empfangsdame sah mit einem professionellen Lächeln hoch, als Carla aus dem Aufzug trat. »Ich möchte mit Alex sprechen.«

Die Frau lächelte oberflächlich. »Das geht im Moment nicht, er befindet sich in einer Konferenz. Ich kann seine ...«

Carla beugte sich zu der Frau vor. »Holen Sie ihn aus der Konferenz heraus«, sagte sie leise.

Die Frau presste ihre Lippen aufeinander und drückte ein paar Zahlen auf ihrer Telefonanlage.

Nach ein paar Minuten kam Alex heraus, einen Becher Kaffee in der Hand. Er sah nervös und blass aus.

»Was ist denn los?«

Sie schlug ihm hart ins Gesicht. Seine Brille flog durch die Luft und landete auf dem Boden. Der heiße Kaffee schwappte über sein Hemd. Einige Leute verharrten mitten in der Bewegung.

»Teufel, was ist denn in dich gefahren?«

»Flanigan«, sagte sie und beobachtete, wie sich sein Gesichtsausdruck veränderte. »Ja, du weißt genau, von wem ich rede. Er ist mein Freund, und du hast ihn zusammengeschlagen. Ich will nichts mehr mit dir zu tun haben. Du kannst dir die Ausstellung sonst wohin stecken, und deine Geschenke auch.« Sie warf ihm die Uhr vor die Füße, die er ihr gekauft hatte, und dann folgten die Ohrringe mit den Perlen.

Sie lief zum Aufzug zurück und drückte auf den Knopf nach unten. Zum Glück öffneten sich die Türen sofort. Sie trat in die Kabine und drückte hektisch auf den Knopf zum Erdgeschoss.

»Carla!« Alex ließ den Kaffeebecher fallen und rannte ihr nach. Er erreichte den Aufzug genau in dem Moment, in dem sich die Türen schlossen. »Carla! Öffne die verdammte Tür!« Wütend trat er dagegen. »Verdammtes New Jersey Luder!«

Er hörte, wie die Kabine nach unten glitt, dann drehte er sich um und sah eine Gruppe seiner Angestellten wie versteinert um den Empfangstresen stehen. Er streckte die Hand nach seiner Brille aus, die ihm ein älterer Mann hinhielt. Der andere Aufzug kam hoch, und die Türen öffneten sich. Er trat in die Kabine und fuhr nach unten.

Als er ein paar Minuten später in seinem Apartment eintraf, war es klar, dass Carla vorgesorgt hatte. Die braune Einkaufstüte stand noch in der Küche, Pasta, Basilikum, würzige Tomaten, *ciabatta* und Oliven, alles Zutaten für das Essen, das sie zum Abend für sie kochen wollte.

Seit sie im Penthouse wohnte, roch es wie ein Zuhause, aber nun war nichts mehr von ihr geblieben, nur ein Hauch von Jasmin und die ›Verführung Nummer fünf‹, die auf der Staffelei stand, nicht ganz vollendet. Das Bild zeigte ihn auf dem Bett. Er lag auf dem Rücken und hatte einen Arm über sein Gesicht gelegt. Sie hatte ihn nackt gemalt und enthüllte der Welt endlich seine ganze Schönheit, mal abgesehen davon, dass vom Kopf nichts zu sehen war. Was für eine Ironie – der Penis war in seiner ganzen Größe zu bewundern, aber der Mann, dem das gute Stück gehörte, blieb verborgen.

Die seidigen Haare unter seinen Armen und um den Penis waren fast einzeln gemalt, und jeder Pinselstrich war Zeugnis ihrer Gefühle für ihn. Jetzt aber sah es eher so aus, als sollte jeder Pinselstrich ihn verhöhnen.

Er schenkte sich einen großen Cognac ein und ging hinauf. Sie hatte ihre Kleider mitgenommen und jene zurückgelassen, die er ihr gekauft hatte. Er lachte verbittert auf. Sie hatte ihm eine Nachricht hinterlassen, die sie mit scharlachrotem Lippenstift auf das weiße Satinlaken geschrieben hatte. ZIMMER FREI.

Lee war zum Radisson Hotel vor dem Flughafen in Newark gefahren. Sein Herz schlug wahnsinnig schnell, denn jetzt gab es kein Zurück mehr. Ruth wartete auf ihn an der Tür ihrer Suite im dritten Stock, aber er erkannte sie beinahe nicht. Ihre lange krause Mähne war verschwunden; stattdessen trug sie einen blonden Bubikopf. Ihre Augen strahlten blau.

»Mann, das ist sexy«, sagte er und schluckte schwer. Sie zog ihn herein und drückte ihre Lippen auf seinen Mund.

»Bist du bereit?«

»Wann fliegen wir?«

»In drei Stunden.« Sie hielt seinen neuen Reisepass hoch. »Mr. Tony DeMaggio«, schnurrte sie. »Klingt gut. Warst du schon mal in Rom?«

»Noch nicht.« In seinem Bauch flatterte es aufgeregt, als sie ihn zum Bett zog.

»Zuerst nach Genf, dann Rom oder Mailand – was immer du willst. Was willst du, Mr. DeMaggio?« Sie lehnte sich auf dem Bett zurück und fuhr mit ihren nackten Zehen an seinem Bein hoch. Sie trug ein kurzes Kleid, darunter wurde ein weißes Seidenhöschen sichtbar. Er spürte ein frisches Verlangen nach ihr, das noch akuter wurde, als sie mit der Fußsohle über seine Erektion strich.

»Ich will dich«, sagte er heiser.

»Du hast mich, Baby.« Sie setzte sich auf und zog ihn zu sich. Er schloss die Augen, als sie an seinen Reißverschluss fasste und ihn langsam nach unten zog. Er war so hart, dass seine Eichel sich unter den Bund der Boxer geschoben hatte. Sie leckte kurz darüber, und seine Hüften ruckten unwillkürlich ihrem Mund entgegen. Er konnte sich nicht dagegen wehren. Sie war so verdammt begehrenswert, und mit den blonden Haaren und den blauen Augen war ihm, als hätte er es mit einer völlig neuen Frau zu tun.

»Willst du ein bisschen Spaß, bevor wir fliegen?«, fragte sie und zog einige Manschetten aus einer Tasche.

»Ja, warum nicht? Wir haben mindestens noch eine Stunde Zeit.« Er zog sein T-Shirt aus und ließ sich von ihr aufs Bett drücken. Als seine Hände an das Kopfende des Betts gefesselt waren, nahm sie Strümpfe, um seine Fußgelenke ans andere Bettende zu binden.

»Ah, das ist gut«, stöhnte er und ließ die Hüften kreisen, als steckte er schon in ihr. Sein Schaft zeigte zur Zimmerdecke.

Ruth öffnete eine Flasche Champagner, die sie vorher schon bereitgestellt hatte. Sie hob Lees Kopf an, damit er aus der Flasche trinken konnte.

»So ist es gut, Baby. Trink so viel, wie du magst«, murmelte sie, bevor sie selbst auch einen Schluck nahm. »Ich fühle mich in einer versauten Stimmung«, sagte sie, setzte wieder die Flasche an seinen Mund, und diesmal rann ihm die perlende Flüssigkeit aus den Mundwinkeln, das Kinn hinunter und auf die dunklen Laken. Sie stand über ihm und beobachtete, wie seine Augen glasig wurden, als sie den kalten Flaschenhals über ihre Pussylippen rieb.

Er seufzte schwer, als sie das Höschen zur Seite schob und den Hals langsam zwischen den prallen Labien nach oben zog. Sie wusste, dass dieser obszöne Anblick ihn ganz verrückt machen würde. Lee keuchte und strich sich mit der Zunge über die trockenen Lippen.

»Durstig?« Sie hielt die Flasche wieder an seine Lippen. In seiner Gier schluckte er, so viel sein Mund aufnehmen konnte. Er genoss den Geschmack ihrer Pussy. Als er genug getrunken hatte, kippte sie einen Schwall der Flüssigkeit über seine Erektion. Sie kühlte sofort ab, aber nur für Sekunden, dann hatte sie den Mund über seine Eichel gestülpt.

Lee stieß wilde, gequälte Geräusche aus und stieß von unten in ihren Mund hinein. Als Ruth in sein Gesicht blickte, war es dunkel vor Verlangen. Sie setzte sich auf ihn und ließ seinen Schaft gegen ihren Po federn, während sie ihren Ausschnitt weiter nach unten zog, damit er mehr von ihren Brüsten sehen konnte.

Seine Blicke waren starr auf ihre Nippel gerichtet. Ruth begoss sie mit Champagner, sodass sie im sanften Licht zu glitzern begannen. Seine Zunge strich wieder über seine Lippen, eine stumme Bitte, die Flasche noch mal an seinen Mund zu halten. Sie ließ ihn trinken und anschließend an ihrem glitschigen harten Nippel saugen, während sie sich langsam anhob und sich dann auf seinem Schaft pfählte.

Er schloss die Augen, als er spürte, wie ihre inneren Muskeln ihn quetschten. Sie begann ihn behutsam zu reiten, während er an ihrer Brust nuckelte. Ihr Anblick und ihr Duft berauschten ihn, und dazu kam noch die Erkenntnis, dass er es zum Millionär gebracht hatte. Das alles war der Emotionen zu viel, und innerhalb von Minuten spürte er, wie sich seine Hoden zusammenzogen. Ruth hob sich rasch an, und er versprühte sich auf seinem Bauch. Er bemerkte es kaum; sein Gesicht war vor Lust verzerrt, die Lippen von den Zähnen zurückgezogen.

Sein Höhepunkt schien unheimlich lange zu dauern, und als er endlich vorbei war, schnappte er nach Luft wie ein Fisch an Land. Als er seinen Mund weit aufriss, stopfte Ruth seine

Boxershorts hinein. Seine Augen öffneten sich voller Staunen.

Hilflos sah er zu, wie sie ihre Schuhe anzog und über ihr kurzes Kleid strich. Sie griff nach ihrer Tasche.

»Du hast doch nicht wirklich geglaubt, dass ich das schöne Geld mit dir teile, oder?«, fragte sie verächtlich. »Du hast zu meiner Unterhaltung beigetragen, Lee, und eine Zeit lang warst du ganz nützlich. Aber jetzt ist beides vorbei.«

Er keuchte gegen seinen Knebel und zerrte an den Fesseln, aber sie hatte Manschetten und Strümpfe zu fest angezogen. Sie drehte sich noch einmal lächelnd zu ihm um, winkte und ging zur Tür.

Als sie die Tür aufzog, stand Alex vor ihr.

Sie wich vor ihm zurück, als er einfach ins Hotelzimmer trat. Der Mann, den sie als Roy Smith aus dem Sanctuary kannte, folgte ihm.

»Ich warne dich. Ich habe einen wirklich schlechten Tag hinter mir, und du weißt, was für ein Bastard ich dann sein kann. Ich glaube, ich brauche nicht extra zu erwähnen, dass du keine Angestellte mehr von Crewe Equities bist.«

Ruth beäugte ihn misstrauisch. Er sah, wie sich die Rädchen in ihrem Kopf drehten.

»Ich hätte dich eigentlich mit den drei Millionen Dollar, die du im Laufe von zwei Jahren von meinem Konto auf den Bahamas abgezweigt hast, laufen lassen«, fuhr Alex fort, »aber da ich jetzt ruiniert bin, kann ich mir das nicht mehr erlauben. Außerdem – warum sollte ich seit einer Dekade mindestens fünfzehn Stunden am Tag arbeiten? Nur damit eine wie du mit meinem hart verdienten Geld abhauen kann?«

Er warf einen mitleidigen Blick auf Lee. »Manche werden sagen, du hättest kreative Buchhaltung betrieben und dich selbst belohnt, weil du für einen Bastard wie mich arbeiten musstest. Andere, unter ihnen die Polizei und ich, halten nichts von solchen Ausreden und nennen es Betrug.«

Ruth sah ihn herausfordernd an. »Das kannst du mit mir nicht machen, Alex. Ich weiß zu viel über dich. Ich war schließlich fast drei Jahre deine Amme und Krankenschwester.«

»Höre ich da Erpressung heraus?« Alex nahm ihr die Tasche aus den Händen und öffnete sie. Ein Laptop befand sich darin, der einen großen Teil seines Lebens enthielt. »Dieses Stück gehört mir, glaube ich.«

Zwei Polizisten in Zivil tauchten aus dem Nichts auf. Einer von ihnen legte Ruth Handschellen an, der andere las ihr ihre Rechte vor.

»Lasst den Kerl auf dem Bett laufen«, sagte Alex zu ihnen. »Sein einziges Verbrechen besteht darin, dass er ihr geglaubt und sie gevögelt hat.«

»Du kannst mir nichts beweisen!«, rief Ruth gellend.

»Wir sehen uns vor Gericht, meine Liebe.«

Sie kreischte vor Wut und zerrte an ihren Handschellen. Alex lachte verbittert und sah ihr nach, als sie abgeführt wurde.

Dreizehntes Kapitel

In einem heruntergekommenen Landhaus oberhalb der Stadt Tucson widmete sich Carla der Malerei, und Flynn schrieb an seinem Roman. Sie lebten friedlich nebeneinander; abends saßen sie bei einer Flasche Bier zusammen und schauten dem Sonnenuntergang zu, und jeden Abend redeten sie darüber, wie stark der Kontrast zu ihrem Leben auf der Dritten Avenue war.

An der Ostküste fielen die Medien wie ein Rudel Wölfe über Alex her. Romano Capelli war angeklagt worden, Dokumente gefälscht zu haben, aber es gab heftige Auseinandersetzungen über die Ocean Affäre, und eine Lösung schien es zunächst nicht zu geben. Alex war zusätzlich in mehrere Zivilprozesse verstrickt, weil er sein Geld zurückhaben wollte, nicht nur von Capelli, sondern auch von Ruth.

Ruth kämpfte mit Krallen und Klauen und warf Alex perverse Praktiken vor. Als Beweis dafür legte sie die zahlreichen Fotos vor, die sie von ihm in gewissen Situationen gemacht hatte. Er hätte ihr das Geld gegeben, behauptete sie, damit sie den Mund hielt.

In der Zwischenzeit arbeiteten die US-Behörden mit Schweizer Kollegen zusammen, um Todd Foster auf die Spur zu kommen. Auch dies erwies sich als kein einfaches Unterfangen. Der ganze Zirkus wurde von den Medien natürlich immer wieder ausgeschlachtet, während die größeren Finanzfirmen sich heimlich ins Fäustchen lachten. Alex Crewe war bis auf die Knochen blamiert.

Carla war glücklich in ihrem neuen Zuhause, sie scheute Fernsehen, Zeitungen und Zeitschriften und konzentrierte sich aufs Malen. Manchmal fuhr sie weit in die Wüste hinaus, bis sie ein Motiv fand, das sie ansprach. Oder sie und Flynn führten lange Gespräche über den Sinn des Lebens.

Flynn arbeitete wochenlang an Reparaturarbeiten am Haus und legte eine neue Terrasse aus Holzbohlen an. Ab und zu verdingte er sich in der Nähe als Schreiner. Das wurde zwar nicht gut bezahlt, aber sie wurden eine Zeit lang satt davon. Er sagte, er fühlte sich glücklicher als seit Jahren.

»Ich bräuchte nur ein paar Bilder zu verkaufen«, sagte Carla. »Ich hätte nie gedacht, dass der Tag kommt, an dem du das Essen für mich auf den Tisch bringst.«

»Vielleicht erhältst du gute Resonanz auf die Ausstellung.« Er sah sie von der Seite an, aber sie wich seinem Blick aus.

»Ich bin überrascht, dass du mich dazu überreden willst, zur Eröffnung zu gehen.«

»Wenn du nicht hingehst, war alles umsonst. Die ganze Arbeit, die ruhelosen Nächte, die Abende, in denen du dich in den Schlaf geweint hast. Er ist nur ein Stück Scheiße an deinem Schuh, aber es wäre dumm, nicht alles aus der Chance herauszuholen, die er dir geboten hat.«

»Du sprichst wie er. Aber ich denke nicht so.«

»Weil du starrsinnig bist.«

»Hast du vielleicht den Platz mit ihm getauscht?«

»Nun, ich war mal wie er, aber ich war naiv und gutgläubig. Ich weiß, dass du beides nicht bist, aber ...«

»Jeder weiß, dass wir zusammen waren, deshalb nimmt auch jeder an, dass ich nur eines seiner üblichen Flittchen war. Ob jemand meine Kunst mag oder nicht, ich muss zuerst diese Hürde überwinden.«

»Das wird so oder so geschehen, ob du zur Eröffnung gehst oder nicht.«

Am folgenden Abend rief Abel Knight an. »Mein Schatz, kommen Sie nun zur Eröffnung? Wir wissen immer noch nicht, was mit Ihnen los ist.«

»Nein, ich komme nicht«, sagte sie und hörte ein leises entsetztes Wimmern am anderen Ende der Leitung. »Es sei denn, Sie können dafür garantieren, dass Alex nicht da ist.«

»Das ist unmöglich! Er ist unser größter Investor!«

»Er oder ich, Sie haben die Wahl«, sagte sie und legte den Hörer auf. Flynn zeigte einen betont abwesenden Ausdruck, genau wie ihr Vater, wenn er vorgab, einem ihrer Telefongespräche nicht zu lauschen. »Ich wüsste mal gern, woher er diese Nummer hat«, sagte sie und sah Flynn stirnrunzelnd an.

»Keine Ahnung«, sagte er unschuldig und reichte ihr ein eiskaltes Bud.

Eine Stunde später rief Abel wieder an. »Darling, denken Sie doch an die Gelegenheit, die Sie verpassen. So viele Leute wollen Sie kennen lernen. Sie machen mein Leben sehr schwierig. Das könnte ein Bumerang werden. In den Augen vieler Menschen sind Sie noch ein Niemand und haben schon die Allüren einer Primadonna.«

»Mit diesem Risiko muss ich leben«, sagte sie und legte wieder auf.

Eine halbe Stunde später war er erneut am Draht. »Sie müssen zur Eröffnung kommen«, sagte er hastig, bevor sie auflegen konnte. »Wenn Sie nicht kommen, ist Ihre Karriere schon vorbei, und alle Bemühungen, die Sie und wir in das Projekt gesteckt haben, waren umsonst.«

Sie seufzte tief. »Und Alex wird auch da sein?«

»Vergessen Sie Alex! Schauen Sie an ihm vorbei. Überlegen Sie doch mal, was Ihnen geboten wird! Für eine solche Chance würden andere töten.«

Sie spürte, wie ihr Widerstand schmolz. »Es tut mir leid, Abel ...«

»Ah! Da höre ich einen Fortschritt! Bitte, kommen Sie, liebste Carla. Wenn Sie nicht kommen, fürchte ich, kann ich Ihnen nicht mehr helfen.«

»Das ist Erpressung«, sagte Carla.
»Nein, Liebling. Das ist Geschäft.«

Flynn weigerte sich, sie zu begleiten. Er war nicht bereit, den unvermeidlichen Medienrummel zu ertragen, und an seine alte Geschichte wollte er auch nicht mehr erinnert werden.

»Nachdem du mich also so sehr unter Druck gesetzt hast, verweigerst du mir deine Unterstützung?«

»Ich werde hier sein, wenn du zurückkommst«, sagte er nur.

Im Hotel schlief sie in Lockenwicklern, damit ihre sonst so glatten Haare modisch zerzaust aussahen. Sie trug das kurze schwarze Zwanzig-Dollar-Kleid. Während sie die Lidschatten zog, fragte sie sich, warum sie sich so zurechtmachte, wenn sie doch gar keine Lust hatte, überhaupt hinzugehen.

Abel schickte eine Limousine zum Hotel, und als Carla die Galerie betrat, schlug ihr Herz doppelt so schell, und in ihrem Bauch lag ein schwerer Stein. Sie zog die silberne Stola enger um die Schultern und bemühte sich, entspannt auszusehen, als sie Journalisten, einigen B-Promis und hakennasigen Geschäftsleuten vorgestellt wurde.

Sie suchte in der Menge nach dem einen oder anderen wahren Kunstfreund, aber sie konnte keinen entdecken. Die meisten Menschen waren da, damit sie mit Caspar Cheek fotografiert wurden. Caspar strahlte sein blondes Lächeln aus; es schien festgefroren. Er trug eine weiße Hose und ein pastellfarbenes Polohemd. Hat ihm niemand gesagt, dass er wie ein europäischer Golfer aussieht?, dachte Carla.

Über zwei Stunden konnte sie es vermeiden, sich von Journalisten ausquetschen zu lassen, dann wurde sie von einer Frau gestellt. Carla antwortete brav und grinste innerlich, als sie sah, wie Abel über ihren unverfälschten New Jersey Akzent das Gesicht verzog.

»Viele Ihrer Bilder reflektieren Verachtung für die Geldmagnaten der Wall Street«, sagte die Frau. »Bringt das keine Konflikte in Ihre Beziehung mit Alex Crewe?«

Am liebsten hätte sie der Schnalle die Ohrringe abgerissen, aber stattdessen atmete sie tief durch.

»Alex glaubt fest daran, Menschen eine Chance zu geben, die sie sonst nicht hätten oder nur nach Jahren des Klinkenputzens. Als er mich ansprach, war ich ihm sehr dankbar.« Sie lächelte süß und hoffte, die Frau würde weggehen.

»Mir drängt sich der Eindruck auf, dass Sie Ihre künstlerische Integrität gefährden – sofern Sie eine haben –, wenn Sie sich mit einem wohlhabenden Geschäftsmann sehen lassen. Was können Sie mir dazu sagen?«

Für wen hielt sich diese blöde Kuh? Carla sah ihr in die Augen und erkannte die scharfzüngige Giftspritze, die sie schon mal im Frauenfernsehen gesehen hatte. Ihr schossen mehrere Antworten in den Sinn, aber sie sprach aus, was ihr als Erstes einfiel.

»Verpiss dich, sage ich dazu.« Sie drehte sich um, aber die Frau ließ nicht locker.

»Hat diese Feindseligkeit etwas mit den Skandalen zu tun, in die er verwickelt ist?«

Andere Reporter hakten bei diesem Thema nach, und bald fühlte sie sich von hingehaltenen Mikrophonen umzingelt.

»Über Alex habe ich nichts mehr zu sagen«, ließ sie entschieden verlauten.

»Aber Sie können nicht glücklich darüber sein«, meinte ein junger Mann mit einem Anflug von Sympathie in der Stimme.

Sie fand, er hatte eine Antwort verdient. »Ich betrachte mich nicht als derart unzufrieden, dass es mein Leben beeinflusst«, sagte sie und sah, dass der junge Mann ihre Antwort niederschrieb, was die anderen nicht für nötig hielten. »Und glücklich bin ich, wenn ich genug Bilder verkaufe, dass meine

Eltern nach Madison umziehen können. Ich danke Ihnen.« Sie ging weiter zur nächsten Gruppe.

»Die Fotos, die im Internet zirkulieren – hat er solche Dinge auch mit Ihnen angestellt?«

Carla hatte genug. Sie drehte sich um und schlug den Fragensteller auf den Mund. Der Mann torkelte rückwärts und fiel gegen eine Glassäule.

Sie hörte ein lang gezogenes »Neieieieinnn«, dann sprang Caspar Cheek vor und zeigte für einen Fünfzigjährigen eine beeindruckende athletische Leistung, als er gerade noch eine seiner Urnen retten konnte, die zu seinen Ausstellungsstücken gehörte. Alle Leute drängten sich um den Tatort, um nur ja nichts zu verpassen. Kameras klickten. Abel flatterte herum wie ein nervöser Schwan und wollte wissen, was geschehen war.

»Sie hat mich beinahe auf die Bretter geschickt«, rief der Journalist und zeigte auf Carla. Alle starrten sie an. Sie war einsachtundfünfzig groß, und in diesem Moment hätte ein Küken nicht harmloser aussehen können als sie.

Während alle auf einmal redeten und ihre Version des Zwischenfalls zum Besten gaben, gelang es ihr, auf die Toilette im oberen Stockwerk zu flüchten. Als sie eintrat, schaute eine dürre Frau von der Linie Koks auf, die sie sich auf der schwarzen Granitplatte des Waschtischs gelegt hatte.

»Ich muss doch sehr bitten«, fauchte die Frau.

Carla ignorierte sie und ließ sich Zeit, ihr Make-up aufzufrischen, bevor sie wieder nach unten ging. Sie wollte sich am liebsten durch eine Hintertür schleichen, um so schnell wie möglich zurück in die Wüste zu kommen. Dies war nicht ihre Szene, diese eingebildete Bande aus Kunstbeflissenen und selbst ernannten Kritikern. Während der Champagner floss, hatten sich kleinere Grüppchen gebildet, überall nur Gleichgesinnte. Sie wusste nicht, zu welcher Gruppe sie gehörte. Sie schlenderte eine Weile herum, bis Abel sie entdeckte, der sehr aufgedreht wirkte. Sie fragte sich, ob er sich auch eine Linie Koks reingezogen hatte. Im nächsten Moment sah sie Alex, der sich einen Weg zu ihr bahnte.

»Entschuldigen Sie«, murmelte Abel.

Plötzlich schien der Raum leer zu sein, nur sie und Alex existierten. Sie sah zur Decke, dann auf den Boden, sie sah auf alles, nur nicht auf ihn. Er trug schwarzes Leder, darüber einen Trenchcoat, der fast über den Boden wischte.

Er ging auf sie zu. »Du hast mir nie eine Chance zur Erklärung gegeben«, sagte er.

»Du hattest deine Chance und hast sie verspielt.«

Ihr war bewusst, dass neugierige Besucher einen Kreis um sie bildeten; sie ahnten ein bevorstehendes Drama. Die Frau, die Carla auf der Toilette gesehen hatte, war auch dabei. Jetzt wusste Carla auch, woher sie die Frau kannte. Sie war das Gesicht von Klein. Jetzt hakte sie sich bei Alex unter und sah Carla verächtlich an.

»Mir gefällt deine Arbeit«, sagte sie von oben herab. »Vielleicht kaufe ich ein Stück.«

»Es sieht so aus, als hättest du dir schon ein Gratis-Stück geangelt«, sagte Carla boshaft. Sie bedachte Alex mit einem herablassenden Blick und schob sich durch die Menge dem Ausgang entgegen.

Sie hörte erst auf zu weinen, als sie Tucson erreichte und Flynns Umarmung spürte.

Die Reihe ›Verführung‹, die durch Alex' vielfache Auftritte vor Gericht immer wieder neue Publicity erfuhr, hatte auch zu den Glanzstücken der Ausstellung gehört und war sehr populär geworden. So sehr, dass ein anonymer Bieter eine Million Dollar für die zehn Bilder zahlen wollte.

»Wer ist der Bieter?«, wollte Carla wissen, als Abel ihr Bescheid gesagt hatte.

»Das wollte sein Agent nicht sagen.«

Sie hatte einen bestimmten Verdacht. »Sagen Sie ihm, ich bin bereit, fünf der Bilder zu verkaufen. Aber er soll einen vernünftigen Preis nennen.«

Am folgenden Nachmittag war Abel wieder am Telefon. »Eine Million Dollar pro Bild.« Carla weigerte sich zu verkaufen. In der Zwischenzeit war die Öffentlichkeit auf die Auktion aufmerksam geworden. Manch einer vermutete, dass Alex dahinter steckte, aber andere wiesen darauf hin, dass er viel Geld bei dem Ocean Geschäft verloren hatte. Romantische Gesten zu diesem Preis könnte er sich nicht mehr erlauben.

Schließlich musste Carla nachgeben. Die Windschutzscheibe des Autos ihrer Eltern war wieder mit Steinen beworfen worden. Sie musste ihnen helfen, aus Newark wegzuziehen.

»Sagen Sie ihm, er kann fünf Bilder für eine Million haben«, sagte sie Abel. »Er soll den Scheck auf Mr. und Mrs. L. Vicenzi ausstellen.«

Caspar war mehr als angefressen, weil sie ihm bei der Eröffnung die Schau gestohlen hatte, und war nach Europa getürmt. Verschiedene Kunstmagazine und Zeitschriften wollten Carla interviewen, aber sie lehnte sie alle höflich ab. Sie zöge es vor, ihre Kunst für sich sprechen zu lassen, ließ sie ausrichten. Eine wahre Künstlerin, sagte Abel stolz.

Sie richtete sich ein Studio in der Garage des Landhauses ein, das sie sich mit Flynn teilte, und allmählich verdiente sie ihren Lebensunterhalt mit ihrer Malerei. Ein Tag nach Weihnachten stand Jet vor der Tür, seine Gitarre auf dem Rücken. Er blieb eine Weile, bevor er weiter nach San Francisco fuhr. Sie tranken Wein und Bier und rauchten Gras; es war eine ungesunde Zeit für sie, aber in diesen Tagen schuf sie einige ihrer besten Bilder, über denen der Hauch der Melancholie lag.

Jet sagte, wahrscheinlich würde Alex das Geld zurückbekommen, das Ruth ihm gestohlen hatte. Crewe Equities war inzwischen liquidiert; die letzten Gelder gingen für den Rechtsstreit gegen Capelli und Perez drauf. Die Jacht, die Villa, die modernen Büros – alles weg. Alex war immer noch Millionär, weil er in der Vergangenheit einige kluge Investitionen getätigt hatte, aber sein Ruf in der City war auf ewig ruiniert, und über Nacht fiel er aus der Fortune-Liste der fünfhundert reichsten Männer.

»Das kann so nicht dauern«, sagte Carla mit einem zufriedenen Seufzen. In der Wüste fühlte man den Winter nicht, aber abends wurde es empfindlich kühl.

»Was kann nicht dauern?«

»Wenn du deinen Roman beendet hast, wird sich alles ändern.«

Flynn gluckste. »Das glaube ich nicht. Jedenfalls nicht so schnell.«

»Doch, doch. Du bist so gut wie Grisham.«

»Danke. Aber zuerst muss ein Verleger das auch so sehen, bevor es mir was bringt.«

»Er wird es auch so sehen.«

Es war ein regelmäßiger Diskussionspunkt.

»Was wirst du tun, wenn er dich gefunden hat?«, fragte Flynn.

Sie wusste natürlich sofort, wen er mit ›er‹ meinte. »Das habe ich noch nicht durchgespielt«, sagte er.

»Lass mich raten. Du willst dich wieder in den Schlaf weinen. Er ist es nicht wert.«

An diesem Abend war Flynn launischer als sonst. Das war auch deshalb so auffällig, weil er eigentlich sehr reserviert war und kaum aus sich herausging. Bei jeder Gelegenheit lag er in der Hängematte, ein Bier in der Hand und zufrieden, dass die Welt an ihm vorbeiging. Aber an diesem Abend hatte er zu Bourbon gewechselt, und das war kein gutes Zeichen.

Sein hageres Gesicht war angespannt, als er Kippe auf Kippe in den sandigen Boden stampfte.

»Was ist los mit dir?«, fragte sie schließlich.

Er antwortete nicht, stand aber auf und reckte die langen Arme in den nachtschwarzen Himmel. Er war groß und sehr drahtig, und beides war ihr nicht aufgefallen, als er auf der Straße bettelte. Er hatte wieder mit dem Fechten begonnen. Schon jetzt konnte man sehen, dass seine Muskeln kräftiger geworden waren, seine Bewegungen schneller und anmutiger. Man hätte ihn zehn Jahre jünger schätzen können, wären da nicht die angegrauten Haare gewesen, die er gewöhnlich in einem Pferdeschwanz trug. Als sie ihn über die Stadt hinwegstarren sah, hätte sie ihm gern die Verkrampfungen aus den Schultern massiert, aber plötzlich war sie sich nicht mehr sicher.

»Flynn?«

Er drehte sich zu ihr um. »Es tut mir leid, Carla, aber es liegt an dir. Ich kann es nicht mehr ertragen.«

Seine Offenheit schockierte sie. »Oh, okay. Ich werde gehen. Ich hatte nicht vor, meinen Aufenthalt so lange auszudehnen.«

»Das habe ich so nicht gemeint.« Er schaute sie nicht an. »Es ist fast sieben Jahre her. Ich hätte ... aber ich habe es nie getan. Ich konnte nicht ...« Er zeigte in die allgemeine Richtung ihres Körpers.

Carla sah an sich hinab und sah, dass ihr weißes T-Shirt kaum dazu geeignet war, ihre halterlosen Brüste zu verbergen. Von der Abendkühle waren die Warzen hart geworden. Plötzlich begriff sie. Sie war zu ihm gekommen, weil sie glaubte, dass sie Freunde waren, aber sie hatte vergessen, dass er auch ein Mann war. Und weil es so warm war, hatte sie von Anfang an kaum etwas anderes getragen als Hotpants und kurze T-Shirts.

»Du hast seit sieben Jahren nicht gevögelt? Und jetzt sitze

ich halb nackt vor dir und ...« Sie schenkte sich den Rest. »Himmel, Flynn, es tut mir leid.« Sie zog eine Decke heran und schlang sie um ihren Körper, sodass nur noch ihr Kopf hervorlugte.

»Ich hätte zu einer Hure gehen können«, sagte er. »Ab und zu hätte ich mir das leisten können, aber ich habe mich nicht überwinden können. Dann habe ich es mir lieber selbst gemacht und das Geld gespart.«

»Und die Arztrechnungen«, fügte Carla hinzu. »Du kannst dich wieder umdrehen. Ich bin jetzt bedeckt.«

Er grinste sie an, ein bisschen schämte er sich. »Ja, für den Moment. Aber du bist immer noch im Haus. Ich werde deine Wäsche auf der Leine sehen. Hast du eine Vorstellung, was mir durch den Kopf geht, wenn ich deine kleinen Höschen sehe?«

Carla sah zerknirscht aus. »Nein, nicht wirklich.«

»Die Sache ist die«, sagte er und setzte sich neben sie. »Ich will unsere Freundschaft nicht aufs Spiel setzen, aber ...«

Carla wusste nicht, dass sie es tun würde, bis ihre Hände sein Gesicht umfassten und sie einen Kuss auf seine Lippen hauchte. Es war ein süßer, warmer, keuscher Kuss. Als sie ihn beendete, war er rot geworden und sah sie verunsichert an.

»Lege ich das alles sehr falsch aus?«, fragte sie.

Er schüttelte den Kopf und bekam kein Wort heraus. Sie wusste, dass er keinen weiteren Schritt unternehmen würde, solange sie nichts tat. Er überließ ihr die Entscheidung.

Also entschied sie. Er war ein gut aussehender Mann, reinlich und bescheiden. Welche Frau konnte da schon widerstehen? Sie nahm seine kühlen Hände und führte sie unter die Decke und unter ihr T-Shirt. Er gab einen seltsamen kleinen Laut von sich und tastete über ihre Brüste, als wollte er sich von der Reife der Melonen überzeugen.

»Wir gehen ganz, ganz langsam vor«, sagte sie. »Nach sieben Jahren gibt es keinen Grund, jetzt etwas zu überstürzen.«

Er fühlte das Gewicht ihrer Brüste in seiner Hand. Die kühle Abendluft wehte gegen ihre Haut und versteifte ihre Nippel noch mehr. Flynn strich mit dem Daumen über eine Warze und beugte den Kopf, um sie mit dem Mund einzufangen.

Die Wärme seiner Lippen schickte winzige elektrische Pfeile durch Carlas Körper. Seine Zunge leckte um die harte Warzenspitze, und Carla schmiegte sich wohlig in die Hängematte. Er kniete vor ihr, sein Gesicht zwischen ihren Brüsten. Er umfasste sie mit den Händen und leckte das Tal dazwischen. Nacheinander badete er die Nippel in seinem Speichel, und Carla krümmte den Rücken und seufzte voller Lust, während sie mit einer Hand seinen Nacken kraulte.

Er nahm sie in seine Arme und trug sie ins Haus, und dort fielen sie auf sein breites, niedriges Bett. Er küsste sie, schon viel selbstsicherer als vorher. Es gelang ihr, ihn auf den Rücken zu drücken, und nun widmete sie sich ausgiebig seinen Brustwarzen, und von dort hauchte sie leichte sinnliche Küsse auf seinen Bauch. Er hielt sie davon ab, seine Hose zu öffnen.

»Nein, noch nicht.«

Er wollte sie eine Weile nur anstarren, und so legte sie sich auf den Rücken und genoss, wie er sie betrachtete, berührte und küsste. Er rieb seine Wange gegen ihre weiche Haut. Er folgte den seidigen Härchen zu ihrer Pussy und strich mit einem Finger über ihre geschwollenen Labien. Flynn stöhnte laut auf, als er bemerkte, wie nass und glitschig sie geworden war.

Seine Finger glitten tiefer hinein, und ihr Körper wurde von kleinen Beben erschüttert. Er öffnete ihre Labien und leckte über die empfindsame Knospe ihrer Klitoris. Carla biss sich auf die Lippen und rutschte auf dem Bett hin und her. Er strich mit der Zunge um die Klitoris herum, fuhr die Labien entlang, saugte an ihnen und führte erst einen, dann zwei und drei Finger in sie ein. Begeistert schlürfte er ihre Säfte.

Das Flattern seiner Zunge um den fleischigen Knubbel war so leicht wie die Schwingen eines Schmetterlings, und sie wünschte, er würde mehr Druck ausüben. Ungeduldig stieß sie ihm ihren Schoß entgegen. Er lachte leise und wusste sofort, was sie wollte. Er saugte härter, sog die Klitoris tief in seinen Mund und strich mit den Zähnen über das glühende Fleisch, bis sie sich in einem erschauernden Orgasmus wand. Zufrieden streckte er sich neben ihr aus.

»Man sollte glauben, du hättest das nicht zum ersten Mal gemacht«, sagte sie.

»Das ist wie Fahrradfahren«, antwortete er, nahm ihre Hand und küsste jede Fingerspitze. »Man verlernt es nicht.« Er wurde mutiger und führte ihre Hand zu seinem harten Schwanz.

»Du bist ja so unanständig, Mr. Flanigan«, schalt sie, aber sie zog ihre Hand nicht zurück.

»Das hast du zu verantworten.«

Dem konnte sie nicht widersprechen. Sie blinzelte ihm zu und drückte ihre Hand um seinen Schaft.

Sie beugte sich über ihn, öffnete seinen Pferdeschwanz und verteilte seine Haare auf dem Kissen. Sofort sah er jünger und verwegener aus. Die Ähnlichkeit mit Alex ließ sie erschauern. Seine Brustmuskeln und Arme waren stark entwickelt, und als sie mit den Fingern über seinen Bauch strich, spürte sie, wie flach und hart er war. Darunter baute seine pochende Erektion ein Zelt in seiner Hose.

Sie streifte die Hose ab und ignorierte die heftige Beule in seinen Boxershorts. Er duftete sauber, weil er erst vor dem Abendessen geduscht hatte, und gleichzeitig roch er auch nach Moschus, als ob er schon seit einiger Zeit erregt wäre. Er griff nach dem Kopfende des Betts, und sie sah, wie sich sein Körper verkrampfte.

»Entspanne dich endlich«, sagte sie. »Du sollst nichts als genießen.«

»Das ist mein Problem«, ächzte er. »Ich fürchte, ich könnte in zehn Sekunden abschießen.«

»Nein, das wirst du nicht. In solchen Dingen bin ich Expertin.« Sie gab ihm einen Klaps auf den Bauch. »He, entspannen!«

»Ich bin doch entspannt.«

»Gut.« Sie wollte ihn nicht weiter necken und streifte seine Shorts ab. »Oh, Mr. Flanigan, Sie sind aber gut bestückt.«

Er lachte, und endlich war die Spannung gebrochen. »Ja, ich weiß. Das Einzige, was mir geblieben ist.«

»Ach, dein Lecken ist auch nicht schlecht.«

»Wirklich?«

»Ja.« Sie beugte sich tief hinunter und nahm ihn tief in den Mund, bevor sie seine Hoden einzeln einsog. Sie fühlten sich ein bisschen rau an, nachdem sie sich an Alex' glatte Bälle gewöhnt hatte. Aber sie wollte sich durch Gedanken an Alex nicht ablenken lassen.

»Dein Lecken ist auch nicht schlecht.«

»Danke für das Kompliment, Sir.« Sie wischte mit der Zunge um die Wurzel, dann fuhr sie wieder den harten, prallen Schaft hoch. Er hatte die Augen geschlossen, und er war wieder verspannt. Seine Lippen bewegten sich stumm.

»Was sagst du da?«

Er schlug die Augen auf. »Ich sage die Namen der Yankee Spieler auf«, sagte er.

»Eh ... warum das denn? Langweile ich dich etwa?«

»Mich überrascht, dass du das nicht von deinen anderen Männern kennst«, stöhnte er.

»Es ist mir nie aufgefallen.« Sie grätschte über seine Hüften und beugte sich über ihn. Ihre Nippel rieben über seine.

»Es ist eine altbewährte Methode gegen vorzeitige Ejakulation«, erklärte er. Seine Augen waren verhangen, als er ihre pendelnden Brüste betrachtete. »Ich glaube, es hilft. Mach weiter, ich kann nicht mehr länger warten.«

Sie langte hinunter an seinen Schaft, hob sich leicht an und führte ihn ihrer Pussy entgegen. Kurz bevor sie sich vereinten, lächelte sie ihn breit an.

»Sieben Jahre, Flynn. Dein Exil ist zu Ende.« Sie setzte sich rasch auf seine Erektion und ließ ihn die wunderbare Erfahrung genießen, wie er langsam immer tiefer in ihre enge, heiße Höhle eindrang. Sie saß auf seinem Schoß, bis zum Anschlag gepfählt, und beobachtete die flackernden Gemütswallungen auf seinem Gesicht. Lust, Erinnerung, eine gewisse Traurigkeit über die vergeudete Zeit und zum Schluss pure Lust.

Sie quetschte ihn mit ihren inneren Muskeln. Er fühlte sich gut in ihr an. Sein anhaltendes Pochen sorgte für eine köstliche Wärme, die ihren ganzen Unterleib erfasste. Sie legte die Hände unter ihre Brüste und strich über ihre Nippel, neckte sie, zwickte sie und genoss die Reaktionen ihres Körpers auf ihr wollüstiges Treiben.

»Gut?«, fragte sie.

»Gut.« Es war mehr ein tiefes Grunzen als ein Wort. Sie begann langsam auf ihm zu reiten. Die offene Glückseligkeit auf seinem Gesicht war jede Bewegung wert.

»Oh, Carla, dieser Mann war so ein verdammter Narr«, flüsterte er, aber bevor die Erinnerung an Alex schmerzen konnte, hatte er sie auf den Rücken gewälzt, und nun begann er hart und zügig in sie hineinzustoßen und mahlte seinen Schoß gegen ihren. Sie spürte, wie sehr er sich bemühte, nicht zu einem zu frühen Ende zu kommen. Er wollte, dass sie aufholte. Das dauerte zu ihrer Überraschung nicht lange.

Als er mit dem Mund eine Brust umschloss, sprühte die zusätzliche Lust wie ein Funkenregen hinunter in ihre Pussy. Sie brannte lichterloh und hielt sich an ihm fest. Er hatte seinen Rhythmus gefunden, und sie hielt von unten dagegen. Flynn setzte seine ganze Kraft ein und grunzte laut, als er sich in sie ergoss. Er pumpte weiter in sie hinein, als hörte seine Energie überhaupt nicht mehr auf, und dann war auch sie am Ziel und hielt seine Backen umschlungen, als wollte sie vermeiden, dass er sich aus ihr löste.

Später schlüpfte sie ins Bad, und als sie zurückkam, lag er auf dem Rücken, die Augen geschlossen, die Hände hinter dem Kopf. Zum ersten Mal, seit sie ihn kannte, sah er so aus, als hätte er den Frieden gefunden. Sie hauchte einen Kuss auf seine Wange und ging in ihr Zimmer.

Am nächsten Morgen gingen sie ungezwungen miteinander um, als wäre nichts geschehen, und so wollten sie es auch halten. Ein paar Tage später erwähnte Flynn wie nebenbei, dass er von einer Frau, die er im Fechtklub kennen gelernt hatte, zum Essen eingeladen war, und er überlegte, ihr zuzusagen. Carla ermunterte ihn dazu, meinte nur, er sollte nichts überstürzen. Sie freute sich für ihn. Er war immer noch ein guter Fang – wenn man davon absah, dass er kein Geld hatte. Aber dass er sich überhaupt auf eine Frau einließ, war ein gutes Zeichen, ein weiterer Schritt zurück in die wirkliche Welt.

Ein paar Tage danach traf sie vom Einkaufen zu Hause ein, die Arme voller Tüten mit Lebensmitteln, und sah ein Mercedes Coupé vorm Haus stehen. Sie spürte ein Kribbeln auf der Haut, und als sie das Haus betrat und Männerstimmen hörte, verstärkte sich das Kribbeln noch. Sie stellte die Tüten in der Küche ab und trat an die Tür, die hinaus auf den Balkon führte.

»Nicht sehr lustig, vor aller Augen in den Arsch gefickt zu werden, was?« Das war Flynn. Man brauchte nicht viele Gehirnzellen einzusetzen, um zu ahnen, wer der andere Mann war.

»Wo ist sie?«, fragte Alex mit erzwungener Ruhe.

»Warum sollte ich dir das sagen? Du willst alles haben und dann zerstören. Ich kann nicht glauben, dass sie dich nicht sofort durchschaut hat.«

»Ich weiß, dass sie hier ist, aber wie sie vor deiner Tür landen konnte, ist mir ein Rätsel.«

Carla konnte Flynn jetzt sehen. Er lächelte, aber es war kein angenehmes Lächeln. »Wenn du ehrlich zu ihr gewesen wärst, läge sie jetzt vielleicht in deinem Bett und nicht in meinem.«

»Nein!« Alex bewegte sich flink wie eine Kobra, packte Flynn am Hemdkragen und stieß ihn gegen die Wand. »Sage mir bloß nicht, dass du sie angerührt hast.«

»Eigentlich war es umgekehrt. Sie hat mich angefasst. Nach sieben Jahren ohne Frau konnte ich mich nicht gut verweigern, verstehst du?«

Die Rache war süß: Er hatte mit der Frau geschlafen, wegen der Alex den gesamten Kontinent durchquert hatte, um sie zurückzuholen. Carla hätte beinahe auflachen müssen, wenn sie nicht Alex' Gesicht gesehen hätte. Er war kräftiger gebaut als Flynn, und er kochte vor Wut. Er würgte Flynns Hals mit beiden Händen.

»Dafür wirst du mir büßen, Flanigan! Wenn ich mit dir fertig bin, fristest du dein Leben als Kohlkopf.«

»Hör sofort auf!«

Carla zog ihn zurück. Flynn rutschte auf den Boden und rang nach Luft. Carla schwang ihre Faust und erwischte Alex am Kinn, weil er mit dieser Reaktion nicht gerechnet hatte. Er stolperte gegen die Hängematte, fiel auf der anderen Seite wieder heraus und landete auf dem Boden. Carla stand über ihm und holte mit einem Fuß aus.

»Schon gut, schon gut«, sagte Alex und hob beide Arme.

»Ich glaube, jetzt sind wir gleich«, sagte Flynn, als er eine Hand ausstreckte, um Alex auf die Füße zu helfen.

Carla sah ihn verdutzt an. »Bist du verrückt? Er ist ein Millionär, und das ist er auf deine Kosten geworden, und so nebenbei hast du alles verloren.«

»Das ist aber ausgesprochen fair, dass du ihr deine Version der Geschichte aufgetischt hast«, sagte Alex wütend.

»Dieser Mann war wegen dir fünf Jahre lang weggesteckt«, sagte Carla. »Du könntest ihm wenigstens eine Wiedergutmachung anbieten.«

»Ich nehme von ihm nichts an«, sagte Flynn.

»Sei nicht so verdammt dumm«, schnauzte sie ihn an.

»Bin ich nicht. Ich komme auch ohne ihn ganz gut zurecht.«

»Das wissen wir beide. Also brauchst du keinem was zu beweisen, dir nicht und mir erst recht nicht. Also kannst du sein Geld annehmen.«

»Ich habe ihm keins angeboten«, warf Alex ein.

»Das solltest du aber. Ich habe ihn auf der Straße gesehen, zusammengekauert im Regen, während du Koks von den Titten deiner Opernsängerin geschnüffelt hast.«

»Okay, ich nehme eine Auszeit«, sagte Flynn. »Dann könnt ihr in Ruhe reden.«

»Wohin gehst du?«, fragte sie, plötzlich in Panik.

»Ich hole mir Zigaretten.« Er drehte sich noch einmal um. »Fechtest du noch, Alex?«

»Natürlich.«

»Dann tragen wir es doch sportlich aus. Wenn ich unseren Gang gewinne, zahlst du mir zwei Millionen Dollar. Wenn ich verliere«, er hob unbekümmert die Schultern, »dann habe ich eben verloren. Ende der Geschichte. Einverstanden?«

»Aber du hast mich noch nie besiegt«, sagte Alex langsam. »Das wäre kein fairer Wettbewerb.«

»Dann hast du doch nichts zu befürchten.«

»Ich fürchte überhaupt nichts.«

Flynn warf einen kurzen Blick auf Carla. »Außer, sie zu verlieren. Wenn du dem Kampf zustimmst, hört sie sich vielleicht deine Version der Geschichte an.«

Alex sah Carla an. Sie sah dieselbe Verletzlichkeit in seinem Blick wie damals, als sie ihn zum ersten Mal gesehen hatte. Sie nickte stumm.

»Gut. Weiter die Straße entlang gibt es einen Park. Der Boden ist eben, und es wird uns niemand stören. Was wir brauchen, bringe ich aus dem Klub mit. Wir treffen uns da in einer Stunde«, sagte Flynn und ging hinaus.

Nachdem er gegangen war, fiel die Stille wie ein großer Steinbrocken über sie.

»Sage mir, dass du nicht mit ihm schläfst«, sagte Alex.

Sie ärgerte sich über die Warnung in seiner Stimme. »Ich glaube, die Worte, nach denen du suchst, bevor du mit Anschuldigungen um dich wirfst, lauten: ›Es tut mir leid‹.«

Alex zündete sich eine dünne Zigarre an und sog den Rauch tief ein. »Warum sollte mir etwas leidtun?«

»Weil du nicht ehrlich zu mir warst. Das war ein großer Fehler, Alex.«

»Ich dachte, die Geschichte wäre dir längst bekannt. Du hast doch sonst alles über mich gewusst.«

»Nur das, was Lee mir erzählt hat.«

»Dann hast du deine Erkundigungen nicht vollständig eingezogen. Das ist mir auch passiert, und ich musste es teuer bezahlen.«

»Dein Fehler war, dass du jemandem vertraut hast«, sagte Carla. »Genau wie Flynn dir vertraut hat. Das nenne ich eine göttliche Bestrafung.«

»Du kannst es nennen, wie du willst, ich habe alles schon gehört. Man lacht mich aus von New York bis nach Los Angeles und wieder zurück.«

»Ah, soll ich vielleicht Mitleid mit dir haben? Ich nehme an, es hat nicht lange gedauert, bis du dich wieder mit einem dummen Häschen getröstet hast.«

»Einige Leute wenden sich dem Suff zu, wenn ihr Leben in eine Krise gerät. Ich halte mich an Frauen.«

»Du hast wenigstens diese Wahl gehabt. Flynn konnte nicht wählen.«

Er blies den Rauch in den schwülen Nachmittag, »Okay, ich gebe nach. Ich bin ein sehr schlechter Mann, der verdienterweise enteihert worden ist. Ist es das, was du hören willst?«

»Ja, aber dazu müsste es sich so anhören, als wäre es ernst gemeint.«

»Es ist ernst gemeint. Ich würde alles aufgeben, was ich besitze, wenn ich dafür bis an das Ende meines natürlichen Lebens mit dir in einer solchen Umgebung leben könnte. Soll ich dir noch etwas sagen? Ich beneide Flynn. Ich beneide ihn um seine Freiheit und um seine Fähigkeit, sich anzupassen. Vor sieben Jahren war er am Ende – aber schau ihn dir jetzt an. Er lebt, wie er leben will. Okay, er ist nicht reich, aber er ist zufrieden, und er hat dich. Und das ...« Er wandte sich ab, lehnte sich über das Balkongeländer und starrte auf die Hügelkette in der Ferne.

»Und er ist es, der zuletzt lacht«, fügte Carla hinzu. »Was für eine gelungene Rache.«

Alex paffte an seiner Zigarre. An der Schläfe pochte eine Ader wie sonst, wenn er sexuell erregt war. Aber diesmal hatte seine Erregung nichts mit Sex zu tun.

Carla setzte sich auf einen Stuhl; sie fühlte sich emotional ausgelaugt. Sie wusste nicht, was sie tun und was sie denken sollte. So viel hatte sich verändert, seit sie das letzte Mal zusammen waren. Auch Alex hatte sich verändert. Seine Haare waren länger, und die Freizeitkleidung bildete einen sympathischen Kontrast zur Eleganz seiner Maßanzüge, die er an der Ostküste trug. Auch die türkisfarbene Schildpattbrille war verschwunden.

»Sie haben meine Augen operiert«, sagte er, als sie ihn darauf ansprach. »Ich brauche keine Brille mehr.«

»Haben sie dir bei dieser Gelegenheit auch ein Herz eingesetzt?«

Er ignorierte ihre sarkastische Bemerkung. »Inuit vermisst dich.«

»Er ist ein Hund. Ich bin ihm scheißegal.«

»Du irrst dich. Wie fühlt es sich an, reich zu sein?«

»Das weißt du doch besser als ich.«

»Im Moment fühlt es sich wie Scheiße an.« Er sog den Rauch der Zigarre ein, schloss die Augen und hielt sein Gesicht in die Sonne. »Hast du gearbeitet?«

»In der Garage.« Sie blieb sitzen, während er aufstand und hinausging. Er blieb lange Zeit weg.

»Sie sind gut«, sagte er, als er zurückkam. »Mir gefallen die ›Ikonen der Bedrohung durch Aktionäre‹, wenn ich auch nicht begreife, dass du mich eingeschlossen hast.«

»Das ist meine Wahrnehmung, sonst nichts.« Sie schaute auf die Uhr. »Es ist Zeit zu gehen.«

Die Fahrt zum Park verlief schweigend. Der Wind in ihren Haaren tat ihr gut, aber ihr war schwer ums Herz. Sie wollte eine Hand nach ihm ausstrecken, und sie war sicher, dass er nach ihr greifen wollte, aber sie wussten beide nicht, wie sie die Wand aus Abneigung, Schuld und Wut durchbrechen konnten.

Flynn wartete ruhig neben seinem alten verstaubten Caravan.

»Such deine Waffe aus«, sagte er und hielt ihm die beiden Säbel hin.

In der Stille war ein Donner wie Kanonenfeuer in der Ferne zu hören. Carla hatte seit Jahren nichts gehört, was so unheilvoll klang. »Oh, Himmel!«, stöhnte sie. »Das ist doch verrückt! Warum müsst ihr denn richtige Säbel benutzen?«

»Weil es eine Frage der Ehre ist. Was soll denn der ganze Aufwand, wenn kein Blut fließt?«, fragte Flynn grinsend und fügte rasch hinzu: »Entschuldige.«

Alex schaute sich die beiden Waffen gründlich an und traf

dann seine Wahl. Ein leichter Wüstenwind wirbelte kleine Staubwölkchen auf. Der Platz, auf dem sie standen, war für Baseballspiele markiert, aber hier wurde schon lange kein Baseball mehr gespielt. Alex zog seine Jacke aus, schaute auf Flynn und entledigte sich dann auch seines Hemdes.

Flynns Torso war dunkel gebräunt, ein krasser Gegensatz zu Alex' Blässe. Aber beide Männer befanden sich körperlich in einer exzellenten Verfassung.

»Der erste Treffer auf den Torso hat gewonnen«, sagte Flynn. Alex nickte.

Carla stellte sich vor Alex. »Du kannst noch aussteigen«, sagte sie. »Du wirst ihn umbringen.«

»Das bezweifle ich«, sagte er in seiner tiefen Stimme. »Ich weiß, was ich tue. Ich kann nur hoffen, dass er das auch weiß.« In der Hitze klangen das Zwitschern der Vögel und sogar ihre Schritte gedämpft.

Flynn grinste Carla an. »Jetzt weiß ich, dass sich mein hartes Training gelohnt hat«, scherzte er.

»Bitte, tu's nicht«, bettelte sie, obwohl sie wusste, dass es keinen Sinn hatte. Der Konflikt hatte sich lange angebahnt, und sie hatte den Eindruck, dass Alex diese Lösung nicht weniger gefiel als Flynn.

Sie wollte nicht wirklich zuschauen, aber sie musste es tun. Beide Männer begrüßten sich mit Respekt und nahmen die *en garde* Position ein.

»Ihr seid beide machomäßige Ärsche«, stieß sie voller Entsetzen aus. Stahl zischte durch die Luft. Sonnenstrahlen fingen sich auf den blanken Klingen, und für einige Sekundenbruchteile war sie geblendet.

Der Kampf hatte begonnen, und Carla erkannte, dass Flynn besser war, als Alex geahnt hatte. Sie setzte sich abseits des Kampfgeschehens hin und schaute zu. Zwei Tramper und ein Junge auf einem verrosteten Fahrrad blieben stehen und schauten gebannt zu.

»Meinen die das ernst?«, fragte der Junge. Carla nickte grimmig.

»Wie geil!« Der Junge zog sein Handy aus der Tasche und rief seine Freunde an.

Nach dem stürmischen Beginn ohne Vorteile für einen der Kontrahenten zogen sie sich auf die jeweilige Ausgangsstellung zurück und atmeten tief durch. Nur ihrem Geschick und ihrer Körperbeherrschung war es zuzuschreiben, dass noch niemand verletzt worden war.

»Vorwärts, Flynn! Zeig's ihm«, rief Carla, als sie sich wieder in der Mitte trafen. Alex starrte sie verdutzt an, dann begann der Kampf erneut. Diesmal verzichteten sie auf jede Nettigkeit. Es ging ums Eingemachte.

»Was, glaubst du, habe ich fünf Jahre lang im Knast getan?«, rief Flynn. »Nur Wäschesäcke zusammengenäht?« Er stieß unvermittelt zu, und wenn Alex nicht rechtzeitig reagiert hätte, würde ihm jetzt eine Hand fehlen. »Oder Körbe flechten?« Wieder ein Angriff, diesmal auf die Rippen, und wieder knapp vorbei.

Carla wollte weder Erleichterung noch Enttäuschung spüren. Plötzlich verstand sie Flynns Kommentar zu Beginn. Die Erfahrung der Männer erwies sich als gleichwertig, aber was sie brauchten, war eine Entscheidung.

Inzwischen waren die Freunde des Jungen mit dem Fahrrad eingetroffen, und auch einige andere Leute hatten neugierig angehalten und verfolgten das altmodische Duell.

Zunehmend frustriert, begann Alex mit einigen schmutzigen Tricks. Einmal hatte er Flynn gegen die rostenden Zuschauerterrassen gedrückt, und es sah zunächst so aus, als könnte er einen Hieb anbringen. Aber dann hatte sich Flynn aus seiner verzwickten Lage befreit, und seine Attacke zwang Alex zum Rückzug.

Alex streckte sich und stieß die Säbelspitze überraschend gegen Flynns Wange, auf der sie eine dünne rote Linie hinterließ. Carla sah, dass sich Flynns Gesicht vor Wut verzerrte. In der Ferne heulten Sirenen auf; offenbar hatte jemand die Polizei gerufen. Besser so, dachte Carla.

Beide Männer standen sich schwer atmend gegenüber. Ihre Körper und Hosen waren mit Dreck, Schweiß und Blut verschmiert.

»Hat es dir Spaß gemacht, meine Frau zu vögeln?«, fragte Flynn spöttisch.

»Sie war lausig im Bett«, gab Alex zurück. Er griff wieder an, aber statt in die Verteidigungshaltung zu gehen, konterte Flynn. Die Männer standen sich gegenüber, nur wenige Zentimeter voneinander getrennt.

»Ich habe gehört, dass sie das auch über dich gesagt hat«, feixte Flynn und griff Alex an, der darauf nicht vorbereitet war und hastig den Rückzug antrat. Er geriet ins Stolpern. Die Zuschauer raunten aufgeregt. Flynn lachte ihn aus.

»Schon wieder eine katastrophale Niederlage für den Großen Macher«, rief Flynn triumphierend. »Carla hat mir gesagt, dass du ein Masochist bist.«

Alex schaute hinüber zu Carla, die sich wegen Flynns Indiskretion schuldbewusst fühlte. Alex sprang auf die Füße und klopfte sich den Sand von der Hose. Er hob den Säbel wieder auf, bereit zur nächsten Attacke. Aber Flynn war abgelenkt, er sah hinüber zu zwei Polizisten, die sich an den Zuschauern vorbei schoben.

Carla erlebte das Geschehen wie in Zeitlupe. Alex nutzte die Unaufmerksamkeit seines Gegners aus und startete seinen neuen Angriff.

Flynn sah ihn im letzten Moment aus dem Augenwinkel und wich durch eine geschickte Körperdrehung zur Seite aus. Seine Hand hielt den Säbel, um Alex' Waffe abzuwehren.

Carla sah das, was dann geschah, ein paar Sekundenbruchteile früher als Alex. Sie sprang auf und wollte ihn warnen, aber da war es schon zu spät.

Die Klinge glitt zwischen Alex' Rippen. Blut floss sofort aus der Wunde und über seinen Torso. Carla sah, wie Alex zusammensackte. Das Blut färbte den Sand rot. Flynn wich zurück, offenbar selbst entsetzt über das Ergebnis des Duells. In die Schreie des Publikums hinein sprang Carla auf und fiel neben Alex auf die Knie. Seine Haut war aschfahl.

»Ich glaube, ich habe wieder verloren«, wisperte er, bevor er ohnmächtig wurde.

Vierzehntes Kapitel

Der Rettungswagen brachte Alex ins Krankenhaus, und Flynn landete im Gefängnis. Obwohl er seinen Säbel ohne Einwand abgegeben hatte, handelte die Polizei wohl nach dem Motto: Erst einlochen, dann Fragen stellen. Carla musste den beiden skeptischen Detectives immer wieder dieselbe Geschichte erzählen.

»Alex wollte den Kampf unbedingt«, sagte sie müde zum zehnten Mal.

»Mr. Flanigan ist ein verurteilter Gewalttäter, Ma'am. Wollen Sie uns erzählen, dass Mr. Crewe bereit war, ihm zwei Millionen Dollar zu zahlen, falls er den Kampf verlor?«

»Ja.«

»Wir kennen ihre Vorgeschichte. Mr. Flanigan hat ein Motiv, ihn töten zu wollen. Warum sollte Crewe diesen Kampf gewollt haben? Das ergibt keinen Sinn.«

»Nichts, was Alex betrifft, ergibt einen Sinn«, sagte sie. »Flynn war gar nicht erpicht auf das Geld. Ich habe ihn überredet, das Angebot anzunehmen.«

Die Männer sahen sich verdutzt an. »Sie wollten, dass Mr. Crewe getötet wird?«

»Nein! Oh, Himmel! Es sollte ein fairer Kampf werden, mit dem ihre Feindschaft beigelegt werden konnte. Alex wird Ihnen das auch so schildern.«

»Wenn er überlebt.«

Diese drei Worte schlugen wie Revolverkugeln in ihrer Brust ein. Sie begann zu weinen, um Alex, um sich selbst und am meisten um Flynn, der jetzt im Gefängnis saß und im schlimmsten Fall mit der Todesstrafe rechnen musste.

Beim Empfang sagte man ihr, auf welcher Etage Alex lag. Als sie dort eintraf, saß ein Polizist vor der Tür.

»Was ist denn los?«

»Er befindet sich auf der Wachstation, Ma'am. Sie müssen sich noch eine Weile gedulden.«

Also wartete sie. Sie trank erbärmlichen Kaffee und ärgerte sich, dass es ihr nicht möglich gewesen war, Flynn zu besuchen. Der arme Kerl würde verzweifeln.

Schließlich wurde ein Bett über den Korridor geschoben. Alex war so bleich wie das Laken. Er hatte die Augen geschlossen.

»Wer sind Sie?«, fragte der Chirurg.

»Carla Vicenzi. Ist ...?«

»Er kommt bald wieder auf die Beine. Es ist eine saubere Wunde, und wie durch ein Wunder sind keine Organe betroffen.« Er sagte das so, als fände er das schade und als hätte Alex nichts anderes als den Tod verdient.

»Kann ich zu ihm aufs Zimmer und warten, bis er aufwacht?«

Der Arzt nickte kurz und ging, und sie hielt Krankenwache. Als er aufwachte, war er verwirrt, noch halb betäubt und so verletzlich, dass sie am liebsten seine Hand gehalten hätte. Aber die Stunden, die sie auf sein Aufwachen gewartet hatte, waren voller getrübter Gedanken gewesen, und nun war sie eher wütend auf ihn.

Eine gute halbe Stunde später versuchte er ein Lächeln, als er sie erkannte.

»Ich schätze, ich habe verloren«, flüsterte er.

»Du hast absichtlich verloren«, sagte sie kühl.

»Ich bin auf sein Schwert gefallen«, sagte er. Seine Stimme war so dünn wie ein Blatt Papier. »Warum sollte ich absichtlich verlieren? Jetzt schulde ich ihm zwei Millionen.«

»Du wusstest, dass man Flynn wieder festnehmen würde. Wegen dir musste er zurück ins Gefängnis, du Bastard.« Sie fing an zu weinen. »Sie warten noch ab, aber sie wollen ihn wegen versuchten Mordes anklagen. Schließlich hat er ein Motiv. Er hat sieben Jahre darauf gewartet, es dir heimzuzahlen, dass du ihn ruiniert hast.«

»Das wird nicht geschehen«, sagte er.

»Das will ich hoffen, dass du dafür sorgst, und wenn du es nicht tust, wirst du mich nie wiedersehen.« Sie ging hinaus. Der Polizist stand noch vor der Tür.

»Kann er sprechen?«

»Ja, und er hat eine Menge zu sagen.« Carla ging mit raschen Schritten den Flur entlang. Sie wollte dem eisigen Weiß des Krankenhauses entkommen und so schnell wie möglich wieder Zuflucht im Landhaus finden.

Nach zwei Tagen wurde Flynn entlassen. Man würde keine Anklage gegen ihn erheben. Carla ging ins Krankenhaus, um Alex zu besuchen, aber man hatte ihn schon nach New York geflogen, um sich dort in einer exklusiven Klinik zu erholen. Auf eine Weise war sie erleichtert, denn das bedeutete, dass sie sich auf Flynn konzentrieren konnte, der immer noch zitterte, wenn er daran dachte, wie knapp er einer hohen Freiheitsstrafe entkommen war.

»Ich fühle mich, als ob ich einen Schritt vorm Abgrund stehen geblieben wäre«, sagte er, als sie ihm ein kaltes Bier in die Hand drückte und ihn hinaus auf den Balkon führte.

»Jetzt bist du in Sicherheit«, sagte sie und küsste ihn auf den Kopf. Nachdem sie gemeinsam den Sonnenuntergang genossen hatten, gingen sie hinein, und er liebte sie mit einer Eindringlichkeit, die sie bisher bei ihm nicht erlebt hatte. Alex' überwältigende Leidenschaft drängte sich ihr als Vergleich auf, während Flynn vor Freude über seine Freiheit juchzte, sein Gesicht an ihren Hals gepresst.

Er sah müde und blass aus, als sie zwei Taschen in den

Kombiwagen verstaute. Sie hatte vor, mit Flynn durch Arizona, Colorado und Utah zu fahren, um die Wüste kennen zu lernen und den Wind in den Haaren zu erleben.

Nach zwei Wochen als Touristen landeten sie schließlich in Moab, Utah. Sie fanden ein Motel und gutes Essen, dann brachen sie zu einem Spaziergang in die Berge auf, wobei sie sich auf einen Pfad begaben, der hinauf zum Delicate Arch führte und von Fotografen bevölkert war, Profis wie Amateure.

Eine halbe Stunde gönnten sie sich den Spaß, dem Kampf um den besten Platz für das Stativ zuzuschauen, wenn es einen besonders spektakulären Blick auf die Landschaft gab. Unterhaltsam waren auch die Klagen der Modelle, die das Bild im Vordergrund der Landschaft veredeln sollten. Es dauerte zu lange, und es war zu heiß.

Schließlich setzten sie ihren Weg allein fort, etwas abseits vom Trampelpfad. Die Le Sal Berge waren dunkle Buckel in der Ferne; nur die Spitzen setzten sich leuchtend weiß vor dem blauen Himmel ab. Meilenweite Wüste lag zwischen ihnen und dem Felsen, auf dem Carla und Flynn sich niedergelassen hatten. Ihr vermittelte sich ein Gefühl von Freiheit, wie sie es noch nie erfahren hatte. Sie stand auf und streckte die Arme aus. Der warme Wind umgab sie. Es hätte nicht viel Überzeugung bedurft, um sich einzureden, dass sie fliegen könnte. Es war ein gefährlicher, aufregender Gedanke.

»Wie geht es dir jetzt?«, fragte sie ihn an diesem Abend, als sie sahen, wie die sterbende Sonne einen Felsen in ein tiefes leuchtendes Rot tauchte. Er saß zu ihren Füßen, und sie rieb mit einem Handtuch ihre Haare trocken, bevor sie mit einem Kamm durch die Haare fuhr. Sie massierte die Knoten aus seinen Schultermuskeln und hielt ihn umschlungen, bis er sich entspannt an sie schmiegte.

»Wiederbelebt«, sagte er, und es gelang ihm sogar sein lässiges Grinsen wieder. Er öffnete noch eine Flasche Bier, und sie ging unter die Dusche. Später trocknete und kämmte Flynn ihre Haare und sprach über das einzige Thema, das sie bisher vermieden hatten. Es begann harmlos genug. Er wollte eine Harley Davidson kaufen und reisen, vielleicht sein Buch beenden und …

Er lachte. »Und dann werde ich eine Frau finden mit dem Wind in den Haaren.«

»Ja, gut«, sagte sie. »Warum machst du das nicht?« Insgeheim war sie erleichtert. Sie liebte Flynn, aber nicht auf die Weise, wie er es gern hätte.

»Weil ich mich zuerst um dich kümmern muss«, sagte er.

Sie antwortete nicht sofort. Der Kamm in den Haaren tat ihr gut. Schließlich sagte sie: »Um mich muss man sich nicht kümmern. Ich habe meine Arbeit und …«

»Aber du bist eine junge, leidenschaftliche Frau. Du wirst zu einem vertrockneten Kürbis werden, wenn du nicht jemanden findest, der an deinen Schaltern dreht.« Er zwickte einen Nippel. Sie lachte und gab ihm einen Klaps auf die Finger, aber er blieb zwischen ihren Beinen hocken.

»Du spannst schon wieder«, murmelte sie.

»Kannst du mir das verdenken? Ich sehe in einen Ausschnitt, der ist tiefer als der San Andreas Graben.« Er drückte ihre Brüste zusammen.

»He, hör auf damit!«, rief sie lachend. Ein Auto fuhr auf den Parkplatz, und eine orangefarbene Staubwolke stieg in die Abendluft. Es war ein großes, schwarzes Auto, und es war eine Marke, die ihr nicht vertraut war, aber der aufröhrende Motor sprach gewisse Nerven ihres Körpers an. »Diese Maschine dreht schon an meinen Schaltern«, murmelte sie.

Flynn fuhr mit den Daumen über ihre Nippel. Sie waren hart und steif. »Ja, ich kann es fühlen. Du hast einen guten

Geschmack. Es ist ein Aston Martin DB9, kostet mindestens einhunderttausend Dollar.«

»Welcher Narr würde mit so einem Schlitten nach Moab fahren?«

»Ich kenne nur einen Arsch, dem ich das zutraue.«

Eine kleine Gruppe von Teenagern scharte sich im gebührenden Respektsabstand um den Wagen, denn der Mann, der jetzt ausstieg, sah nicht so aus, als läge ihm was an der Bewunderung der jungen Leute.

»Woher, zum Teufel, kann er wissen, wo wir sind?«, fragte Carla. Ihr Herz hatte angefangen, schneller zu schlagen.

»Ich habe es ihm gesagt«, flüsterte Flynn.

Ein Irrtum war ausgeschlossen. Alex knallte die Tür zu und ging ihnen mit weit ausholenden Schritten entgegen. Carla wollte Flynns Hände wegschieben, aber er hielt sie fest.

»Lass uns nur mal sehen, wie er reagiert«, flüsterte er.

Alex stand vor ihnen, eine hohe schwarze Silhouette vor dem Abendhimmel.

»Ich möchte mit dir allein sprechen«, sagte er zu Carla.

Carla drehte sich zu Flynn um. »Was sagst du dazu?«

Flynn schüttelte den Kopf. »Eher nein.«

Alex presste die Lippen aufeinander. »Dann entscheide dich zwischen uns. Jetzt sofort. Aber überlege dir deine Wahl gründlich, denn nach dem heutigen Abend wirst du mich nicht mehr sehen.«

Dass ihm das ernst war, stand in seinem Gesicht geschrieben. Flynn ließ Carla los, damit sie aufstehen konnte.

»Zwei Millionen Dollar«, sagte sie. »Ich tue überhaupt nichts, bevor ich nicht weiß, dass er sie erhalten hat.«

»Fein.« Alex fuhr herum, schwarzes Leder wirbelte auf, und er ging zum Auto zurück.

»Ich glaube das nicht«, sagte Flynn. »Er ist die ganze Strecke hierher gefahren und hat das Geld im Kofferraum mitgebracht? Ist er wahnsinnig oder was?«

Alex kam mit zwei Ledertaschen zurück. Eine ließ er vor Flynns Füße fallen. »Geh jetzt«, sagte er.

»Du bist verrückt«, sagte Flynn, aber er hob die Tasche auf und brachte sie ins Motelzimmer. Er öffnete sie, und Carla schnappte nach Luft. Außer in Filmen hatte sie noch nie so viel Geld gesehen. Flynn zog den Reißverschluss wieder zu. Alex lehnte lässig an der Wand und beobachtete seinen Rivalen genau.

»Du kannst uns jetzt allein lassen«, sagte er.

Carla trat zwischen sie. »Das Geld hat nichts mit mir zu tun. Und du hast gesagt, dass ich mich entscheiden soll, richtig?«

Alex trat ungeduldig von einem Fuß auf den anderen. »Himmel, Frau, sage endlich, was du willst.«

Sie langte hoch und strich über sein Gesicht. Ihr Kuss war warm und süß auf seinen Lippen, aber seine Reaktion blieb abwartend und unsicher.

»Ich will keine albernen Spiele ...« Ein weiterer Kuss brachte ihn zum Schweigen. Carla zupfte sein Hemd aus der Hose. Sein Bauch war gespannt, als ihre Finger darüber glitten. Seine Haut fühlte sich seiden an, bis auf die lange Narbe, noch wund und gerötet. Er hielt den Atem an, als sie dagegen hauchte und mit der Fingerkuppe darüber strich.

»Eine ehrenwerte Narbe«, sagte sie, bückte sich tiefer und küsste seinen Bauch, bevor sie sein Hemd wieder fallen ließ.

»Carla ...«, begann er, aber sie küsste ihn wieder und leckte mit der Zunge über seine Lippen. Sie ahnte, dass er drauf und dran war nachzugeben und sie in die Arme zu nehmen. Aber sie wollte es ihm nicht leicht machen.

Hinter seinem Rücken winkte sie Flynn heran, der die Situation sofort begriff. Er zeigte ein schelmisches Grinsen und küsste ihren Nacken. Alex versteifte sich und wollte zurückweichen, aber er stand schon an der Wand.

»Was läuft denn hier ab, zur Hölle?«

»Ich entscheide mich«, antwortete Carla lächelnd.

»Nein, nicht auf diese Weise.«

Wieder hielt sie ihn mit einem Kuss hin, aber diesmal war es ein sinnlicher, verführerischer Kuss, und als sich ihre Lippen von seinen lösten, kuschelte sie sich an seinen Hals, während Flynn die Hände unter ihr T-Shirt schob und ihren Bauch streichelte. Er leckte über ihren Nacken. Ihre Nippel stießen obszön gegen ihr enges Jersey-Top.

»Du musst akzeptieren, dass er mein Freund ist«, sagte sie entschlossen. »Und das wird er immer sein. Deshalb ist es nicht meine Entscheidung, sondern deine.«

Die Hände, die über ihre Haut strichen, erregten sie. Alex stand starr wie eine Statue da und kämpfte gegen seinen inneren Widerstand. Er hasste es, seinen Rivalen so nah zu wissen, aber gleichzeitig lechzte er danach, sie anzufassen. Flynn hob ihre Arme und legte sie um seinen Hals, wodurch ihre Brüste fast in Alex' Mund wuchsen. Er schluckte hart und wollte den Augenkontakt mit ihr nicht brechen, denn sonst würde sein Blick nach unten gleiten, zu diesen reifen Spitzen ihrer herrlichen Brüste, und dann wäre er verloren.

Sie sah den Kampf, den er mit sich ausfocht, in seinen Augen. Offenbar konnte Flynn es ebenso sehen, denn er öffnete die Schnüre ihres Tops. Das Gewicht ihrer Brüste besorgte den Rest. Er schälte den Stoff langsam nach unten. Aber noch sprang Alex nicht darauf an, auch nicht, als Flynn mit Daumen und Zeigefinger die harten Nippel drückte und zwirbelte, bis sie lang geworden waren.

Carla war zu erregt, um etwas sagen zu können. Ihre Sicht war leicht getrübt, als hätte sich ein Dunstschleier vor ihre Augen gelegt, aber ihr Blick blieb auf Alex gerichtet. Er schien keine Kontrolle mehr über seinen Atem zu haben.

»Warum machst du das?«, fragte er leise.

Flynn schmiegte sich von hinten näher an Carla heran, und sie stieß einen heiseren Laut aus, als sie seine Erektion zwischen den Schenkeln spürte. Sie biss sich auf die Unterlippe und konzentrierte sich weiter auf Alex.

»Wie schmutzig kannst du sein?«, fragte sie. Die Erregung ließ ihre Stimme tief und rau klingen.

»Ich glaube, das weißt du schon«, antwortete er.

Sie leckte sich über die Lippen, bis sie glänzten. »Dann zeige es mir noch mal.«

Ihre Aufforderung brach seine lähmende Reglosigkeit. Er fiel über ihre Brüste her, während Flynn sich plötzlich in Carlas nasser Pussy befand. Sein uriges Stöhnen nahm Alex nicht wahr, denn er labte sich weiter an ihren Nippeln. Carla spreizte die Beine ein wenig weiter, um einen besseren Halt zu haben und um Flynn mehr Platz zu bieten. Er stieß rhythmisch in sie hinein und blies seinen Atem gegen ihr Ohr.

Er zog sie nach hinten, wollte sie aus Alex' Reichweite haben, aber sofort wurde sie nach vorn gezogen. Der verhangene Blick der Lust auf Alex' Gesicht wurde von purer Aggression ersetzt.

»Wenn du sie noch einmal anfasst, bringe ich dich mit meinen bloßen Händen um«, schnarrte er.

Carla nahm sein Kinn in die Hand und zwang ihn, sie anzuschauen. »Sei nicht so ein Griesgram.« Sie küsste ihn hart, um seine Proteste zu ersticken. Der Kuss dauerte an, und sie spürte, wie er sich widerwillig in ihre Arme fallen ließ.

Flynn zog sich zurück, damit sie Alex zum Bett führen konnte, immer noch küssend. Er legte sich auf den Rücken, umgeben von schwarzem Leder. Er schien auch jetzt noch schmerzlich berührt von dieser Entwicklung, aber er sah ein, dass er unfähig war, sich dem Lauf der Dinge entgegen zu stemmen. Hilflos sah er zu, wie Carla seinen Reißverschluss öffnete und seine unwillige Erregung herausholte.

Sein Lustschrei klang wie abgewürgt, als sie seine Shorts

abstreifte und seinen steifen Schaft in den Mund nahm. Flynn schaute begierig zu, wie sie sich Zeit nahm, jede Ader mit der Zunge zu verfolgen, bevor sie die volle Länge zwischen die Lippen nahm. Flynn riss die Augen weit auf, als ihr Kopf sich immer tiefer senkte, bis hinunter zur Wurzel.

Sie blinzelte Flynn zu, während sie Alex' Schaft wieder zwischen die Lippen nahm und leicht drückte. Alex packte das Laken und stopfte es in seinen Mund, um sein lautes Stöhnen zu dämpfen.

Carla grätschte über ihm und pfählte sich auf seinem Schaft. Es fühlte sich wahnsinnig gut an, ihn zu beherrschen. Sie sah in seinen Augen, dass es ihm nicht weniger gefiel als ihr, obwohl er nicht bereit schien, diese Tatsache wahrzunehmen.

»Flynn ist mein Freund«, sagte sie stur. Ihre Hände lagen auf seinen Hüften, während sie langsam auf ihm ritt. »Du legst dich nicht mit meinen Freunden an. Vielmehr bist du nett zu ihnen. Hast du das begriffen?«

Er antwortete nicht. Sie drückte ihn mit den inneren Muskeln und riss sein Hemd auseinander. Die Knöpfe flogen durch die Luft. Er pulsierte tief in ihr, aber er antwortete immer noch nicht. Sie zwinkerte Flynn zu. Er grinste, rückte näher an sie heran und verrieb Speichel über ihren Anus.

»Der ultimative Test einer Freundschaft«, sagte Flynn heiser, »liegt darin, sich eine Frau zu teilen.«

Carla und Alex erlebten die Nacht wie in einem erotischen Rausch. Flynn hatte sich diskret zurückgezogen. Erst am frühen Morgen entdeckte sie Flynns Nachricht. Alex lag im Halbschlaf neben ihr, als sie den Umschlag aufriss.

Für mich wirst Du immer ein Engel sein. Danke für alles – Flynn.

PS: Ich denke, mir steht ein DB 9 besser als eine Harley. Sage dem Arsch, dass wir jetzt quitt sind.

»Was ist denn so lustig?«, murmelte Alex, der durch ihr Lachen wach geworden war. Sie kuschelte sich unter der Decke an ihn und küsste seine nackte Schulter.

»Nichts, worüber du dir den Kopf zerbrechen musst«, sagte sie lächelnd.

Ende